诗心雕龙

十五国风论笺

蘭丁

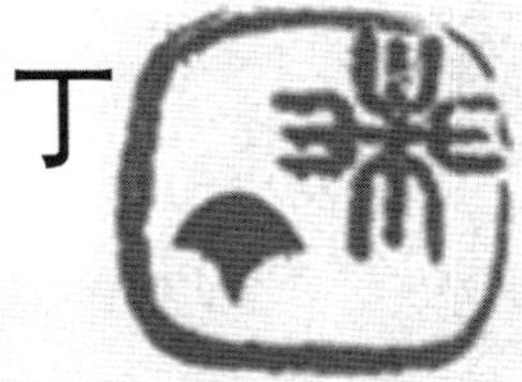

人民出版社

目　录

序言　半部《诗经》索解人

《诗经》是一部令我十分着迷的书，它曾经是我在高级中学一年级学习语文课程中最喜爱的一部分。1947 年高中毕业以后，西欧负笈求学、新闻从业，1966 年海外归来，干校劳动，再从国际公务到经济实务、社科探研，四十多年的不宁静生涯中，无缘再接触这部书。

1990 年退休以后，十余年中，阅读了大量的中外思想、文化和历史的书，其中自然包括这部久违了的《诗经》。1998 年，我用《大雅·文王之什》同《周易》相参照，写了以《诗》证《易》的《周易·追寻失落的文明》，2007 年幸蒙人民出版社惠予出版。现在又写成这部专门讨论十五国风的《诗心雕龙》。

前人说"诗无达诂"，其实，真正问题不在文字训诂。语言文字既有时代性也有社会性，撇开对时代和社会、人性的理解，光靠文字训诂是读不懂古书的。《风》诗是春秋前期的作品，讲的是那个时代、那个社会的人和事。脱离开春秋时代和社会，便无法解释诗中的人和事，而这些人和事正体现着春秋社会的精神和实质。

春秋是一个失落的时代，西周国家沦亡，宗法统治结构土崩瓦解。旧中国儒家是站在西周王朝的立场说话的，春秋只是"礼崩乐坏”。汉儒把自己幻想成是周公旦的化身，把文、武、周公盛世的再现作为自己的理想，而将希望寄托在《周南》、《召南》的所谓“正”风上面，对其他的“变”风，似乎一无可取。其实，盛世再现的契机，不在二《南》，而在《魏风》、《唐风》。历史明白告诉我们，周人的没落只是事情的一面，三晋的崛起，才是春秋时代的主旋律。应该说，十五国风全是“变”风，没落是变，崛起也是变。就社会而言，有没落才有崛起，在没落和崛起的旋涡中寻找自己的道路，这是人性，《诗经》所体现的，就是，也只能是这些。而三千年来，真正明白这一点的只有一个人，一位“高人”：吴国的延陵季子。

春秋的历史经验，不是唯一的。在我几十年的动荡生涯中，同样的历史过程似乎在重复，虽然尺度和速度都大不相同。20世纪同样是一个失落的世纪。曾经以殖民帝国主义主宰世界两百多年的欧洲，被它们自己互相摧毁的两次大战砸成了碎片；在欧洲殖民帝国的废墟之上，一方面是两个互相保证能够毁灭对方的超级大国争夺主宰世界的霸权，另一方面是席卷全球不发达地区的非殖民化独立运动；半个世纪核恐怖中互不相容的两个霸权主义大国，分别在侵略和控制发展中国家的大大小小的战争中耗费了大部精力而一败一伤，最终给越来越多的不发达国家提供了发展和崛起的条件与机会，包括中国在内的新兴经济体的崛起就是最好的例证。

正如笛卡儿(René Descartes)说过的“我思考我就活着(Cogito ergo sum)”，人活着就要思考。在上述大背景下生活的西方思想家们，从第二次世界大战后欧洲社会重建的“结构主义”走向殖民主义世界土崩瓦解的后现代“解构”思潮，再经历了两极争霸到多极显现的世界“确定性的丧失”，最后立足于“复杂性思维”。这些都是对当代现实的“真”的思考。西方思想家们在失落了的世纪中，寻找他们自己，没有什么不对的。问题只在于西方人不可能满足于只在失落的西方世界中找到他们自己，正如孔子不可能满足于在分崩离析的西周王朝中找到他自己，道理是一样的。

有没落才有崛起。倘若不是两个殖民帝国集团为了重新瓜分世界而互相毁灭，就不可能有20世纪的非殖民化独立运动的风起云涌；没有两个世界霸权帝国在长期冷战中互相摧毁和削弱，就不可能有众多新兴经济体的崛起。没有春秋时代西周王朝的衰微和“礼崩乐坏”，便不可能有战国时代的经济腾飞和思想、文化的飞跃发展。半部《诗经》说的是我们民族的兴亡，而本书尝试论述的正是“没落和崛起”这一复杂命题。当然，《国风》止于春秋上半期，而“龙”的腾飞则始于战国，这将是另一部书的课题，我将继续对我们这个古代社会进行现代的思考，只要我还活着。

关于《诗经》的参考书籍，可谓浩如烟海，凡是我引用过的，我在行文中都开列了出处，不另作书目。大致说来，我依据的是《毛诗》文本，清代陈奂、马瑞辰、方玉润、胡承珙、姚际恒，近现代闻一多、程俊英、屈万里、陈子展等人的著作都是我经常参阅的。但给我提供了一个纲领性框架的却是《左传・季札观乐于鲁》的《国风》部分（我在书后附录了全文），还有就是朱自清的《诗言志辨》和朱东润的《诗三百篇探故》，两位前辈给了我极大的启发。

这部书的出版，应当感谢出版社的王维胜、李惠两位同志的鼎力帮助和合作。感谢我那忠诚的老伴，细读了全文初稿并改正了不少的错误，同时还细心校对了诗文和一些引文的文字。本书封面我再次使用了十多年前方晓同志刻赐的“蘭丁”钤记。

蘭　丁

2010年5月　北京

壹　春秋移民的史诗

《诗经·国风》是一部春秋移民史诗。我们先在这里从宏观的历史角度作一个比较概括的总论，然后再按十五国风（《毛诗》：周南、召南、邶、鄘、卫、王、郑、齐、魏、唐、秦、陈、桧、曹、豳等）作分国别和分篇的论述。

《国风》160篇诗，除了《周南·关雎》、《葛覃》、《卷耳》；《召南·鹊巢》、《采蘩》、《草虫》以及《豳风·七月》、《鸱鸮》等几篇可能作于周幽王（公元前781—前770年）时期，其余都是周平王东迁以后春秋前期的作品。古今许多人都以为《豳风》是周初（因为其中讲到周公东征的事），甚至还有先周的诗篇（主要指《七月》），并不可信。

要着重讨论的是长期被人们忽视的春秋"移民"问题。移民是人类历史的重大现象，可以说，人类的历史格局是移民"移"出来的，不但古代是这样，今天仍然是这样，将来也还是这样。当人类还处在"物种人（比如说，能人、智人）"时期就组成小群体为寻找生活资源而到处迁移。进入历史时期，移民的规模愈来愈大，记录愈来愈多，世界史是这样，中国史也是这样。《史记》的《夏本纪》、《殷本纪》把这个现象称为"迁"，后人多解为"迁都"，是极不确切的。夏、商、周三代到春秋的"迁"，绝大多数应该理解为移民,至少是整个氏族、宗族或家族的迁移。周人从古公亶父迁岐,王季宅程(在咸阳原上另立门户,"宅"的字源和语源都是"乇",是切割、分裂的意思),武王从迁镐到克殷,然后周公东征,在东方封建诸侯国邑,西周王朝就是这样一步一步地向东方"迁"出来的,而且每次迁移的规模都相对重大①。

公元前771年,周王室内讧,引发了西北民族戎人的大规模入侵。前770年,在东方诸侯勤王兵马的护送下,周平王从关中的宗周(今陕西西安附近)东迁到河南成周(今河南洛阳)。这就是史书所称"平王东迁"之役,也开创了中国历史上一个非常重要的历史时期,即春秋战国时期。

"平王东迁"是一个极端简略和概括的提法,这是一个历史话语的问题。怎样历史地理解历史话语,无论对写历史的人还是读历史的人,都是个很大的挑战。实际上,"平王东迁"涵盖着一个相当长而复杂的历史过程,问题就在于这个过程远没有研究清楚。

迫使周人考虑迁移的原因可能有三个。一是气候进入干旱寒冷周期的高峰;二是这一全球性的气候变化迫使中亚民族和中国西北戎族(周人称之为猃狁)向东、向东南迁移,给周王朝的安全造成极大的威胁;三是周王朝本身的走向没落,各种内外矛盾激化,无力应付自然与人为的各种重大事变。

西周礼乐文明曾经历过灿烂辉煌是没有疑问的,然而却极少有人研究和正视周文明从僵化、没落到灭亡的历史过程。其实西周文明掩盖了一个最致命的弱点:两百多年间,西周社会生产力,特别是农业生产力几乎没有实质性的改变(以木石耕具开始,也

---

① 关于周人从关中崛起的历史,我在拙著《周易:追寻失落的文明》(人民出版社2007年版)一书中有较详细的论述。

以同类型的木石耕具告终)。换言之,停滞不前的社会生产力支撑不了社会文明的发展和扩张。

一、西周从宣王中兴到灭亡

厉王流于彘,周、召二公"共和"行政十四年(公元前841—828年)之后的宣王"中兴",曾努力建树。面对西北戎族对关中地区愈来愈大的威胁,周人只能有两种考虑,奋起抵抗或经营东方和东南方以准备后路。

奋力抵抗、甚至主动征伐和向西北方向扩张,同戎族争夺洛水、泾水、渭水上游地区,这主要反映在《小雅》的诗篇中,例如,《出车》的"赫赫南仲,往城于方(方,指朔方)","赫赫南仲,薄伐西戎","赫赫南仲,猃狁于定";《六月》的"薄伐猃狁,至于大原。文武吉甫,万邦为宪"等。在不少青铜器铭文中也多有反映,征猃狁名将虢季所作《虢季子白盘》便是显赫的例子。

然而,向东和向东南经营,恐怕是王室的更长远的战略考虑,宣王在这方面的一些重大举措就反映在《大雅》中[①],也就是《大雅·荡之什》的《崧高》、《烝民》、《韩奕》、《江汉》以及《常武》。这几篇诗非常重要,实际上为"平王东迁"作了思想的和政治的准备。

《崧高》"王命申伯,式是南邦,因是谢人,以作尔庸",讲的是转封姜姓申伯于河南南阳谢地,建东申国。这是周宣王经营东方的第一个战略性措施。

---

① 二雅的区分不知道始于何时。我们只知道,鲁襄公二十九年,即公元前544年,季札观乐的时候(这年孔子8岁),二雅是分开的,至于十五国风次序与今传《毛诗》略有不同,即作:二南、卫(与邶、鄘合)、王、郑、齐、豳、秦、魏、唐、陈、桧、曹。周、鲁、商三颂,虽然只称"颂",看来仍然是分开的。后来孔子自宋返鲁,让"雅颂各得其所",对十五国风的次序不作改动,就是《毛诗》现在的样子。大毛公所传的本子,传自子夏,而子夏则直接传自孔子。

《烝民》"王命仲山甫，式是百辟，缵戎祖考，王躬是保。出纳王命，王之喉舌。赋政于外，四方爰发"；"王命仲山甫，城彼东方"；"仲山甫徂齐，式遄其归"。所谓"城彼东方"，所有注家都解释为，派仲山甫到齐筑临淄城，不能算错，但眼界比较狭隘。我看不如解作：宣王命仲山甫作为王朝特使巡视东方诸侯国。城者，成也，成彼东方，目的在于稳定东方各诸侯国的政治局面。因为，对仲山甫的策命是"赋政（贯彻王政）于外（王畿之外，指东方各诸侯国），四方爰发"，并不局限于聘齐的。特别是诗的第四章"肃肃王命，仲山甫将之；邦国若否，仲山甫明之"。仲山甫巡视东方，是要向东方所有的邦国宣示和解释王命、王政（宣王的战略意图）。而聘齐、城临淄，只是第一站，当然也因为齐国局面混乱，需要整治和稳定①。

《韩奕》是宣王锡命韩侯从陕西省黄河西岸的韩城改封，迁到山西省的韩原之诗。这韩原是黄河以东、汾水以西、吕梁山西侧的高原地带。韩城、韩原不是一地，古人带着地名迁移，到了新地方仍用旧地名是一贯的做法。诗的最后一章说："王锡韩侯，其追其貊，奄受北国，因以其伯"。韩侯是周武王儿子（武之穆）、成王之弟的后裔，西周的老牌大贵族。宣王命他迁往河汾之间，要求他成为保卫中原北方、抵抗西戎、整治北狄的重镇。平王东迁以后，韩入晋，后来三家分晋而成为战国七雄之一。

《江汉》历来认为是宣王命召虎平淮南夷之诗，现代程俊英、陈子展、屈万里诸家无异辞。这没有错。另外，郭沫若指出，这篇诗与青铜器《召伯虎簋》铭文，所记乃同时事（事实上，文句大略相

① 关于齐国乱事的各种说法，陈子展《诗三百解题》（复旦大学出版社，2001年版）有比较详细的介绍。其实，齐乱是由于周夷王烹齐哀公而起的。据屈万里《诗经诠释》（台湾联经出版公司，2000年版）第536页。《烝民注30》引魏源之说，司马迁《齐太公世家》从周夷王到宣王前期的齐国世系记载，可能有缺乱。

同),也是不错的。这篇诗,实际上是宣王增封召虎于江汉的册命文告。我将在后面说《召南》的时候,再作讨论。

《常武》是宣王平徐戎之诗,古今无异辞。对宣王是否亲征淮北,或许有点不同的说法。但诗的末章说"徐方既同,天子之功",又说"徐方不回,王曰还归",宣王亲临到了徐州,大概没有问题。

诗,无疑只能一篇一篇地读,但上面所引的几篇,放在一起,建东申(崧高)、遣特使巡视山东诸侯(烝民)、迁韩(韩奕)、征淮南、封召虎(江汉)、征淮北、平徐戎(常武),便可以看出,实际上这是一环扣一环的重大战略举措,真正目的在于"战略东移",而不是一串孤立、互不相干的事件,这是宣王为了经营东方而作的战略布局,亦即后世史家所谓"宣王中兴"。

公元前 781 年宣王去世,幽王继位,11 年后西戎灭周而导致"平王东迁"之役。这段时期,《大雅》给我们遗留下《瞻卬》、《召旻》这两篇内容非常丰富、而又极度浓缩的诗。我们不妨略作分析。

《瞻卬》第一章说的是天灾加上人祸一起降临西周。天灾至少有两次,看来都十分严重。先是《史记·周本纪》所说的"幽王二年,西州三川皆震",无疑是一次强烈的大地震。然后是《召旻》第一章"瘨我饥馑,民卒流亡,我居圉卒荒",可能是一场旱灾引起的一次影响整个关中的大饥荒,《史记》失载了。

宣、幽政权更替引起了严重的内部矛盾。《瞻卬》第二章说"人有土田,女反有之;人有民人,女覆夺之。此宜无罪,女反收之;彼宜有罪,女覆说(脱,开脱)之"这里的"人",有土有民,是上层贵族在内斗。《召旻》又说"天降罪罟,蟊贼内讧"。这次内讧,牵涉到姬姓周公之族和姒姓夏人召公之族。一方面,《周本纪》说"幽王以虢石父为卿,国人皆怒"。虢石父极有可能是虢叔(西虢,在今宝鸡附近)之族,虢季是小宗,要取代周公姬旦之族总揽西周民政大权，恐怕还不够格。周公旦之族被贬，这是姬周之族内讧，正是《瞻卬》诗的主要内容。另一方面，幽王宠褒姒，褒姒干政，将召伯和召氏之族逐出朝廷，《召旻》即“悯召氏之族”，诗的末章交代得很清楚。召氏姓姒（后世史家都说姓姬，是个极大错误），是陕西朝邑夏族人。褒姒是汉中褒城（今褒城县）的夏族人。关于这些，我在讲《周南》、《召南》的时候，再作较详细的讨论。

最值得我们注意的是，《瞻卬》诗三次说到“人之云亡”。这就是第五章“人之云亡，邦国殄瘁”，第六章“人之云亡，心之忧矣”、“人之云亡，心之悲矣”。这里所说的“人”，也就是同一篇诗第二章所说的“有土田”、“有民人”的有土有民的世家大贵族，也包括历来亲附于周公旦之族的一派，他们都在公开地谈论着、筹划着和积极地准备着大逃亡、大迁徙，有的甚至已经见诸实际行动了。《国语·郑语》记载郑桓公同史伯讨论、谋划东迁的事就是最显著的例子。总之，“人之云亡”，从早到晚，王官世族的人们心里想的，见了面互相谈说的都是迁徙与逃亡！

要知道，那个时候的社会基层组织是家族的血缘群体，各级在政治上受“封”的“宗”统辖着一个地域，至少是一个“邑”，里面居住着或多或少的、同姓或异姓的家族①。无论定居还是迁徙，规模再小也是以家族群体为基础的大型行为。在农业社会里，要实行这样的以邑为单位的群体迁移不是一件容易的事。《郑语》用全部的篇幅讲述郑桓公如何从下决心、作计划，到分步骤行动，就说明事情的复杂性，更何况郑桓公是宣王之弟，受封立宗的第一

---

① 西周的宗族结构是西周的国家政权组织形式。宗族的纵向结构原则上以文王、武王以下各代的王的直系子孙受封而形成的大小层级结构。这是一种政治和政权的组织，只有受王“封”才能立“宗”，“宗”按世代层级（昭、穆）分大小，但不论小到什么程度，按宗主的父系往上追溯，最终总会追溯到一位先王或先公身上。因此，宗族以血缘为纵向，不是自然形成的，而是人为地“封”出来的，不受王封，就不能立“宗”。

代，比起那些有二三百年历史的元老旧宗的庞大家业，相对还是简单的。

幽王易储，废太子宜臼奔西申，内战爆发，西戎灭宗周，杀幽王及太子伯服（褒姒所生），东方诸侯率师西进，关中形势急转直下，《周本纪》、《今本竹书纪年》记载虽比较简略，大要是一致的，但到底有哪些诸侯率师西进？《纪年》说“申侯、鲁侯、许男、郑子立宜臼（平王）于申”，又说“晋侯会卫侯、郑伯、秦伯以师从王入于成周”。看来，小国如许、东申都去了，东方诸侯大国，齐、鲁、晋、卫自然也都去了，至于陈、桧、曹等较难确定，但去了的可能性是有的。

在这样的形势之下，本来就像箭在弦上的大移民浪潮便汹涌而起，所谓“平王东迁”，东方诸侯们兴师动众，当然不只限于给新立的周平王搬了个家，而是尽可能地联系关中王畿内的远近亲族封君，尽量携带所属的劳动人口，并护送他们，或者让他们跟随着迁徙到山东各诸侯国，分别予以安置，或者自行寻找合适的环境安置。《诗·国风》就是这些移民到达之后，在东方十五个诸侯国安顿下来的记录。其实，这还不是全部，例如迁到河南陕县附近的虢国（有丰富的考古学遗存，它们分为两部分，跨黄河两岸立国，也许是虢叔和虢季两支分立的缘故吧）以及其他一些人口数量较少的移民群体，由于没有记载，就不为人知了。

二、平王东迁与春秋移民社会

这次大移民浪潮的许多具体情况，没有人去专门研究，史学家们、大师们甚至连移民概念都没有提到，但规模很大是可以肯定的。我刚指出山东（崤函以东）诸侯勤王，能来的都带着武装来了，气势十分浩大。我同样也可以指出，关中地区的世族封君们，活着能走的都在诸侯武装的护送下整族向东方迁走了。非常明显的实物证据就是考古挖掘发现的青铜礼器的“窖藏”。钟鸣鼎食之家的青铜礼器，不是古董收藏，而是为了“子子孙孙永宝用”的，挖个地窖藏起来，是因为仓皇迁徙，只能保细软，庞大的重器硬件一时难以搬运。现今为止发现窖藏数量最多的是周原考古和宗周（丰、镐）考古，而且每窖藏量达一二百件以上的也很不少。周原、丰、镐正是西周亲、贵、旧家族密集的宗庙所在和居住地区（他们的采邑、土田在畿内别的地方），礼器窖藏，而人口却逃亡走了。考古挖掘总带些随机性和不确定性，已知的还在等着人们去研究，而未知的在等待着人们去发现，或正在陆续发现。至于从人口学方面去考虑，问题就更复杂了。

对这个移民浪潮，当前我们掌握得最好的文献依据就是《诗经·国风》。十五国风可以说全部都是移民所作和讲述这些移民的作品，讲述他们移民初期生活的诗篇，正因为生活气息浓厚，所以感人至深。在这些篇章中，述说着他们的流离颠沛和穷愁困顿；也述说着他们的雄心壮志和艰苦奋斗；当然也诉说了他们爱恋与仇恨的细腻感情。

旧时代的学者们曾经创造出一个“王者采风”的学说，是汉儒杜撰的无稽之谈。风雨飘摇中的东周小朝廷根本无心也无力去做这件事。《国风》诗篇的创作和流传，本来就是春秋前期移民们在生活中自生自发的事，初始阶段极可能只是随口吟唱和口耳相传以表达个人的感触；第二步才是一些有心人用文字记录下来，进入文字流传阶段；最后经过一定的修饰汇编而成集，则可能要有各诸侯国官方（如现职或退职的史官）不只一次的介入。总之，人民（也是移民）之间口头流传在先，流传面要宽得多，到了文字流传就逐渐被卿大夫阶层所垄断，而成为庙堂仪制的表达方式。

这种流传过程也应该适用于《小雅》诗篇中的相当大部分[①]，而《小雅》的文本定型，恐怕也发生在春秋前期，这与《颂》诗和《大雅》的绝大部分从一开始就是王朝的官定乐、辞，是不一样的。

说到底，春秋社会是一个移民社会，春秋时代就是公元前770年的移民浪潮所开创的时代，这个时代大约到前403年，周威烈王策命晋大夫魏斯、赵籍、韩虔为诸侯，而进入战国。表面上，春秋三百六十多年是一个战争频繁、社会动荡、西周礼乐文明分崩离析，在移民群体中兴起的功利主义思潮冲击下，旧的宗法政治秩序支离破碎的时代。所有这一切，只有从关中移民以及由他们激发和驱动的戎、狄等少数民族部落在中原的大规模流动和迁移（史称"攘夷狄"）[②]，才能得到理解和合理的解释。

《国风》中充满了移民初期的失落感[③]，古代学者（大概自郑玄开始）称这种风格为"变"，并且引起了长期的争论。其实，诗的格调的"变"是确凿无疑的，因为社会生活方式、思想意识、价值观等等，全都变了。移民群体的首领们从世族、世官、世禄的养尊处优，"变"到潦倒窘顿、穷愁落魄。经学家们的问题在于只看到文、武、周公之道的沦丧，而看不到移民群体艰苦卓绝地重建一个新的功利社会，再现新的富裕与辉煌。当然，这也难怪经学家们，

① 《小雅》诗篇是西周晚期的作品，有些篇章风格同《国风》诗没有什么差别。《小雅》和《国风》的结集和形成可能是同一过程。春秋时期公、卿、大夫们喜欢在正式官方场合赋诗说事，如果除去佚诗不算，计开：赋《风》诗28次、赋《小雅》35次、赋《大雅》10次、赋《周颂》1次。这些数字充分说明了《风》、《小雅》的时代性，这里面所反映的社会、政治心理学问题，是很值得深思的。

② 人们往往把春秋时期的戎、狄等也称为少数民族，实际上当时真正的少数民族应该是正在形成和不断扩张的"华夏族"，华夏族形成的过程也是戎狄等在中国北方被春秋新华夏文化所逐步同化的过程。关于这些民族的迁移，《风》诗中也有一些反映。蒙文通先生著《古族甄微》（巴蜀书社，1993年版）作过通盘的研究。

③ 朱东润先生在《诗三百探故・诗心论发凡》（云南人民出版社2007年版）有非常好的阐述。

《诗经》里记录了大量不合文、武、周公之道的“变”，至于春秋后期及战国以后的飞黄腾达式的创新和发展，在《诗经》里面是看不到的，即使能看出点端倪，也只能讳莫如深，不能点破。否则，《诗经》本身就离经叛道，经学家这碗饭还怎么吃？经者，常也，不会、不可也不应该变的；变风、变雅却比正风、正雅分量大得多。《诗经》的这个矛盾是经师们永远说不清的。其实，要说清楚也不难，“正”是主观的“应然”，“变”是客观的“实然”。统治者们都应像文、武、周公那样行事，孔子删诗，却留下了这些变风、变雅，为的是劝谏、警告后世君主。当然，这种把诗读成“经”的所谓“谏诗”说，是汉儒们又一次天才的杜撰。

实际的历史过程是，为了夺取足够的稳定生存和发展的空间，移民群体进行了长期而复杂的“攘夷狄”战争，并且在战争中壮大自己。首先要驱逐和镇压北方的白狄和山西的赤狄（赤狄是山西的原住民），然后是抗拒楚与吴、越的北上称霸，同时把秦戎堵在崤函和黄河以西。这同时也是东方诸侯瓜分中原土地，在“造都鄙”基础上建立新的国家政权（这是一部《周礼》的“主旋律”），改革和发展生产，扩大货币贸易，导致战国初期的经济起飞的历史过程，这是一个靠功利崛起的过程。然而，我们在《国风》中看到的只是这个历史过程的艰苦的开端，而不是这个过程的辉煌结局（中原的“经济起飞”）。但是，如果没有移民浪潮这个艰苦的开端，也就没有战国的经济起飞，只有在这样的长时段和宏观的社会政治景观中，才能读得懂国风诗。

孟子说“王者之迹熄而诗亡，诗亡然后春秋作”（见《孟子·离娄下》）。孟子说的“诗”和“春秋”，本意是指《诗经》和《春秋》两部书。现在我来说（下面是我的话，与孟子无关）：“周王朝已经名存实亡，作诗的时代完结了，展现在我们面前的是，人们用自己的生命和行动去写春秋历史时代，这是无可抗拒的”。从时次看，据说

《国风》最后的一篇是讽刺陈灵公(公元前613—前598年)的《陈风·株林》,假设这是真确的,那么,《诗》的时代就此完结,移民们不再有时间,也不能满足于抒发情感、哀伤叹息,而是投入实际行动,开创一条文、武、周公们没有走过的新道路,即是说,移民们要奋起,走自己的道路。王朝是没有希望了,卷起袖子自己干吧!

现在且引下面的诗句,以结束本文:

> 四时更变化,岁暮一何速?《晨风》怀苦心,《蟋蟀》伤局促。荡涤放情志,何为自结束?

这是《古诗十九首》之十二"东城高且长"的中段。晨风,鸟名,鹯也,似鹞,是一种猛禽。蟋蟀,就是蛐蛐。《晨风》是秦诗,《蟋蟀》在《唐风》(关于这两篇诗,下文有说)。面对当前的困境,你是一只怀着雄心在天际翱翔的鹰,还是畏缩地躲在草丛土穴中唧唧鸣叫的蛐蛐?何必再犹疑苦闷,缩手缩脚?这又是一首移民诗,是刘汉取天下之后,勒令山东诸侯旧族和地方豪强大族迁徙到长安周围,以利监管的移民之作。诗穷而后工,《古诗十九首》和《国风》都是不朽的杰作,只不过前者是西汉移民的作品,后者是西周移民的作品。显然,没有《国风》,也就不会有《古诗十九首》。

长久以来,向东向南的大规模移民就是中华历史发展不可缺少的重大动力,正是西周末期的大移民开创了春秋战国在东方中原大地百花齐放的锦绣争辉的局面,没有他们便没有秦汉帝国。是魏晋从北方渡江南迁的大移民,开辟了江南鸿濛,创造了绮丽幽远的六朝文化,没有他们,又哪来的大唐风采?是宋人的南渡奠定了南中国在经济、学术、文化发展中的领先地位,而成为明、清帝国发展的根基。

三、《国风》的文本问题

现在研究《诗经》我们只能使用《毛诗》的文本，这是现存唯一的，《风》，大、小《雅》，周、鲁、商三《颂》完整的文本。

这个文本可能源自孔子和他的弟子卜商（子夏），但这个本子经历了战国、秦、汉的转抄流传，而流传的过程，就是一个文字校勘、整理到编辑、解读的变化过程，但定型以后文本的稳定性比定型以前大得多，是可以肯定的。现在我们看到的实际上是一个定型于东汉古文经学的《毛诗》本子。

《毛诗》文本，包括三部分文字：第一，305 篇诗的诗文；第二，据说是毛亨原著的文字训诂《毛传》；第三，被称为“诗序”的文字。

本书采用《毛诗・国风》的诗文原文。对一些现今通用的字，在不影响诗文解读的情况下，改成通行的简体字，一般读者们读起来便可能较为平易。但《诗经》毕竟是用古汉语和古汉字写成的，有许多字和词与现代汉语、汉字完全不同，繁、简体都无法相对应的，我们只好保留原字样。有心作进一步探究的读者们在现代日用汉语字典中找不到的字，在《王力古汉语字典》和《汉语大字典》中都可以找到。诗文中简体字的使用，我主要参照李立成著、姜亮夫做学术顾问的《诗经直解》简体字本（浙江文艺出版社 1997 年版）。

《毛传》比较烦琐，我经常用作参考，并不照原文全文录用。

“诗序”，有大、小之分。首先是收在第一篇诗《周南・关雎》诗题之下的论述诗学的论文，这篇论文，历代学者习惯上称为《诗大序》。这篇论文讨论文学理论，对我们用处不大，我们把它略去不谈。

其次，每篇诗的诗题之下，都有一段简短的文字，古代学者称之为《诗小序》。它先用一句话说明这篇诗的主旨，我们称之为《序》，后面一般都附有几句阐释的话，我们称之为《副序》。我们把《序》和《副序》区分开（古代学者是连接在一起不加区分的），是因为《序》和《副序》的作者不是同一个人，两人的意见有时很不一致。把两个意见不一致的人的话捏在一起，是不可取的。但由于它们对诗文本旨的理解有时有些帮助。字数不多，我们全文照录，供本书读者们参考。

因此，在本书中，《毛诗》文本中的诗文和"诗序"，我们用黑体字全文照录。按诗经学传统惯例，诗文只分章句，不另作编排。"诗序"则分为《序》和《副序》，表明它们出自不同的作者。除了用黑体字照录《毛诗》文本这两部分文字之外，本书其余部分（包括引文），都用宋体书写。

其实，今传《毛诗》的祖本是一个鲁国的文本。这个"鲁文本"始见于《左传》襄公二十九年，吴公子季札聘鲁"请观于周乐"，鲁乐工演唱的《诗》文本。后来孔子自卫反鲁，整理《诗经》，使"雅、颂得其所"，所依据的祖本应该就是季札聘鲁时所欣赏的"鲁文本"。孔子改编过的，只限于雅、颂部分，风诗大概保持原状。我们这里只研究《国风》这部移民史诗，关于《雅》、《颂》的事，也就不去说他了。问题是十五国风的编排次序，《毛诗》与"鲁文本"并不一致。情况是：

鲁文本：周南召南，邶鄘卫，王、郑、齐、豳、秦、魏、唐、陈、（郐、曹）。

《毛诗》：周南、召南、邶、鄘、卫、王、郑、齐、魏、唐、秦、陈、桧、曹、豳。

鲁文本的次序，是鲁国乐工给季札演唱的次序，也是季札发表评论的次序。到了孔子手里，孔子对这个次序没有改动（孔子改动的是雅、颂部分），照原样传给弟子们以及再传、再再传……

弟子们，包括子夏、荀卿在内。《毛诗》的次序，是汉人改编的结果。我们感兴趣的是“春秋移民史诗”，因此我们采用《毛诗》祖本“鲁文本”的排列次序，并且对吴季札的评论在各篇总论中全文照录，加以解释和讨论。

从文本来说，鲁文本是《毛诗》的祖本，是鲁太史掌管的鲁国珍藏本，也是孔子最重要的教研资料来源，这是鲁系文化遗传，但这只不过是整个中华文化遗传的一部分。中华文化远比我们想象的复杂，不要“只知其一、不知其二”地去搞“独尊什么”的游戏，真诚地对待我们祖先的文化，或许更好一些！

贰　国风论笺

周　南

周南，到底指什么？说法不一。有人说是地名，然而却说不出确切地望，于是有人指认是成周之南，有人说就是“南国”。但这南国在哪儿？问题还是没有解决。于是又有人说，“南”是指唱诗时所配的乐（南音或南方之乐）。“南”乐失传了！问题也就没有了。说了也是白说。

其实，问题不难解决。在《诗经》中，《周南》与《召南》并列，二者地位相当，习惯上统称“二南”。在《召南·甘棠》诗中，还明确讲到召伯，召南的召，就是召伯、召公的召。因此，周南的周也只能是周公的周，即周公姬旦之族的族名，或周公旦封邑的地名，周公之族世代居住地。南方、南迁都可以称“南”。那么，“周南”就是“南迁的周公之族”，或者“周公之族的南迁”。

周成王封周公旦于岐（今陕西岐山县），封周公的大儿子伯禽于鲁。《左传·僖公二十四年》“凡、蒋、邢、茅、胙、祭，周公之胤也”，周公其他六个儿子也都受王分封，另立宗族去了。这大概都是成王时期的事。但周公之族的本支还留在岐山，这本支的族长就是康王时《令彝》铭文所称的“周公子明保（保是官职名）”、器主令（人名）尊称他为“明公”。他是第二代周公，姬旦的最小的儿子[①]。

《令彝》铭文说“王令周公子明保，尹三事四方，受卿事寮”。周公的小儿子明，本来的职位是“保”。康王命他“尹三事四方，受卿事寮”，便是总理全部民政事务，“尹”成为历代周公的世职，一直到西周晚期。按以官为氏的习惯，周公之族也可称为“尹氏”之族。

周厉王时《小雅·节南山》诗称：“尹氏、大师，维周之氐，秉国之钧，四方是维，天子是毗，俾民不迷。”在西周历史上，有资格被称为周王朝的中流砥柱（氐），除了周、召二公之外，不可能有别人。尹氏指的就是当时的周定公，大师即召穆公。尹氏和大师都是他们的世袭的职位。

周、召二公共同主政一直到幽王时期才改变，《大雅》最后两篇诗《瞻卬》、《召旻》讲的就是周、召二族受排挤的情形。周公之族南迁（人之云亡）的时间也可以确定在幽王前期。

周公本支之族南迁，到底迁到哪里？其实，《小雅·谷风之什》有一篇《鼓钟》就是讲周公之族南迁的诗。

鼓钟将将，淮水汤汤，忧心且伤。淑人君子，怀允不忘！（一章）

鼓钟喈喈，淮水湝湝，忧心且悲。淑人君子，其德不回！（二章）

鼓钟伐鼛，淮有三洲，忧心且妯。淑人君子，其德不

① 成王去世的时候，他可能还未冠，因为六位顾命大臣是：召公奭、芮伯、彤伯、毕公、卫侯、毛公（见《书·顾命》）。没有周公，这时周公旦已经去世，明保是康王所封。明保与尚书的“君陈”或许是同一个人。

犹！（三章）

鼓钟钦钦，鼓瑟鼓琴，笙磬同音。以雅以南，以籥不僭！（四章）

关于这篇诗，《诗序》说“刺幽王也”，《毛传》释为幽王会诸侯于淮上奏乐，这是古文家说。今文家说是昭王南巡淮上之作。程俊英取方玉润之说“淮、徐诗人重观周乐以志欣慕之作”。屈万里则“疑悼南国某君之诗”。总之，众说纷纭，诗经学大师们谁也没说服谁。

《大雅·灵台》“于论鼓钟，于乐辟雍”，所以“鼓钟”就是演奏文王所作的“辟雍”之乐①。这辟雍之乐是西周王朝的“国乐”，除了国家重大典礼或祭祀场合，等闲是不能演奏的，也不是谁都可以演奏的，除了朝廷及王室，只有周公之族可以用，因为周公之族本支和鲁国特许可以用王礼祭祀周公旦。

那么，是谁在淮水边上行大礼，奏辟雍之乐？倘若不是周王、鲁侯，便只有周公之族本支。昭王、幽王到淮南地区行大礼，奏辟雍，于史无征。所以，《鼓钟》讲的是周公之族在淮水之滨祭祀始祖周公姬旦，除此之外，不可能有别的解释。

为什么在淮水之滨行祭祖大礼？因为周公之族的本支在幽王前期失去了“尹氏”世职，被剥夺了食邑和人民（《瞻卬》“人有土田，女反有之；人有民人，女覆夺之”），被迫举族南迁（《瞻卬》说了三次“人之云亡”）。南迁到什么地方？周公之族的本支逃亡到淮水南岸、河南固始县以西、淮滨县以南、期思县以北的一个地方，《水经注·淮水》“淮水……又东过期思县北”注“县，故蒋国，周公

① 我曾对《灵台》诗作过较详细的解说，请参阅拙著《周易：追寻失落的文明》（人民出版社，2007年版）第29—30页。

之后也”。《左传·僖公二十四年》“凡、蒋、邢……周公之胤也”，《辞海》“蒋，即今河南固始县之蒋乡”。原本居岐山县北的周公之族的本支，在幽王前期举族逃亡迁徙到淮水之南，同周公之族的另一分支蒋国（周公之族的小宗）会合。《鼓钟》记录举行“合族”典礼。

周、蒋会合之后，第一件大事就是一起举行对他们的共祖周公姬旦的祭祀典礼（据西周宗法，蒋氏小宗无权单独祭祀周公），用了文王创作的“辟雍”大钟交响乐。“鼓钟喈喈，淮水湝湝，忧心且悲”，说的是周公本支族人在行礼时的心态。“忧心且伤”、“忧心且悲”、“忧心且妯”，妯、抽，妯心，现在话就是“揪心”。正常情况下，奏辟雍之乐祭祀周公，是在岐山宗庙隆重举行的。今天却面对着滔滔淮水，翼翼宗庙何在？失去了宗庙，先祖、先公怎样还会福荫我们这些不肖子孙？我们本族的前途只能付与这滔滔东逝的淮水了！能不叫人心痛吗？

幸运的是，“淑人君子，其德不回”，蒋方的人，宽宏大度，不失先祖周公之遗教。“鼓钟钦钦，鼓瑟鼓琴，笙磬同音”，最终周、蒋两族用自己所有的乐器，演出了和谐融洽的大合奏。

最后“以雅以南，以籥不僭”。籥，管乐器，用吹奏乐举行禴祭。《周易·萃·六二》“引吉无咎，孚乃利用禴（孚，意见都一致了；禴，就立个誓约）”。籥、禴，约也，订立一个永不违背的盟约。我们讲着关中方言（以雅），他们却操着南方土话口音（以南），就这样南腔北调地对着先祖周公立了个誓。立了个什么誓约？蒋人答应尊崇我们周公本支族人为大宗，自愿保持原来小宗地位，永不僭越（以籥不僭）！

移民迁徙，得有个明确目的地，总不能像没头苍蝇那样乱闯。周公之族选择迁到淮水之南与蒋氏之族会合，也是事出有因的。《大雅·常武》讲过，宣王为了征伐徐方，曾经亲到淮南

(诗的第一章说宣王带了周六师的兵力,“惠此南国”),而尹氏周公(据《今本竹书纪年》,这位与召穆公同时的尹氏是周定公)参加了这一役,并且由他指挥程伯休父[①],“率彼淮浦,省此徐土,不留不处”(《常武》二章)。率彼淮浦,是统率淮南的地方兵力。这么说,伐徐之役,蒋侯这支地方军队正是周定公的部属,既一同出生入死,又是共祖的血缘关系,经过再三考虑(《瞻卬》三言“人之云亡”),周公之族决计投奔淮南蒋氏,也就是可以理解的事了。

周公本支与小宗蒋氏合族建立“周南”,因此,周南既是地名、国名,它的君主,在重新回归东周王朝之前,可以暂称为“周南公”。

《周南》诗共 11 篇,都是周公之族南迁之后,讲述他们在周南生活的诗。下面我们逐篇进行讨论。

关雎

关关雎鸠,在河之洲。窈窕淑女,君子好逑。(一章)

参差荇菜,左右流之。窈窕淑女,寤寐求之。求之不得,寤寐思服。优哉游哉! 辗转反侧。(二章)

参差荇菜,左右采之。窈窕淑女,琴瑟友之。参差荇菜,左右芼之,窈窕淑女,钟鼓乐之。(三章)

《序》:“后妃之德也。”《副序》:“风之始也。所以风天下而正夫妇也。故用之乡人焉,用之邦国焉。”

这篇诗,经过两千多年的“反刍”,已经被人们说“烂”了,真要

---

① 此人是司马迁的祖辈,宣王时为王朝司马,以官为氏,成为后世的司马氏。(见《史记·太史公自叙》)

再说点什么，还得把它放回到诗人所处的时代和环境来思考。

按时间次序，《周南》的第一篇诗，应该是《鼓钟》。但在《诗经》的传本中，《鼓钟》被编入《小雅》，《关雎》成了首篇，而且被后人赋予特殊重要的意义。

这篇诗讲南迁之后第一代周南公在当地物色一位合意的配偶的艰难曲折过程。

前人已经指出过，这篇诗讲的就是第一章的"窈窕淑女，君子好逑"八个字[①]。这是个确当的见解。《诗经》中的"君子"，都指国君、君主，没有例外。这里指新立的周南国君，周南公。这位周南公应该是同召穆公一起辅佐宣王中兴的周定公的直系后嗣，而后来回归东周朝廷的周公，就是这位君子的直系后嗣。诗三章最后说"窈窕淑女，钟鼓乐之"，钟鼓就是"鼓钟"，君子淑女行婚礼的时候，要用文王之乐，说明这位君子是周公旦之后，使用文王的"辟雍"之乐是周公之族本支的特权。

逑，求偶；好逑，求嘉偶。窈窕，美貌；淑，贤淑就是性情和顺、明白事理。我们周南的君主要找个好配偶，对象当然是个聪明美貌的佳人，同时也要对自己的事业有帮助。诗二章说找寻这样一位嘉偶，很不容易，真可以说费尽心机。"求之不得，寤寐思服"。千万不要误会是姑娘不答应，而是君子眼角太高，左看右看，没有令他满意的。"参差荇菜，左右流之"，想采荇菜，却只看着荇菜从左右流过去，不肯动手，就是看不上眼嘛！从流而不动手到"采之"、"芼之"，左挑右拣，君子的急性儿来了，要真能找到合心如意的嘉偶，"琴瑟友之"，"钟鼓乐之"诸如此类的愿，也不知许了多少。

周南公要物色一位夫人，为什么这么困难？这同周人传统的

---

① 扬之水著：《诗经别裁》（中华书局，2007 年版，第 2 页。）引戴君恩说。

婚姻观念有关，也同“周南”的政治地理环境有关。周人结亲的首要目的是“合两姓之好”，谋求的是两个异姓之族的政治合作或联合，其次是生育后代。最重要的范例就是文王娶大姒，实现了周族和夏族有莘氏的联合，由此而灭夏后氏的崇侯而称霸关中（文王称西伯）。大姒还为文王生了个英雄儿子武王，取得克殷的伟大胜利。这一切，在《大雅·大明》诗中说得最为明白。周南公作为周公之族的宗子，有这些正统的观念是必然的，从他们处处以行用文王“辟雍”之乐的特权自炫自励，就可以看出他们对自己身份的重视。然而，“周南”之地本是淮夷居住的地区，华夏族稀少，淮夷民族则相对落后，对周王朝是时服时叛的关系，同淮夷民族结亲，政治上的不确定因素，是不能不考虑的。但周人坚持同姓不婚，要找就只能找异姓的淑女，这也正是周南公在当地物色配偶的困难之处。

《序》说“后妃之德”。德者，得也。后妃之得，与“君子好逑”一个意思。

从说话的口吻看，诗的作者是某位周南族人，字里行间令人感觉到关切和一丝的讽刺，不排除是原来的蒋人。此人是个不寻常的才子，观察和思维都极尖锐细密。看他用“关关雎鸠”起“兴”，由鱼鹰求偶的鸣叫而说到“君子好逑”，“兴”就是“触景生情”（也可以是“借题发挥”），不但贴切而且自然，说是“天籁”并不过分。同是触景生情的名作，周邦彦的《兰陵王》：“柳阴直，烟里丝丝弄碧。隋堤上，曾见几番拂水飘绵送行色”，就显得造作了。至如晏小山的《临江仙》：“客情今古道，秋梦短长亭”的“情景交融”，则是“兴”的极品了。[①]

---

① 宋周邦彦的《兰陵王》，晏几道的《临江仙》。

葛覃

葛之覃兮，施于中谷，维叶萋萋，黄鸟于飞，集于灌木，其鸣喈喈。（一章）

葛之覃兮，施于中谷，维叶莫莫，是刈是濩，为絺为绤，服之无斁。（二章）

言告师氏，言告言归，薄污我私，薄澣我衣，害澣害否，归宁父母。（三章）

《序》："后妃之本也。"《副序》："后妃在父母家，则志在于女功之事。躬俭节用，服澣濯之衣，尊敬师傅，则可以归安父母，化天下以妇道也。"

差不多所有人都说这是一篇描写妇女归宁的诗，但我看倒不如说是女孩子出嫁之前，父亲或母亲叮咛嘱咐女儿的诗。

其实，周公族迁到周南，远离诸夏，初期男女婚嫁都只能就地解决。周南贵族本来娇贵的女孩儿要出嫁到地方大族（她是贵族，否则不会带着女官师氏出嫁），许多事情都得小心在意。首先，夫家虽不如我们豪华富贵，但自然环境很不错。一章写茂盛的葛覃、活泼的黄鸟，都是当地实际的景物，并不贫瘠荒凉，也表示未来的夫家并不贫困。二章说姑娘嫁过去之后，要克勤克俭。此地不如关中，不产丝、麻，姑娘要学会刈葛、煮葛，要习惯穿细葛絺和粗葛绤做的衣服。三章叮嘱姑娘，到时候要归宁，就事先吩咐保姆（师氏）做好准备，家居和出门的衣服都搓洗干净，才回家探望父母。须知出嫁女归宁，穿戴不适当，就会引起族人许多不胫而走的闲言碎语。这是一篇很有人情味的诗。

卷耳

采采卷耳，不盈顷筐。嗟我怀人，寘彼周行。（一章）

陟彼崔嵬，我马虺隤。我姑酌彼金罍，维以不永怀。（二章）

陟彼高冈，我马玄黄。我姑酌彼兕觥，维以不永伤。（三章）

陟彼砠矣，我马瘏矣，我仆痡矣，云何吁矣。（四章）

《序》："后妃之志也。"《副序》："又当辅佐君子，求贤审官，知臣下之勤劳，内有进贤之志，而无险诐私谒之心，朝夕思念，至于忧勤也。"

卷耳是一种野菜。看见鲜嫩的卷耳，触景生情，想起自己这次长途跋涉的苦况。此诗同行役有关，古今不少注家都说是怀人诗。但只要一进入细节，就很难完全说通。比方说，诗里明说"怀人"，到底谁怀念谁？是行役中的官员想念妻室，抑或闺中思妇怀念那远在天涯的"断肠人"？一章的"我"同二至四章的六个"我"，是同一个人，还是两个人？都是男的？都是女的？抑或一男一女？哪个是男，哪个是女？看来都是唐诗读多了，"罗曼蒂克（romantic）"过了头！

这篇诗真正费解的是一章"嗟我怀人，寘彼周行"两句，特别是"周行"两字，历来不得其解。"行"字有两义，一是供人、畜、车马行走的道路，一是有序的行列。将"周行"解释为周王朝修筑的从西方通向东方的大路，是汉儒的杜撰。《诗经》里的"周行"应该理解为"周宗族中的辈分序列"，这里的周指周王朝宗族，行列是在族中的优先排行序次。例如，古公亶父的三个儿子，太伯、虞仲、季历，《周易》爻辞就称虞仲为"中行（老二、二哥、二叔）"。周人很讲究排行,《左传》中的人物称名中带着伯、仲、叔、季之类的排行序,多得不可胜数。由于亲族称排行的习俗,“周行”就是互认周氏亲族的同时互相序排行辈分(也就是序昭穆),序宗族之大小。

话又得说回来,周人修建通往东方的战略通道是确实存在的,只是不称为“周行”,诗中所讲的“行役者”,也不走在这条周王朝的大动脉上。“陟彼崔嵬”、“陟彼高冈”、“陟彼砠矣”,哪里是什么战略大通道,行役者是在翻山越岭,人疲马病,苦不堪言!

长途跋涉,目的何在?在我的那位“怀人”(嗟我怀人),命我北上中原,为他探寻和联系诸多血缘远近的侯伯亲族(寘彼周行)。“怀人”是怀念宗、亲族的人,此人就是周南的君主周南公。“嗟我怀人”,可叹我们那位苦苦思念宗、亲族的主公,命我为他北上寻亲。他的亲族满天下,我也只好满天下跑了!

“我姑酌彼金罍”,“我姑酌彼兕觥”。原则上,行役是大夫的事。但诗中的行役者,不是一般的大夫。哪怕最受君主宠信的大夫,有带着金罍、兕觥之类的贵重彝器出差的吗?“彼”指君主周南公,这些金罍、兕觥,本是君主交托带送给中原周公一系亲族的礼品。旅途辛苦,管他怎样思念,管他如何忧伤,我且拿这些美器,享受享受,又有何妨呢?此人恐怕就是蒋侯或同一地位辈分的人。

《卷耳》是周南君主要打破孤立,不甘被边缘化,派遣特使,带着礼品北上联系鲁、凡、邢、茅、胙、祭诸亲族,企图恢复或重新确立本族在周公后裔亲族中的大宗地位(寘彼周行)。

樛木

南有樛木,葛藟累之。乐只君子,福履绥之。(一章)

南有樛木,葛藟荒之。乐只君子,福履将之。(二章)

南有樛木，葛藟萦之。乐只君子，福履成之。（三章）

《序》："后妃逮下也。"《副序》："言能逮下而无嫉妒之心焉。"

序说不知所云。

樛字有二义，一是"树木下曲"，一是纠结。注家多取前义，给人的印象是说不清。马融、韩诗文本写作"朻"，樛、朻，同音，都读jiu，朻，高木也。樛字从木从翏，翏有高义，《说文》"翏，高飞貌"，樛也就是高木，樛木，朻木同义。

葛与藟，是两种不同的蔓生植物，葛有块状根，枝蔓较细，蔓延不太高。藟是野葡萄，没有块根，蔓枝更粗、长。

"南有樛木，葛藟累之"，周公本支迁居淮南，此地大小土著群体纷纷向它表示亲附。"乐只君子，福履绥之"，南周公十分高兴，给予他们安抚、扶持（将之）、援助（成之）。

《樛木》讲周南对土著居民实行积极的睦邻、亲善的怀柔政策。

螽斯

螽斯羽，诜诜兮！宜尔子孙振振兮！（一章）
螽斯羽，薨薨兮！宜尔子孙绳绳兮！（二章）
螽斯羽，揖揖兮！宜尔子孙蛰蛰兮！（三章）

《序》："后妃子孙众多也。"《副序》："言若螽斯不妒忌，则子孙众多也。"

许多人都说这篇诗是祝人多子多孙，《诗序》则说"后妃子孙众多也"，多少在反映妻妾成群，儿孙满堂，才算有福气的儒家家庭幸福观。其实,诗人说的是周南和亲睦邻,生活稳定,人口开始增长,显现出兴旺的景象。

族中到处都是欢蹦乱跳的孩子们,成群结队,唧唧喳喳,活像一群群乱飞的蝈蝈。螽斯,蝗属昆虫,说它是蝈蝈,比蝗虫可爱就是了,我们在讲诗,不是研讨昆虫学,只要不离谱,也可以吧!屈万里说,诜诜、薨薨、揖揖,皆形容羽声之盛多;振振,众盛貌;绳绳,连续不断貌;蛰蛰,和集貌。说得很好。

这是周公之族南迁之后迎来的第一个婴儿潮。

桃夭

桃之夭夭,灼灼其华。之子于归,宜其室家。(一章)
桃之夭夭,有蕡其实。之子于归,宜其家室。(二章)
桃之夭夭,其叶蓁蓁。之子于归,宜其家人。(三章)

《序》:"后妃之所致也。"《副序》:"不妒忌,则男女以正,婚姻以时,国无鳏民也。"

《毛传》"夭夭,其少壮也",年少的孩子(其少)长大(壮)了。《说文》"夭,屈也"。桃之夭夭,是说桃树长势太旺,花繁、果硕、叶茂,绿叶成荫子满枝,枝干都被压弯了。实际的情况是,第一次婴儿潮的孩子们都逐渐长大了,女孩子们成熟比男孩早,应该是找合适的好人家出嫁(之子于归)的时候了!

兔罝

肃肃兔罝,椓之丁丁。赳赳武夫,公侯干城。(一章)
肃肃兔罝,施之中逵。赳赳武夫,公侯好仇。(二章)
肃肃兔罝,施于中林。赳赳武夫,公侯腹心。(三章)

《序》:“后妃之化也。”《副序》:“《关雎》之化行,则莫不好德,贤人众多也。”

陆德明《经典释文·毛诗音义》“菟罝。菟,又作兔”,是原文应作“菟罝”,有些本子写作“兔罝”。菟是动物,虎,南国方言称老虎为“于菟”,这是按语音录写,菟、兔同音相混。菟罝就是捕虎的网。

肃肃菟罝,捕捉老虎,得用网眼细密的(肃肃)网,使橛子把它钉在野外稍为高平的地上(逵、坴、陸,高平地。于省吾说),或钉在林中。这些勇武壮士,都是我们主公亲密无间的好帮手。他们都是干城、卫国之士。好仇,与主公出入相追随;腹心,主公有事就找他们商量。

这篇诗讲的是第一次婴儿潮出生的男孩,茁壮长大,周南公喜欢同小子们一起猎虎,悉心教育他们成为保卫家邦、治国办事的好帮手。

《桃夭》、《兔罝》说明婴儿潮的一代人长成了,这中间就是十几、二十年过去了。

芣苢

采采芣苢,薄言采之;采采芣苢,薄言有之。(一章)
采采芣苢,薄言掇之;采采芣苢,薄言捋之。(二章)
采采芣苢,薄言袺之;采采芣苢,薄言襭之。(三章)

《序》:“后妃之美也。”《副序》:“和平,则妇人乐有子矣。”

“后妃之美也”,是句废话。“和平,则妇人乐有子矣”,说得很好,直探“诗心”、“诗志”。

芣苢，也作芣苡，草药，即车前草，结实即车前子。李时珍《本草纲目》说它性“甘、寒，无毒”，有“养肺强阴益精，令人有子”和“治妇人难产”的功效。所有注家都知道诗篇讲的是妇女采车前子，思想“进步”的人则说歌颂妇女的热爱劳动。然而，妇女们热爱劳动，什么事不好干，却去采车前子？比如说“搓搓绳子，薄言搓之”，岂不更像生产劳动？

妇女们采车前子，目的很明确，要多生孩子。《毛传》也说“宜怀妊焉”。而妇女们渴望生孩子的前提是生活安定，物质上有保障，特别是同南迁时的颠沛流离相比较，真是千差万别，不可同日而语。

所以，《芣苢》是通过对妇女们热心于采车前子的活动的描写，反映周南之邦已度过他们最艰难困顿的低谷，重新走向小康社会和人口增长。

汉广

南有乔木，不可休思。汉有游女，不可求思。汉之广矣，不可泳思；江之永矣，不可方思。（一章）

翘翘错薪，言刈其楚。之子于归，言秣其马。汉之广矣，不可泳思；江之永矣，不可方思。（二章）

翘翘错薪，言刈其蒌。之子于归，言秣其驹。汉之广矣，不可泳思；江之永矣，不可方思。（三章）

《序》：“德广所及也。”《副序》：“文王之道被于南国，美化行乎江汉之域，无思犯礼，求而不可得也。”

周南公图谋与召南君主会合共谋大事而不可得。

一章“休息”或作“休思”，“游女”或作“遊女”。

屈万里说是“爱慕游女而不能得者”之诗。现代注家异议不多。三家诗认为游女是汉水女神，浪漫气息更重，或许更符合南国格调。语尾“思”，也同“些”、“兮”等楚语调一致。但神女而言“之子于归”，而且还骑着马、驹出嫁，同凌波神女的形象相去太远，有点令人兴味索然。因此“遊女”还更实在一些，多点人间烟火。其实，《韩诗序》也只说“汉广，悦人也”，并没有想入非非，更何况“神女生涯原是梦”！我以为还是“晨风怀苦心”更切合诗旨。

诗人咏叹的是，周南君子之所思在“江汉之浒”①。然而，“汉之广矣，不可泳思；江之永矣，不可方思”，途程遥遥，一时难如心愿。江汉之浒，即“召南”之国，召公之族南迁之处，汉水在此汇入长江，现今的湖北武汉附近地区。周、召两族，于西周王朝，为师为保，除极少数短期例外，世代联合主持周政几近三百年。周南君子，虽然偏安淮南，但站稳脚跟之后，要想重整乾坤，再造辉煌，自然而然地就会翘首江汉，希望同召南之族会合，共举鹰扬。舍此而外，何复他求？

周人讲婚姻就是讲政治（我在前面已讲述过周人的婚姻观），召南贵族女子如肯出嫁我周南，合两姓之好，哪怕叫我砍柴打草，给她喂马，也心甘情愿。

请注意，此诗企盼周、召两族有朝一日再结成姻亲，“之子于归”，两族便不可能同姓，因为周人是遵奉“同姓不婚”规则的，间接证明召氏之族不姓姬。

关于召公之族的事，我在说《召南》时，再详细讨论。

汝坟

遵彼汝坟，伐其条枚。未见君子，惄如调饥。（一章）

① 见《大雅·江汉》。

遵彼汝坟，伐其条肄。既见君子，不我遐弃。（二章）

鲂鱼赪尾，王室如燬。虽则如燬，父母孔迩。（三章）

《序》："道化行也。"《副序》："文王之化行乎汝坟之国，妇人能闵其君子，犹勉之以正也。"

清人崔述《读风偶识》认为"此乃东迁后诗，'王室如燬'即指骊山乱亡之事"。崔说一点都不错。这篇诗讲的是平王东迁的消息传到周南，周南公立即前往成周（洛阳）朝拜的情景。

那个时候，从河南固始（周南所在）到洛阳，没有现成的交通道路，周南人从潢川附近，沿着汝水溯源而上，大约在临汝附近向北经登封可到洛阳。诗说"遵彼汝坟"就是循着汝水崖岸。"伐其条枚"，"伐其条肄"，因为没有道路，只能披荆斩棘地前进，过了登封，路大概就好走了。

这是一次奇特的会见。不要忘记，幽王前期，虢石父主政，周公本支是失去了职位（周定公是宣王一朝的尹氏），被剥夺了采邑的土地、人民，举族放弃了爵位和岐山封邑，逃亡到淮南同蒋地的周公支族会合，建立周南国。因此，周南公在朝廷已无名分。另一方面，周平王东迁，实际上也是狼狈逃窜、潦倒困顿，所以说"鲂鱼赪尾，王室如燬"。彼此都是移民，在这样的情况下相见，当然也就摆不出什么谱，诗人称平王为"君子"，而不称"天子"，君臣名分未定，就可想见当日的尴尬局面。

"未见君子，惄如调饥"，是在去临汝路上，为了快走，连早饭都顾不上吃了。"既见君子，不我遐弃"，会面之后，对方总算没有把我看成外人（他如何待我？请读《麟之趾》）。可叹落难的王室，困窘之态，犹如一条红尾鳊鱼。"虽则如燬，父母孔迩"，"当前王朝虽然有困难，但终于回归朝廷，对我来说，就好像回到父母身边一样，感到无比的温暖！"周南公要求回归朝廷，向平王求封。

一看见"君子"两个字，就想起他的家室妇人，许多注家都把这篇诗说成是"思妇诗"，不可取。《诗经》的"君子"，不能解作"妇人的老公"。

麟之趾

麟之趾，振振公子。吁嗟麟兮！（一章）
麟之定，振振公姓。吁嗟麟兮！（二章）
麟之角，振振公族。吁嗟麟兮！（三章）

《序》："《关雎》之应也。"《副序》："《关雎》之化，则天下无犯非礼，虽衰世之公子，皆信厚如麟趾之时也。"

序说似懂非懂，念念不忘"后妃"，或许是汉人外戚情结的反映。须知，终两汉之世，外戚始终是个重大危机之源。

周平王给南周公平反，恢复了他的周公之族本支的地位，这主要包括周公嫡系子孙（趾，根基）、继承周公姓氏（定是前额，现代话说就是"招牌"，也就是"匾额"）和成立公族（角，代表政治实力地位），三项内容，承认他正式回归朝廷。周南公总算修成正果了。

召　南

周南是地名,《国风》将周南与召南并提,召南自然也是地名,确切的地望即《大雅·江汉》所说"江汉之浒"的汉水与长江交汇之处,现在湖北武汉周围地区。幽王时期召公之族为了逃避政治迫害,举族从关中逃亡到这里,建立召南之国。《召南》14 篇诗,讲的就是召族南迁的生活和史事。

历来的国学大师们都认为召氏之族是姬姓周族的一个分支,这是错的。但两千年来,将错就错,积非成是,也就没有人去追究了。真实的情况是,召公姒姓,属于虞夏族系的有莘氏(莘可能与虞瞬的关系更密切)。

有莘这个古老氏族的特色在于独立性很强,它与有扈氏同是夏后氏的死敌,夏后氏处心积虑要统一虞夏族系集团,都因遭到他们强劲的抵抗而失败,以致终夏代之世,夏人从不曾形成国家,始终停留在氏族社会。更有甚者,有莘氏还将女儿嫁与商族的成汤,联合其他虞夏氏族,共同将野心勃勃的夏桀(夏后氏启的后裔)驱逐出中原。

以农耕为主的夏族与游牧为主的商族,在中原也无法共处,商族的盘庚在安阳(殷墟)崛起,经过几代人的努力,将夏族人从中原河洛地区驱逐到陕西关中的渭水中下游,商族的武丁在河内和河南地区建立了殷(商)王国。这个时期,夏后氏(崇侯)在西安,有扈氏在户县,有莘氏在朝邑,仍然没有停止内斗。周文王就是利用了虞夏族的内部矛盾,同有莘氏联合,灭了崇夏而统一关中。

《大雅·大明》四、五、六章说:

天监在下，有命既集。文王初载，天作之合。在洽之阳，在渭之涘。文王嘉止，大邦有子。（四章）

大邦有子，伣天之妹。文定厥祥，亲迎于渭。造舟为梁，不显其光。（五章）

有命自天，命此文王。于周于京，缵女维莘。长子维行，笃生武王。保右命尔，燮伐大商。（六章）

这三章诗，前人没有完全读懂。

四章的“在洽之阳，在渭之涘”，郃阳和渭水之间，现今大荔、朝邑两县之间的地区，就是莘国的所在地。文王亲自访问了（文王嘉止）莘国，见到了莘国的女儿大姒（大邦有子）。

五章说两族确定了文王同大姒结亲的事。

关键在六章所说的“有命自天，命此文王。于周于京，缵女维莘”。“缵女维莘”是倒装句，正读应该是“缵莘维女”。缵，续也，继承。“有命自天，缵莘维汝”是说，上天命文王去莘国作为君位的继承人。文王娶了莘国的大姒，就变成莘国的君主。道理很明显，莘国没有男性的继承人，大姒是莘国的女主，女主的丈夫就自然成了该国的君主了。所以，“缵莘维女”语涉双关。

文王娶大姒，实际上导致了周、莘两国、两族合并。“长子维行”是合并的条件之一。文王同大姒所生的第一个儿子（长子）将是周、莘国君位的第一继承人（维行，排行次序优先），这位继承人就是武王姬发（笃生武王）。本来文王的长子是伯邑考，由于不是大姒所生，他的继承权被废除了，让给了文王同大姒的长子姬发。这就形成了周人的婚姻家庭观：合两姓之好和后裔继承权的确立。这个观念的影响极其深远，到今天仍没有完全消失。

这些史实说明为什么周人自称“夏”、“时夏”、“区夏”和尊崇禹。但更重要的是，周、莘合并也确立了两族共治的周王朝统治的政权模式：一个周王，周、夏两族共同主政，通过宗法制度具体化就是周公旦之族的本支和召公奭之族的本支，共同主持王朝政治。这个政权结构模式，实际上就是一种“周、召共和”模式，当周厉王奔彘，不能行使王权的时候，周、召二公共和，就是自然的事，本来西周从成王起就是周公、召公的共和政权，康王则把周、召的爵位和官职关系确定。

召公奭的“召”是地名。召、昭、照、朝读音相同，是语源相同的字，都有光明义，也是《大雅》称之为“大明”之义。召公以国为氏，召邑即朝邑，是大姒的莘国所在，而召公之族也就是姒莘之族的后继成员。

这个周、召共同执政的“共和”模式，在宣王中兴的业绩中还起着重要的作用，但幽王继位之后便被打破了。幽王娶褒姒，在她的教唆之下（《瞻卬》三章“乱匪降自天，生自妇人”），用虢叔代周公主持政务，而周公之族失去采邑、土地和民人，被迫举族逃亡周南（见上文《周南》）。到了这个地步，召公之族逃亡江汉就只是迟早的事了。事见《大雅·召旻》。

文王灭夏后氏崇侯而称霸关中，崇侯之族极有可能从关中逃亡到汉中褒城。幽王娶褒姒，实际上是夏后氏对有莘氏的报复，即以褒城夏族取代朝邑莘族在西周的地位。

鹊巢

维鹊有巢，维鸠居之。之子于归，百两御之。（一章）
维鹊有巢，维鸠方之。之子于归，百两将之。（二章）
维鹊有巢，维鸠盈之。之子于归，百两成之。（三章）

《序》：“夫人之德也。”《副序》：“国君积行累功以致爵位，夫人起家而居之，德如鳲鸠，乃可以配焉。”

序说不知所云。对这篇诗，注家们大多只着眼“之子于归”，而不管“鸠占鹊巢”，于是这篇诗就成了颂新娘（程俊英说）、祝嫁女（屈万里说）的诗。高亨《诗经今注》说是“召南的一个国君废了原配夫人，另娶一个新夫人”，即是说，诗人讲的是一次“鸠占鹊巢”的“之子于归”，这就贴切多了。如果把“召南的一个国君”换成周幽王，夫人换成“王后”，就更切合当时的实际了。

其实，“鸠占鹊巢”的分量很重。幽王废申后（申侯之女）、立褒姒，废太子宜臼、立伯服（褒姒之子），起用虢石父、驱逐周公之族，宠用褒城姒姓夏族、驱逐召（朝）邑姒姓夏族，这一连串事件，有哪一桩不是“鸠占鹊巢”？而这一切都是从“之子于归”即褒姒入周开始的，召人南迁江汉之浒，推源祸始，还不是这个“之子于归”？

褒姒入周，声势十分浩大。西周迎亲（御之）的马车一百辆，褒城送（将之）新娘和她的近侍、嫁妆的车子也有一百辆，褒姒亲族前来参加婚礼（成之）的车子也有一百辆。“维鹊有巢，维鸠居之”，褒姒占据了（居）申后的位子；“维鸠方之”，申后之所有（方，有也），全归褒姒；“维鸠盈之”，还增添对褒后及其亲族不知多少赏赐，大概褒城来的夏族人就住下不走了。

“鸠占鹊巢”是一句尽人皆知的成语，但从动物行为学的角度看，疑问还不少。陈子展《诗三百解题》介绍了不少这方面的资料，很有意思。然而，“鹊”就是我们常见的喜鹊吗？“鸠”到底是什么鸟？是鸲鹆（八哥）？是杜鹃雄鸟，还是布谷（雌的杜鹃）？喜鹊、八哥都是雀形目鸦科鸟类，而且都是留鸟；杜鹃、布谷是候鸟，候鸟占了留鸟的巢，可能性怎样？候鸟到了天冷就走，空巢由别的鸟接收，有没有可能？到底谁占了谁的窝？还有，是后人读了《鹊巢》诗才制作出“鸠占鹊巢”的成语，抑或先有成语，诗人才借题发挥（起兴）作《鹊巢》诗呢？

总之，《召南》第一篇诗《鹊巢》，说的是随着褒姒归周。西周时褒邑即今汉中市北褒城县，该地姒姓夏族取代了召邑（朝邑）姒姓夏族在西周的政治地位，召公之族被迫举族流亡江汉而建立召南国、族。《鹊巢》说的是召南的来由，为什么会有《召南》？这篇诗当作于幽王时期，平王东迁之前。

采蘩

于以采蘩？于沼于沚。于以用之？公侯之事。（一章）
于以采蘩？于涧之中。于以用之？公侯之宫。（二章）
被之僮僮，夙夜在公。被之祁祁，薄言还归。（三章）

《序》："夫人不失职也。"《副序》："夫人可以奉祭祀，则不失职矣。"

植物蘩，一说是白蒿，陆生；一说是款冬，水生；还有一说，蘩有水陆两种，陆生者为白蒿，水生者为蒌蒿。这里，我们就说它是一种可以食用的水生野菜，大概现在称为"茼蒿"，南方人都爱吃。陆生的白蒿即北方的蒿子秆儿。采蘩，就是采集茼蒿野菜。上古时代，采集野菜，一般都是妇女们的劳动。

杨树达说，"于以"是个疑问、询问词。去哪儿采蘩？池、塘、溪、涧里有的是。采蘩干什么用？公侯祭祀（事）、宫里膳食都要这东西。

于省吾说，"被"为"彼"的假借。这里指公侯本人，亦即召南的君主召南公。"僮僮"，即《周易·咸·九四》"憧憧往来，朋从尔思"的"憧憧"，往来不绝。召南公办公事接见宾客直到深夜。"祁祁"，舒徐貌，与"薄言"结合起来，就是"好言劝勉"[①]。还归，一定要重新回归朝廷。三章是说南召公坚持着重新返回朝廷的信念。

---

① 薄言，王夫之释为"勉言"。《诗经稗疏》"《方言》：薄，勉也。郭璞注：相劝勉也"。

《采蘩》诗讲述，召公之族初迁江汉，处于用野菜事神，采野菜为食，物质供应缺乏的困难境地，仍然对本族重掌西周政权的前途，没有失去信心，互相勉励。《左传·隐公三年》君子评论“周郑交质”、“周郑交恶”，就套用这篇诗说：“苟有明信，涧、谿、沼、沚之毛，蘋、蘩、蕰藻之菜……可荐于鬼神，可羞于王公，而况君子结二国之信，行之以礼，又焉用质？《风》有《采蘩》……昭忠信也。”所以，《采蘩》有“昭忠信”之义。南召公重返朝廷的信念就来源于当日文王娶大姒，莘国归并于周，是有誓约的。

草虫

喓喓草虫，趯趯阜螽。未见君子，忧心忡忡。亦既见止，亦既觏止，我心则降。（一章）

陟彼南山，言采其蕨。未见君子，忧心惙惙。亦既见止，亦既觏止，我心则说。（二章）

陟彼南山，言采其薇。未见君子，我心伤悲。亦既见足，亦既觏止，我心则夷。（三章）

《序》：“大夫妻能以礼自防也。”

序说的错误在于把“君子”解读为“丈夫”。这篇诗同妇人、丈夫无关。《小雅》有一篇《出车》，其五章“喓喓草虫，趯趯阜螽。未见君子，忧心忡忡。既见君子，我心则降。赫赫南仲，薄伐西戎。”用同样的辞句，想的却是有名的将领南仲。“君子”是对有贵族身份的人的称呼，甚至对王，不当面也称君子，如《大雅·旱麓》的“岂弟君子”[①]。《汝坟》的君子则指东迁后的周平王。

① 《旱麓》是周人报祭太王古公亶父的诗。请参阅拙著《周易：追寻失落的文明》，人民出版社 2007 年版，第 112 页。

“未见君子、既见君子”的“君子”指召南公。“见”的主词是西周的召氏其他亲族。召公大宗本支被逐，召氏其他小宗亲族失去了靠山，所谓“一枯俱枯”自然也都踏上逃亡之路，投奔江汉之浒的召南。

他们见到了“君子”召南公，有如草虫遇见阜螽（蚂蚱见着了蝈蝈），都是蝗类昆虫，彼此同一族类。采蘩的见着采蕨的和采薇的，大家都是逃亡的，都得吃野菜度日，境遇也相差无几！在这样的情势下相见，真是恍如隔世！不过，能够见到了宗主，我也就放下这条心了啊！我心则降、则悦、则夷，意义基本相同。

我们知道，召公之族南迁比周公之族稍晚，犬戎灭周又更晚。平王东迁激发移民大浪潮则在西周灭亡之后。然而，在褒姒之党的政治压力下，召公之族被迫逃亡，其他召氏亲族自然也不会被放过。他们逃亡江汉，投靠召南，大家一起过穷日子。此诗当作于召氏南迁之后平王东迁之前。

采蘋

于以采蘋，南涧之滨；于以采藻，于彼行潦。（一章）
于以盛之，维筐及筥；于以湘之，维锜及釜。（二章）
于以奠之，宗室牖下。谁其尸之，有齐季女。（三章）

《序》：“大夫妻能循法度也。”《副序》：“能循法度，则可以承先祖，共祭祀矣。”

序说不懂“礼”，哪有在牖下祭祖先的道理？祖先神主往哪里放？这篇诗讲祭祀，没有疑问。从一、二章看，祭品只有采自涧边、沟里的蘋与藻，有生的，也有煮熟的。“于以湘之”，湘与享读音相同，享与烹是一个字，湘之即烹之，将野菜放在锅里煮成羹。

锜是有脚的釜,都是日常生活用品,不是礼器。

三章讲祭祀场所不在宗庙,而是在"宗室牖下",宗室是宗主居室,是生活场所。主祭者,也就是行礼的人是"有齐季女"。齐字的本义是田里每株禾都顶着穗,正常年份小满、芒种节气前后的麦田就能看到这种景象,麦穗都出齐了,麦子要成熟了。有齐季女就是女孩子发育成年了,就像小麦顶着穗一样。

因此,《采蘋》讲召南公的小女儿在家里举行成年礼(男孩子成年则行"冠礼"),由于时局动荡,尽管祭品不能丰盛,但仪式还得照样举行,不可让孩子太过委屈了。这有点像《周易·坎·六四》"樽酒,簋贰,用缶。纳约自牖,终无咎",也是非常时期行事从权,但简而不陋。

这篇诗旨在说明,时间过得快,逃亡江汉,一转眼之间,女孩儿长大成人,该考虑给她找婆家的事了。

甘棠

蔽芾甘棠,勿翦勿伐,召伯所茇。(一章)
蔽芾甘棠,勿翦勿败,召伯所憩。(二章)
蔽芾甘棠,勿翦勿拜,召伯所说。(三章)

《序》:"美召伯也。"《副序》:"召伯之教,明于南国。"

序说勉强可通。甘棠,海棠树的一种,结实可食。诗中所说甘棠,看来是一株不多见的古木,高大而茂密,召伯,即穆公召虎,很喜爱它,经常在树下闲坐、打盹、休息。召公去世了,召南的人为了怀念召伯而保护这株树,相诫不要剪伐、不要毁坏和攀折(拜,即俗语的掰字)。

这篇诗是讲召伯逝世,排在《草虫》之后,说明召伯虎是在召南去世的。去世时平王东迁，移民高潮还未发生。

行露

厌浥行露，岂不夙夜，谓行多露。（一章）

谁谓雀无角？何以穿我屋？谁谓女无家？何以速我狱？虽速我狱，室家不足。（二章）

谁谓鼠无牙？何以穿我墉？谁谓女无家？何以速我讼？虽速我讼，亦不女从。（三章）

《序》："召伯听讼也。"《副序》："衰乱之俗微，贞信之教兴，强暴之男不能侵凌贞女也。"

这是一篇讲女子拒婚的诗，近现代注家看法基本相同。

宋代的王柏提出过一个疑问，他在《诗疑》中说："《行露》首章与二章意全不贯，句法体格亦异，每窃疑之。后见刘向传列女，谓召南申人之女许嫁于酆，夫家礼不备，而欲娶之。女子不可，讼之于理，遂作二章，而无前一章也。乃知前一章乱入无疑"。刘向的说法不见得就正确，但第一章和二、三章放在一起，缺乏连贯性，确实难以解释通顺。王柏怀疑是错简，不无道理。一章三句，讲的是露水太湿，远行人不愿赶早出门上路，与女子拒婚接不上茬。但刘向的故事是无稽之谈。

"谁谓雀无角，何以穿我屋？""谁谓鼠无牙，何以穿我墉？"是比喻。穿屋、穿墉，是说这个男的"会钻"，他像麻雀穿屋、老鼠打墙洞那样千方百计、无赖地纠缠着我。"谁谓汝无家，何以速我狱？""谁谓汝无家，何以速我讼？"不管你有没有家，这不是迫我向官府告你吗？我要告你这"室家不足"的无赖穷鬼，谁管你有没家，总之，我死也不会嫁给你！

这是一篇《召南》诗，诗的女主人是召公之族人，男的是江汉土著。男的死乞白赖地追求，女的嫌他又穷又土，坚决不嫁。《毛传》说这个女子，“终不弃礼而从此强暴之男”，这实际上是两种文化的冲突。召族女子习惯了文明的媒妁婚聘制度，而江汉土著却不管这一套，自然说吹了。

朱熹力主废《序》，对这篇诗，他却说：“南国之人遵召伯之教，服文王之化，有以革其前日淫乱之俗，故女子有能以礼自守，而不为强暴所污者，自述己志，作此诗以绝其人。”只不过汉人说汉语，宋人讲宋话，又比《诗序》高明多少呢？

羔羊

羔羊之皮，素丝五紽。退食自公，委蛇委蛇。（一章）
羔羊之革，素丝五緎。委蛇委蛇，自公退食。（二章）
羔羊之缝，素丝五總。委蛇委蛇，退食自公。（三章）

《序》：“鹊巢之功致也。”《副序》：“召南之国化文王之政，在位皆节俭正直，德加羔羊也。”

羔羊的皮、革，是大夫冠弁、官服的材料。缝制时用素丝交叉，市俗写做8形的数目字）锁边或缝接。南迁江汉到现在，官吏们冠、服上的羔羊皮革开始破旧，缝隙、破绽、裂口需要用素丝补缀之处日多。“總”就是用素丝束扎破洞。总之，五花八门，难成体统。但这并不妨碍他们仍然天天入朝，在公家那儿饱餐一顿（退食自公，自公退食），然后懒洋洋地漫步回家。

这篇诗很重要，作者用极少的笔墨，简单而又深刻地刻画出召南的统治者们意志消沉，士气低落，完全在得过且过地混日子。这种日子混到什么时候？答案在下面。

委蛇委蛇，不只是一群官僚在那儿穷极无聊，而是整个召族成了无主孤魂。

殷其雷

殷其雷，在南山之阳。何斯违斯，莫敢或遑！振振君子，归哉！归哉！（一章）

殷其雷，在南山之侧。何斯违斯，莫敢遑息！振振君子，归哉！归哉！（二章）

殷其雷，在南山之下。何斯违斯，莫或遑处！振振君子，归哉！归哉！（三章）

《序》："劝以义也。"《副序》："召南之大夫远行从政，不遑宁处，其室家能闵其勤劳，劝以义也。"

殷其雷，召南人听到西周灭亡、平王东迁的消息，如闻暴雷。

这篇诗费解的就是三句话："何斯违斯"、"振振君子"、"归哉！归哉！"

"何斯违斯"。前斯指时间，后斯指地方。违是离去。"何斯违斯"就是何时离开此地，此地指说话人的所在地：召南。这样，"振振君子"即"君子振振"，国君召南公和他的廷臣们听到平王东迁的消息，振作起来了。"归哉！"何所归？归周！"莫敢或遑"！还等什么？殷雷与南山，是想象中的景，有如《易传》的"象（想象）"（《殷其雷》就是[震]卦），诗人狡狯，不必凿实。

摽有梅

摽有梅，其实七兮。求我庶士，迨其吉兮。（一章）

摽有梅，其实三兮。求我庶士，迨其今兮。（二章）

摽有梅，顷筐塈之。求我庶士，迨其谓之。（三章）

《序》："男女及时也。"《副序》："召南之国被文王之化，男女得以及时。"

这篇诗写女子待嫁，没有什么疑问。待嫁，而用打落树上的梅子抛掷出去作比喻，花期已过，老女不售，"男女不及时"的意思十分明显。老女还不只一个两个，而是七个、三个，最后"顷筐塈之"，整筐处理完毕。梅子抛给谁？对象是"庶士"。

"求我庶士"可读"我求庶士"，求，用现代人的话说就是"招募"，召南决定从江汉土著庶民中招募一批新行政管理人员（庶士），并且将待嫁的召族女子婚配给他们作为鼓励、笼络的手段。

"迨其吉兮"，迨，及也，顾及，轮到。条件好的女子，首先照顾那些优秀的人员，如《书・立政》所说的"庶常吉士"，也就是吉女配吉士；"迨其今兮"，今，读为堪（闻一多《诗经通义》），即过得去，与出类拔萃相对而言。"迨其谓之"，谓，读为会，即由他们相会面自己选择决定。

南迁初期，召族对土著没有和亲政策。《采蘋》的"有齐季女"，成年之后，也不提婚嫁；《行露》描写土著男子的粗鄙无礼，令召族女子十分反感。文化冲突，令异族通婚相当困难。《摽有梅》无疑是一个转折点。转折的意义是《殷其雷》的"振振君子"，导致本篇的"求我庶士"。

《摽有梅》讲的是召族君子们采用招亲的办法在江汉土著中招募人才，以求振兴召南，摆脱《羔羊》那种"委蛇委蛇"的无所作为的状态。

小星

嘒彼小星，三五在东。肃肃宵征，夙夜在公，寔命不

同。(一章)

嘒彼小星,维参与昴。肃肃宵征,抱衾与裯,寔命不犹。(二章)

《序》:“惠及下也。”《副序》:“夫人无妒忌之行,惠及贱妾,进御于君,知其命有贵贱,能尽其心矣!”

序说屡屡鼓吹后妃夫人“不妒忌”,或许与汉朝多起皇后虐杀皇帝宠妾的案件有关,吕后虐杀戚夫人就是最彰著的恶例。

陈子展《诗三百解题》说是“小臣行役之作”。屈万里《诗经诠释》说“《韩诗外传》卷一引此诗,以为劳于仕宦者之作,近是”。《韩诗》不强调“行役”,那么,“宵征”不指出差,指什么?

于省吾《泽螺居诗经新证》指出,宵、小古通,并引《礼记·学记》、《文选·江文通杂体诗、鲍参军诗》等注中都有“宵之言小也”,“宵犹小也”的说法。他又指出,“正”、“征”、“政”古通用。然则,“宵征应读为小正”,“小正谓小官长也”。肃肃小正的“肃肃”,谓其恭敬有仪也。于老前辈的说法十分正确,正如他也指出的,着眼于宵征(夜间出差),诗主人到底是谁,是谁“夙夜在公,寔命不同”,都没有着落。

小正与宵征,读音相同,古书抄写出白字,不足为怪。其实,这篇诗的“小正”小官吏,就是上一篇《摽有梅》的“庶士”,即那些用通婚方法招来的异族人才。这个办法果然管用,他们积极严肃,一洗《羔羊》所讲的那种暮气沉沉、无所作为的气习。“夙夜在公,寔命不同”,“抱衾与裯,寔命不犹”,不但从早到晚,甚至在官舍过夜,而且执行和实施公侯的命令,十分认真,不打折扣。

《小星》描述的是振振君子,实行通婚政策招徕人才之后的一点新气象。

江有汜

江有汜，之子归，不我以。不我以，其后也悔。（一章）
江有渚，之子归，不我与。不我与，其后也处。（二章）
江有沱，之子归，不我过。不我过，其啸也歌。（三章）

《序》："美媵也。"《副序》："勤而无怨，嫡能悔过也。文王之时，江、沱之间，有嫡不以其媵备数，媵遇劳而无怨，嫡亦自悔。"

序的作者们的"二奶情结"，大、小老婆纠缠不清，实在可笑。

吕明涛笺注闻一多《诗经通义》，引陈梦家《禹邗卫壶考释》说"江之别流曰沱，亦曰渚，亦曰汜"。诗人以江水别流比喻丈夫移情别恋。

"之子归"的子，可以指女子，也可以指男子。归，可以指回家（男、女皆可），也可以指女子出嫁。《诗经》"之子于归"，必指女子出嫁。但这里的"之子归"只能解作男子回他的本族的家。高亨解"不我以"，不带我去；"不我与"，不和我同去；"不我过"，不到我这里来。甚妥。悔，指悔过；处，"处之泰然"的处；"其啸也歌"，不但吹着口哨还哼着歌。《江有汜》讲的是丈夫移情别恋，诗人用弃妇的口吻述说事情的经过。这当然是突击和亲政策"摽有梅"的后继。

结婚后，有一次，他回自己本族的家，不带我去。回来之后，还对我说一声对不起，表示悔过。这以后，他不同我一起回他本族的家，却什么都不说，像没事人似的。现在，他回本族之后，不再到我这里来了，偶然碰上他，他却吹着口哨或哼着歌儿，对我视而不见了。

移情别恋的男子，当是《摽有梅》"求我庶士"的土著庶士群中的一员，至于弃妇则属于召南的女子。

野有死麕

野有死麕，白茅包之。有女怀春，吉士诱之。（一章）

林有朴樕，野有死鹿。白茅纯束，有女如玉。（二章）

舒而脱脱兮，无感我帨兮，无使尨也吠。（三章）

《序》："恶无礼也。"《副序》："天下大乱，强暴相陵，遂成淫风。被文王之化，虽当乱世，犹恶无礼也。"

依照序说，《野有死麕》是个强奸的镜头了。可是现代注家，人人都说这是一篇男女欢爱的诗，双方都善良可爱。我丝毫不反对这一看法。只不过为了求真，把事情说清楚，虽然有点杀风景，恐怕也是必要的。

"吉士"一词，除这篇诗"吉士诱之"之外，还见于《大雅·卷阿》七章"蔼蔼王多吉士，维君子使，媚于天子"。（《卷阿》八章另有"蔼蔼王多吉人，维君子命，媚于庶人"）。还有就是，《摽有梅》一章"求我庶士，迨其吉兮"，指庶士中之吉者，也当归入于吉士之流。因此，《诗经》里的"吉士"指的是精明能干（能媚于天子）的小臣、小正等小官吏，而不是什么纯洁善良的青年（程俊英说）。当然，也不必像宋、明理学家那样，多少认为他们就是无行之人，说这篇诗是"淫诗"。

召南公为了有所作为，采用和亲的办法，招聘和任用了一批江汉土著出身的官员，大大地提高了召南政权的行政效率，《小星》诗说明了这一点。然而，通过指配和亲这种异族通婚方式建立起来的家庭并不稳定，男方要么还是回本家找自己本族的女子（《江有汜》说明了这一点），要么就是"有女怀春，吉士诱之"，江汉的吉士引诱召族未婚的姑娘。

《野有死麕》讲的就是吉士引诱姑娘的故事。他们约好在树林里幽会。男的事先猎杀个獐、鹿之类的野味，把新鲜的肉割下来，用白茅包好，事完之后送给姑娘带回家。三章是姑娘在幽会时对情人说的话。脱脱，形容一种有节奏的动作。而，你的。“舒而脱脱兮”，你动作轻点儿啊！别弄脏我的围巾啊！那只狗，让它别叫啊！

这位姑娘，说不定就是《采蘋》的“有齐季女”。

何彼襛矣

何彼襛矣？唐棣之华。曷不肃雝！王姬之车。（一章）

何彼襛矣？华如桃李。平王之孙，齐侯之子。（二章）

其钓为何？维丝伊缗。齐侯之子，平王之孙。（三章）

《序》：“美王姬也。”《副序》：“虽则王姬，亦下嫁于诸侯，车服不系其夫，下王后一等，犹执妇道，以成肃雍之德也。”

《毛传》“襛，犹戎戎也”，戎戎是盛大的意思。《诗序》说“美王姬也”，没有说对。诗人歌颂的不是王姬，而是歌颂娶王姬的那个“彼”。

“彼”，到底是谁？所有古今注家都只能从“平王之孙，齐侯之子”去考虑。有两种说法。一说是平王的孙女嫁给齐侯的儿子。鲁庄公元年和鲁庄公十一年，《春秋》曾两次记载王姬归于齐。“齐侯之子”便有两个，第一个是齐襄公的儿子，第二个是齐桓公的儿子[①]。不管人们说的是哪一个，都同召南扯不到一起，除非

① 这两次“王姬归于齐”都是由鲁国主婚，《春秋》是把它作为鲁史记录下来的。

《诗经》的编者搞错了，把《齐风》的诗挪到《召南》来。这种错误的可能性很小。

另一种可能的说法是，“平王之孙，齐侯之子”指的是同一个人，而这个人被看做是王姬，而且她确是坐着“王姬之车”(一章)嫁过来的。如果是这样的话，齐侯的女儿(女儿可以称“子”)，就是平王的外孙女。从年代看，极有可能是，平王的一个女儿(太子洩父的姐妹)嫁给齐庄公的儿子，即后来的齐僖公(公元前730—前698年)所生的女儿。这个平王的外孙女，齐僖公的女儿，也就是平王的孙子周桓王的姨表姐妹。太子洩父早死，未得立，其子桓王在位22年(公元前719—前697年)。周桓王主婚把自己的表妹，即齐僖公的女儿，以王姬的礼仪嫁给召南的君主做夫人。只有这样，“王姬之车”才有可能出现。[①]

这件婚事，大概发生在桓王即位初期，鲁史《春秋》不载，因为同鲁国无关。

诗人所说的“彼”，指的就是召南的君主召南公。“何彼襛矣！”他这回真是大大的有面子有地位了。唐棣不是树名，是指马车上的围帐(闻一多《诗经通义》有详细的考释)。王姬之车，装饰得极其华美，不用说了。曷不肃雍，怎么总令人感觉得缺少“严肃和谐的气氛”?(程俊英说)。“其钓为何?维丝伊缗”，《郑笺》说得很好：“钓者以此有求于彼，何以为之乎?以丝为之纶，则是善钓也”。“何彼襛矣”这齣戏，实质是一场政治交易，而被打扮成王姬的“齐侯之子(女)”，只不过是这场交易的筹码。她自己清楚，别人也清楚，更不用说诗人。这种情形之下，又怎能有肃穆祥和的气氛呢?

---

① 范家相《三家诗拾遗》“何彼穠矣(鲁诗)郑玄《箴膏肓》曰：齐侯嫁女，以其母王姬治嫁之车远送之”。范注：此为鲁诗，说见康成答张逸语。

桓王十三年伐郑，即繻葛之役，郑祝聃射王中肩。“何彼襛矣”的上演或许就在伐郑战役之后。

驺虞

彼茁者葭，壹发五豝。吁嗟乎驺虞！（一章）
彼茁者蓬，壹发五豵。于嗟乎驺虞！（二章）

《序》：“《鹊巢》之应也。”《副序》：“《鹊巢》之化行，人伦既正，朝廷既治，天下纯被文王之化，则庶类蕃殖，搜田以时，仁如驺虞，则王道成也。”

驺，是主管驯养和狩猎野兽的官员；虞，是管理山泽的官员。官阶都不高。召南在江、汉交汇地区，河沟和湿地多，动、植物资源丰富。每年开春之后，茂盛生长的芦苇（葭）、蓬蒿（蓬）丛中，藏匿着不少小野猪。只要拨（发）开蓬蒿、芦苇，它们就五六头一起往外窜，任由人们抓捕或射杀。这正是驺虞们欢快的好时光啊！

这是一篇简洁质朴的生活小诗，不要让圣王文明、教化，仁义、道德的谰言把它污染了。

二《南》总说

经我们对《周南》和《召南》二十五篇诗的通释，大体上，它们的“移民史诗”的特质是清楚的。

二《南》被安排在十五国风之首，当然与周、召两族在周王朝的历史中的作用和地位有关，同时这两族逃亡的时间也最早。周公和召公两族是周民族和夏民族在文化方面长期交会与融合的象征，同时在政治上代表着两个民族“共和”模式的旗帜。整个西周时期，在政治上，人们唯周、召两公、两族的马首是瞻，是正常的。在周人看来，周，召代表着周王朝政治的正统。幽王、褒姒在位时期，西虢和褒夏专政，周、召两族被驱逐出朝廷，逃亡到周南和召南，意味着西周政治的正统被断绝了，在人人自危的政治气氛之下，周王朝的命运也就不可问了。《国语・郑语》说得再清楚不过了，即使不发生戎族的入侵，周王朝的大变动也是无法避免的。这也是后人提出“正”、“变”概念的实质所在，尽管人们对这个概念的理解从来不一致。

作为移民的目的地，周南的人文地理条件似乎较召南优越得多。首先，淮南蒋国的存在，周、蒋顺利合族（见上文对《小雅・鼓钟》的分析），为周南的建立提供一个现成的实力基础。召南在江汉地区，基本上是孤立的，差不多一切都得从头开始。虽然有一些其他家族或亲族陆续从关中逃亡到江汉同召公之族会合（见《召南・草虫》），但并不能迅速改变移民初期的困难状态。

其次，移民和原住民两种群体之间的关系，如何打破隔阂，建立和睦友好，甚至互相依存的关系，对移民群体本身的安全与发展至关重要。在这方面，周南、召南的做法不同，效果也是大不一样的。《关雎》和《葛覃》讲周南是自上而下采取异族通婚、和亲的政策，实际的效果就是《樛木》。葛之覃、葛藟，一方“施于中谷”，而另一方则附于乔木，结成紧密的互相依存的关系。召南的情况就大不一样了。《采蘋》中的“有齐季女”成年了，但婚姻却没有着落，只要同《葛覃》相比，就不难看出其中的不同。贵族女孩儿采蘋，平民女子便只有行露了。然而，移民的婚姻问题迟早总要解决的，或者放弃族外婚制度实行族内婚，或者异族通婚，没有其他出路。召南最后想出了“摽有梅”的用婚配招募土著官员的办法，但《江有汜》和《野有死麕》成了社会问题。总的说来，周南由于能够较好地利用当地的人文地理的优越条件，在人口和物质生活方面取得稳定的增长，《螽斯》、《桃夭》、《兔罝》、《芣苢》，就显示出一种发展的良性循环。召南由于处境孤立和边缘化，不容易克服物质生活的困难，一度陷于志气消沉、无所作为的境地。《羔羊》只用了“委蛇委蛇”四个字就说尽了消极委靡之态。

周、召这两个西周老牌贵族群体，本来就是王朝正统的化身。周厉王变革失败奔彘，就是他们以自身的存在保证了王朝正统的延续，导致了宣王中兴。现在，幽王被杀，西周倾覆，平王东迁，没有他们，王朝正统还能延续吗？他们除了入周之外，还能有其他的出路吗？有了他们，王朝正统还可为吗？

其实，这些都并不重要。眼前重要的是，脱离开王朝，他们便什么都不是！《汝坟》说“未见君子，惄如调饥”，“既见君子，不我遐弃”，小朝廷虽则如燬，“父母孔迩”。回归正统，犹如回到父母身边，让人心里踏实。“归哉！归哉！”

吴公子季札对二《南》的评论是：“美哉！始基之矣，犹未也。然勤而不怨矣。”意思是说，周、召之族回归王朝（东周）的愿望是实现了，但距离西周王朝正统的恢复还远得很（犹未也）。他们是朝这个方向努力的！

卫 风

《国风》的“邶、鄘、卫”,历来是个说不清的问题。

历史上存在着两种看法。第一种看法是,邶、鄘、卫是卫国地名,三地诗人的诗作,合成卫国的国风,称为《卫风》,鲁《诗》文本和吴公子季札就是这样看的。《左传》襄公三十一年,北宫文子引邶诗《柏舟》而称为《卫诗》,北宫是卫国人,自然不会错。显然,这是春秋时代人的概念。

第二种看法,《邶风》、《鄘风》、《卫风》,作为三个分立的国风。《毛诗》是这样看的,是汉代人的概念。

我采取第一种看法,这同我提出的春秋移民史诗的概念有关。邶、鄘都是平王东迁之役掀起的关中大移民浪潮的一部分。《史记·卫康叔世家》说“(卫武公)四十二年,犬戎杀周幽王。武公将兵往佐周,平戎,甚有功。周平王命武公为公”。当时一些卫康叔后裔亲族,在卫国武力保护下随同东迁,最后到达卫国,被安置在邶、鄘两地,实际上成为卫国的附庸。这就是邶、鄘的来历。这是公元前770年的事。在这以前,邶、鄘不见于典籍,作为卫国的地名,也不为人所知。

邶、鄘除了有诗人作诗,见于《诗经·国风》之外,春秋时期的诸侯朝聘、会盟、战争等活动,都没有他们的份儿。他们是够不上称为“国”的。邶、鄘存在的时间也并不长。卫懿公八年,公元前661年,狄人入卫,卫戴公东迁漕邑(河北省滑县),文公迁楚丘(山东省城武县),连卫人都变成了移民,邶、鄘的称号就此消失,再也不见有人提起。狄灭卫,卫人损失很大,到文公以后才有所恢复,邶、鄘作为氏族群体不再单独存在,最终融入恢复的卫国,可能性是有的，但《卫风》也走向完结。

《诗经》邶、鄘、卫的始末，大致就是这样。汉儒迂腐，一提起西周，就必须文、武、周公都得出场，一提起卫风，周公、管、蔡、武庚、三监都得登台，否则就唱不成戏似的。《汉书·地理志》"河内本殷之旧都，周既灭殷，分其畿内为三国，诗风邶鄘卫国是也。邶以封纣子武庚；庸，管叔尹之；卫，蔡叔尹之；以监殷民，谓之三监"。卫的始封在周公东征之后，《康诰》说得很明白。春秋之前，邶、鄘根本就不见经传。班固在写历史小说，不足为据。王国维《观堂集林·北伯鼎跋》，器出河北省涞水县，但制器年代不明，这个"北"在燕地，他说"余谓邶即燕，鄘即鲁也"。这一说法可信度很小。

其实，对我们来说，真正重要的还在于诗文本身到底在说什么？能提供什么信息？下面我们按邶、鄘、卫的次序，对诗篇进行释读。

《邶》、《鄘》、《卫》合起来的《卫风》共39篇诗，在国风中分量最重。我们先读诗，许多问题将在"《卫风》总说"中再作讨论。

邶诗19篇，不但在《卫风》中分量最重，即使在所有国风中，也仅次于《郑风》21篇。

柏舟

汎彼柏舟，亦汎其流。耿耿不寐，如有隐忧。微我无酒，以遨以遊。（一章）

我心匪鉴，不可以茹。亦有兄弟，不可以据。薄言往愬，逢彼之怒。（二章）

我心匪石，不可转也；我心匪席，不可卷也。威仪棣

棣，不可選也。（三章）

忧心悄悄，愠于群小。觏闵既多，受侮不少。静言思之，寤辟有摽。（四章）

日居月诸，胡迭而微。心之忧矣，如匪澣衣。静言思之，不能奋飞。（五章）

《序》："言仁而不遇也。"《副序》："卫顷公之时，仁人不遇，小人在侧。"

卫顷公（《史记》称顷侯）是周夷王时的人，与邶诗无关。此诗当作于周平王初年，卫武公中期。

柏舟，用柏木造的船。李时珍《本草纲目》说扁柏，"盖阴木而有贞德者"，这是一种阳性乔木而耐阴、耐湿，因而赋予它坚贞、处逆境而不屈的德行。

"汎彼柏舟，亦汎其流"，上汎字是形容词，是说柏木做的舟，浮力很大；下汎字是动词，柏舟在河中漂荡着，不能固定下来。柏舟指一个移民群体，虽然被安置到邶地，却仍然不能平安稳定地生活，日夜忍受着失落感的煎熬，纵使饮酒、遨游也排遣不了这种苦闷。（一章）

我的心不是一面铜镜，好的、丑的，都兼收并蓄，无所反应。我勉强向我的那个兄弟诉说我的苦恼，哪知非但不能靠他解决问题，反而被他怒斥一顿。移民所迁之邶，是卫之北鄙，卫君（卫武公）当是邶的地主，与邶移民的族长是兄弟辈分的血缘关系。

第二章：我是有坚强意志的人，我的意志（我心）不像一块可以任由别人转动、摆布的石头；我的意志也不是任人舒卷的席子。

選、巽，古时候是一个字。《周易》有［巽］卦，《经典释文》引《广雅》"顺也"即顺从、屈服的意思。《易传·杂卦》"巽，伏也"，

《象传》说“君子以申命行事”。“威仪棣棣，不可選也”，我有我的身份、地位，我知道该如何依礼行事，怎么可以一切由你说了算（屈从于你）呢？（以上三章）

群小，指卫君的下属，他们都怨恨我，我的苦处却没有地方可以诉说。我被这些人在背后中伤诬陷（闵、即慜，诬陷中伤），让我不断地受卫君的折辱。午夜梦回（寤辟），不能释怀（静言思之），不由得我不捶胸（有摽）哀叹。（四章）

“日居月诸，胡迭而微”。微，日、月蚀。迭，当训反复。不知道怎样，我在他心目中的形象，就如日、月之蚀，越来越昏暗无光。“匪澣衣”，穿着脏而不洗的衣服似的难受。令人忧伤的是，被诬蒙垢，而不能还我清白。反复思量，我要是能够振翅高飞，远离这一切就好了。（末章）

序说“柏舟，言仁而不遇也”，虽然空泛，还不算完全走板。朱熹《诗集传》“妇人不得于其夫，故以柏舟自比”，与诗旨相去十万八千里。

卫与齐、鲁、燕同是东方最早受封的诸侯国之一。但康叔也同周公、召公、齐太公等一样，在宗周任显要职位。《史记・卫康叔世家》说“成王长，用事，举康叔为周司寇”，也就是说，康叔之族的大宗本支和一些分支，留在中央做官，而卫国国君一直都称伯，到周夷王时才称侯，平王时才称公。因此，论“周行”（西周宗族序昭穆行辈地位），卫国公族的地位是低于康叔之族的大宗本支的。

平王东迁，在卫武公的武装保护之下，随着移民大洪流东迁（亦汎其流）被安置在邶地的正是康叔之族的大宗本支。也只有这样，《柏舟》诗主人才有“威仪棣棣，不可選也”的本钱，才有哀叹“亦有兄弟，不可以据”的资格。他的际遇坎坷，诗文本身已经说得很清楚了。他的怨气冲天，也是可以理解的，毕竟是从当世文明的中心，漂泊到落后的鄙野之邶地，所谓“仁而不遇”。原来的一套,全然行不通是必然的。

在移民群体中,这是一种非常突出的典型。

绿衣

绿兮衣兮,绿衣黄里。心之忧矣,曷维其已?(一章)
绿兮衣兮,绿衣黄裳。心之忧矣,曷维其亡?(二章)
绿兮丝兮,女所治兮。我思古人,俾无訧兮。(三章)
絺兮绤兮,凄其以风。我思古人,实获我心。(四章)

《序》:"卫庄姜伤己也。"《副序》:"妾上僭,夫人失位而作是诗也。"

这篇诗历来不得其解。崔述说是悼亡,闻一多说是感旧。当然都有所因而发,倘若我们像春秋人称引诗句,借诗人的文字,抒自己的怀抱和感触,以求得听者的共鸣,便大可以不必去管诗人、诗心到底如何了。

黄裳,是周人社祭时主祭者所穿的礼服。《周易·坤·六五》"黄裳,元吉",坤,土申合文,本义是土神,坤卦是祭土神之卦,祭土即祭社。古公亶父开辟了岐山脚下的土地之后,祭祀土神,第一次(元吉,元有始义)穿黄裳主持土神之祭。从那时起,国君穿黄裳祭土神,就定型为周礼[①]。

《毛传》"绿、间(閒、闲)色,黄、正色",衣服颜色有正(正规礼服)、闲(便服)之分,穿不同颜色衣服的人则有贵、贱之分。"绿衣黄里","绿衣黄裳",这两句,屈万里《诗经诠释》解得最好:"黄,正色;贵,而为里。是表里失当。上曰衣,下曰裳。此言上下失当"。

① 请参阅拙著《周易:追寻失落的文明》,人民出版社 2007 年版,第 56—58 页。

邶君是康叔大宗本支，在正式祭社场合，本该穿黄裳。“绿兮衣兮”，现在我却只能穿绿衣。邶地属卫，邶君地位屈居卫君之下。“心之忧矣，曷维其已”，心中怨愤，何时或已？亡、已两字义同。

一、二章是因寄人篱下，不能不低头而自伤，咽不下这口窝囊气！三、四章则转而自慰自解。既然“不能奋飞”，日子还总得过，不自解又有什么办法呢？

“绿兮丝兮，女所治兮”，穿绿就穿绿吧！毕竟还是我们自己纺的丝，不用求人。“絺兮绤兮，凄其以风”。絺、绤是麻、葛等植物纤维纺织物（见《周南·葛覃》“为絺为绤”解），穿丝衣总比透着凉风的麻、葛衣显得更上等。古时候的人，未有丝绸，穿麻穿葛，又有什么可抱怨的呢？

在逻辑上，这篇诗上承《柏舟》，讲邶君的事，同《副序》“妾上僭，夫人失位”，亦即《左传·隐公三年》所讲卫庄公先娶于齐，夫人庄姜，又娶于陈的厉妫、戴妫生卫桓公，以及后来州吁杀卫桓公的事无关。

燕燕

燕燕于飞，差池其羽。之子于归，远送于野。瞻望弗及，泣涕如雨。（一章）

燕燕于飞，颉之颃之。之子于归，远于将之。瞻望弗及，伫立以泣。（二章）

燕燕于飞，下上其音。之子于归，远送于南。瞻望弗及，实劳我心。（三章）

仲氏任只，其心塞渊，终温且惠，淑慎其身。先君之思，以勖寡人。（四章）

《序》：“卫庄姜送归妾也”。

这是沿着上篇的《左传》关于卫庄公先娶庄姜为夫人，后娶陈国的厉妫、戴妫姐妹，戴妫生桓公的事。桓公被嬖人所生的州吁所杀，戴妫大归于陈，庄姜送之。《序》说根本不通。《诗经》"之子于归"都是说女子出嫁，无一例外。"之子归"才是说归家（说见《召南·江有汜》）。其次，诗末章"仲氏任只"明明是说"二妹"，她就是妾吗？末句说"以勖寡人"，送妾的庄姜，能自称"寡人"吗？清人崔述说"恐系卫女嫁于南国而其兄送之诗"，确有见地。

这是邶国之君送其女弟远嫁南国之诗。诗的前三章，讲解并不困难，似乎讲的只是依依不舍的惜别之情。其实，邶君的感情十分复杂，主要表现在"远送于野"，"远于将之"，"远送于南"这三句话上面。

"远送于野"的送只是说送别。妹妹出嫁，我送她送到国郊外的野，在那儿同她分别。所谓送君千里，终须一别。送了，也别了，送别便到此为止了。但思念，思想还没有完，来送别的人还不走。一章说"瞻望弗及，泣涕如雨"，这是分别时，看着她走远了，泣涕如雨。

二章说"瞻望弗及，伫立以泣"。伫立、久立也。她已走了好久了，我还长久地站在那里流泪。邶君心里想的是"远于将之"。这句话应读"将之于远"，将也是送，但不是送别，而是投送、遣送，即是说要她远嫁，流露出疚愧、对不起她的意思。

"远送于南"。这送也不是送别，因为早就别过了，而且也伫立以泣好久了。只是想到把她嫁到南国那么远，"实劳我心"，自己心里越来越难受，有自责的意思。

末章，回想妹妹的为人和许多好处。二妹（仲氏）做事能干（任），思想诚实（塞，训实）深远（渊），性格温柔和顺、善良谨慎。临别她拿先祖（卫康叔）功业辉煌的榜样来勉励我。她走了，哪里再找这样一个亲人啊！

这是一篇感情真挚，描写细腻的送别诗。

日月

日居月诸，照临下土。乃如之人兮，逝不古处。胡能有定？宁不我顾！（一章）

日居月诸，下土是冒。乃如之人兮，逝不相好。胡能有定？宁不我报！（二章）

日居月诸，出自东方。乃如之人兮，德音无良。胡能有定？俾也可忘。（三章）

日居月诸，东方自出。父兮母兮，畜我不卒。胡能有定？报我不述。（四章）

《序》："卫庄姜伤己也。"《副序》："遭州吁之难，伤己不见答于先君，以至困穷之诗也。"

从本篇起，卫国进入"州吁之乱"时期。"日、月"犹言世代更替。

护送邶、鄘移民东迁的是卫武公。他的儿子卫庄公娶齐女，即夫人庄姜，无子；又娶陈女厉妫、戴妫姐妹。戴妫有子名完，就是后来的卫桓公。卫庄公又和另一个女人生儿子州吁。《史记·卫世家》说"州吁长，好兵，庄公使将"。卫卿石碏谏曰："庶子好兵，使将，乱自此起"。庄公不听。庄公死，桓公继位，十六年，州吁杀卫桓公。

石碏之所见，亦邶君之所见。诗中三言"胡能有定？"对卫国的政局关切之情，溢于言表。庄公纵容孽子州吁，必生祸乱，真可谓洞若观火，就像日、月之出于东方，照临四方一样，就只有卫庄这个人（乃如之人兮），既不按传统办事（逝不古处），又不以善意待人（逝不相好），他道德、名声都不好（德音无良），俾也可忘（不值一提)！眼看着卫国走向动乱，我却无能为力，一筹莫展，他根本不理会我的想法和主张(宁不我顾，宁不我报)。

第四章是考虑卫国的祸乱，必定会影响到邶国的安危。不述，即不道。报我不述，以不道报我。我却无计可施，爹、妈啊！你的儿子真是不幸啊！

此诗当作于卫庄公未被弑之前。

终风

终风且暴，顾我则笑。谑浪笑敖，中心是悼。(一章)
终风且霾，惠然肯来。莫往莫来，悠悠我思。(二章)
终风且曀，不日有曀。寤言不寐，願言则嚏。(三章)
曀曀其阴，虺虺其雷。寤言不寐，願言则怀。(四章)

《序》："卫庄姜伤己也。"《副序》："遭州吁之暴，见侮慢而不能正也。"

卫庄公死，桓公继位，罢绌州吁。州吁出奔，并曾参与郑公子段反对郑庄公的乱事。卫桓公十六年(鲁隐公四年，公元前719年)，州吁袭杀桓公，自立为卫君。此诗当作于卫桓公被杀之前，诗文讲卫桓公对邶君的态度和卫、邶关系。

终风且暴、终风且霾、终风且曀、曀曀其阴，讲的都是卫桓公统治时期，卫国的形势，不但政局动荡不稳定，并且越来越阴暗。"谑浪笑敖，中心是悼"，而卫人仍然不以严肃态度对待我，对我不讲真话。表面上"惠然肯来"，似乎有意拉近关系，但实际上却采取"莫往莫来"的做法。"悠悠我思"，令人难于捉摸。

三、四章，寤言不寐、愿言则嚏、愿言则怀，皆谓"欲有所言则止"(马瑞辰《毛诗传笺通释》说)。忧患当前，你既然对我阴阳莫测，不露心迹，我对你自然有话也不说了。

如果撇开《诗序》的庄姜，《副序》谓邶君不能正州吁之暴，便切合诗人意旨了。

击鼓

击鼓其镗，踊跃用兵。土国城漕，我独南行。（一章）
从孙子仲，平陈与宋。不我以归，忧心有忡。（二章）
爰居爰处，爰丧其马，于以求之，于林之下。（三章）
死生契阔，与子成说，执子之手，与子偕老。（四章）
于嗟阔兮！不我活兮！于嗟洵兮！不我信兮！（五章）

《序》："怨州吁也。"《副序》："卫州吁用兵暴乱，使公孙文仲将而平陈与宋，国人怨其勇而无礼也。"

这篇诗同州吁窃国的事有关。鲁隐公四年二月，州吁杀卫桓公自立。同年，《春秋》"夏，宋公、陈侯、蔡人、卫人伐郑"，《左传》"围其东门，五日而还"。又同年，《春秋》"秋，（鲁大夫）公子翚帅师会宋公、陈侯、蔡人、卫人伐郑"，《左传》"诸侯之师败郑徒兵，取其麦而还"。同一年内宋、陈、蔡，卫两次伐郑，都是州吁在鼓动。九月，《春秋》"卫人杀州吁于濮"，"冬，十有二月，卫人立晋（即卫宣公）"。州吁窃国前后只有八个月，本诗即作于这一时期。

一章讲州吁篡位之后便穷兵黩武，积极备战。"土国城漕"，漕，不指漕邑，而是指护城的河、漕。土是土工（土方工程）。全句是说州吁对国邑的城、壕，加强备战工事。"我独南行"，却把我派遣到南方去。

州吁是诸侯两次伐郑的幕后鼓动者，而关键在于"平陈与宋"，即是说服宋公、陈侯和好协力，带头兴兵伐郑。

二章说，州吁派邶君随同孙子仲（卫大夫公孙文仲）到南方去“平陈与宋”。“不我以归”，任务完成了，却不让我回来！怎叫我不心焦呢？

三章说，既然走不了，只好就当地待着，最后连放在林下的马匹也叫人偷走了。

四、五章怨州吁，这时州吁还未被杀。出来的时候，互相誓约共进退、同生死，共享长寿！现在却各走各的，不管我的死活！不守旧约，令人伤心流泪（无声而出涕曰洵）！

实际上，邶君是被出卖了。不管怎样，邶君为州吁出力（平陈与宋），无异于为虎作伥，卫人杀州吁，他怎么还敢回去？

凯风

凯风自南，吹彼棘心。棘心夭夭，母氏劬劳。（一章）
凯风自南，吹彼棘薪。母氏圣善，我无令人。（二章）
爰有寒泉，在浚之下。有子七人，母氏劳苦。（三章）
睍睆黄鸟，载好其音。有子七人，莫慰母心。（四章）

《序》："美孝子也。"《副序》："卫之淫风流行，虽有七子之母，犹不能安其室。故美七子孝道，以慰其母心，而成其志尔。"

《孟子·告子》有一段论《小弁》、《凯风》两篇诗的话，他认为《小弁》诗怨，而《凯风》诗不怨。因为“《凯风》亲之过小者也，《小弁》亲之过大者也。亲之过大而不怨，是愈疏也。亲之过小而怨，是不可矶也。愈疏，不孝也。不可矶，亦不孝也”。另外，还有人认为这是孝子自责的诗。

评论《凯风》诗，儒家着眼在孝道，而孝不孝的判断在怨不怨。

然而问题的实质却在"虽有七子之母,犹不能安其室"。所谓"不能安其室",就是要嫁人。娘要嫁人,《序》说是淫风流行,孟子却说是"小事一桩"。都不得要领。

我看还是听邶国诗人的吧!

凯风是大风,"凯风自南",大风从南方刮来,"吹彼棘心。棘心夭夭"。棘,亟、急,都是同音字,可以解为焦急、困急。棘心,就是焦急的心,心情困急。棘心夭夭,夭夭,沉重得像果实太多压弯了的树枝(说见《周南·桃夭》)。一章是说从南方传来剧烈的信息,令这位母亲和七个孩子受到重大的打击。

二章说"吹彼棘薪",在受打击和沉重的生活压力下(诗屡言母氏劬劳、劳苦),产生了再婚的念头。这里的问题在"棘薪"两字。柴薪是生活的必需品,又是妇女持家必备的。做柴薪材料的主要是灌木如荆、楚、棘之类,有时也用较粗的木材。灌木只要采、刈,大木则言伐、析(从中间劈开)。但采、刈、伐、析都是男子的事。因此,古时候就用薪作为婚姻、成家的象征。《诗经》每言薪以喻取妻。《齐风·南山》"析薪如之何?匪斧不克。取妻如之何?匪媒不得"。《豳风·伐柯》也是一样①。二章最后说"母氏圣善,我无令人"。母氏想再嫁,诗人非但不反对,却说她"圣善",主意高明,只不过自己还看不到适当的人选(令人)。

三、四两章是劝人不要拦阻和破坏。"爰有寒泉,在浚之下",浚为陷泥、渥地,有冰凉的水从那里往上冒,棘薪遇到,会被浸泡坏的,劳苦的母亲,可要当心!"睍睆黄鸟,载好其音",睍睆,鼓出眼睛瞪着看人的黄鸟,别只顾窥伺人家,也要唱点好听的,即不要说人家的坏话,破坏人家的好事。诗人站在第三者立场说话。

① 关于伐薪比喻婚姻,闻一多有很详尽的考证。请参阅闻著,吕明涛笺《闻一多诗经讲义稿笺注》,当代世界出版社 2009 年版。

要辛苦养活七个儿女的母亲是谁？她就是“我独南行”的邶君的夫人！

雄雉

雄雉于飞，泄泄其羽。我之怀矣，自诒伊阻！（一章）
雄雉于飞，下上其音。展矣君子，实劳我心。（二章）
瞻彼日月，悠悠我思。道之云远，曷云能来？（三章）
百尔君子，不知德行。不忮不求，何用不臧？（四章）

《序》：“刺卫宣公也。”《副序》：“淫乱不恤国事，军旅数起，大夫久役，男女怨旷，国人患之而作是诗。”

屈万里《诗经诠释》“此疑官吏被放逐，其妻念之，而作是诗”。这个被放逐者就是那位“我独南行”的邶君。

雄雉“泄泄其羽”，“上下其音”，形容邶君的才华，有文采，有名声。像这样的人，总是要“雄飞”而不甘“雌伏”的。“我之怀矣”，我苦苦思念他，“自诒伊阻”（阻亦作“慼”），真是自寻烦恼。“展矣君子”即“君子展矣”，他远走高飞，把我留在家，心里难过。

日子一天天地过去，我的思念，无时或已。你走得那么远，还有回来的可能吗？

“百尔君子”，你们这些做国君的，真不懂怎样正当做人（不知德行）。不嫉妒别人，不贪恋名利，又何至于落得如此下场（包含了“我也跟着受罪”之意）？

诗人站在邶君夫人的立场说话，作者也许就是夫人自己。

匏有苦叶

匏有苦叶，济有深涉。深则厉，浅则揭。（一章）

有瀰济盈，有鷕雉鸣。济盈不濡轨，雉鸣求其牡。（二章）

雝雝鸣雁，旭日始旦。士如归妻，迨冰未泮。（三章）

招招舟子，人涉卬否。人涉卬否，卬须我友。（四章）

《序》："刺卫宣公也。"《副序》："公与夫人并为淫乱。"

《序》说不知所云。这篇诗讲的是邶君夫人希望并计划离开邶国，南渡济水，与邶君会合。诗二章说"济盈不濡轨，雉鸣求其牡"，牡指雄雉，明明是承前篇《雄雉》之作。而末章"招招舟子，人涉卬否。人涉卬否，卬须我友"，说得更清楚，要邶君来接。不见邶君，我（卬，我）绝不上船渡过济水。这几句话弄明白了，全篇诗的意思便豁然开朗了。

一章：秋深时分，河水还未封冻，葫芦瓜熟了，叶子也枯黄了。雉鸣求其牡，夫人同邶君约好了，在这个时候，就该可以渡过济水了。河水深，就把葫芦瓜缚在腰间（厉）浮过去，河水浅，撩起下裳（揭）蹚水也就过去了。

二、三章：济水泛期之初，雌雉就向雄雉发出信息。当旭日初升，南归雁和鸣的时候，你就要趁河水封冻之前，接回你的妻子。

四章：你得亲自来接我。我会同舟子讲妥，不见你，我绝不上船！

结局如何，请读《谷风》。

谷风

习习谷风，以阴以雨。黾勉同心，不宜有怒。采葑采菲，无以下体。德音莫违，及尔同死。（一章）

行道迟迟，中心有违。不远伊迩，薄送我畿。谁谓荼苦？其甘如荠。宴尔新婚，如兄如弟。（二章）

泾以渭浊，湜湜其沚。宴尔新婚，不我屑以。毋逝我梁，毋发我笱；我躬不阅，遑恤我后！（三章）

就其深矣，方之舟之。就其浅矣，泳之游之。何有何亡？黾勉求之。凡民有丧，匍匐救之。（四章）

不我能慉，反以我为仇。既阻我德，贾用不售。昔育恐育鞠，及尔颠覆。既生既育，比予于毒。（五章）

我有旨蓄，亦以御冬。宴尔新婚，以我御穷。有洸有溃，既诒我肄。不念昔者，伊余来塈。（六章）

《序》："刺夫妇失道也。"《副序》："卫人化其上，淫于新婚而弃其旧室，夫妇离绝，国俗伤败焉。"

尽管个别词句的解释时有不同，但总体上，这是一篇弃妇诗，朱熹说对了，异说也不多。现在的本子中，程俊英《诗经注析》讲得最好。

一章："习习谷风，以阴以雨"，在阴雨中，一阵一阵刮起的强阵风。整个时势就是如此，我们生活在其中，应该勉力同心，不要动不动就发脾气。看人就像挖大头菜（采葑采菲），不能只顾花叶，不看根茎（本）。你不要违背从前说过的，要与我同生共死的诺言。

二章：你我分手，我心中无论怎么不情不愿，也不能老是赖着不动身！你却不肯远送，勉强只走到门内（薄送我畿）！比起我的心苦，苦荼菜简直成了甜荠菜了。好好享受你新婚的琴瑟（《关雎》"琴瑟友之"，友之"亲如兄弟"）之乐吧！

三章：在你眼里，她是清澈见底的泾水，我是浑浊的渭水[①]。

① 泾水、渭水的清浊问题，历来说不清。郑笺似乎说泾清渭浊，朱熹则说渭清泾浊。史念海《黄土高原历史地理研究》（黄河水利出版社 2001 年版）"论泾渭清浊的演变"一文指出：春秋时期是泾清渭浊，战国后期到西晋初年却成了泾浊渭清，南北朝时期再度成为泾清渭浊。南北朝末年到隋唐时期又复变成泾浊渭清，隋唐以后又成了泾清渭浊。瞻望将来，泾河和渭河都是有可能趋于清澈的。史先生之论是可信的。

你享受新婚的快乐，对我在家里的一切安排都看不上眼。不要动我筑的拦鱼石梁，别拆我装的捕鱼竹笼！唉！我现在连自己都顾不了，干吗还管我走后那些事呢！

四章：过去为了你的事业，就像涉水济川，水深时乘舟乘筏（方之舟之），水浅时蹚着泡着，我何曾计较过什么得和失（何有何亡）？只是尽心竭力而已。为了救助我们的族民，就让我五体投地（匍匐），我也不曾有过怨言。

五章：慉，是仇的反面。你非但不感激我，反而憎恶我。我纵有许多美德，都由于你的阻拦（既阻我德），无法实现其价值（贾用不售，贾，即价、价值）。"育恐育鞫（音 ju，本亦作鞠、或鞫）"，同《小雅·谷风》"将恐将惧"的意思相同，是"将安将乐"的反面。安乐的反面就是困顿。"昔育恐育鞫"，在往昔那些困顿、艰难的日子里，我陪着（及）你颠覆（颠沛）受苦。"既生既育"，等到生活有了起色。"比予于毒"，看见我就像看见毒虫一样，躲避唯恐不及。

六章：为了过冬，我腌好了一些干菜。你享受你的新婚之乐，我过我的穷日子。"有洸有溃，既诒我肄"，应倒过来说。《毛传》"肄，劳也"。洸溃，横暴的意思。我的劳碌，只能得到你骄恣横暴的回报。"不念昔者，伊余来塈"，李光地《榕村语录》解作"不念昔者我初来汝家之时，是何如景况耶？"李以既释塈，可通。

蘭丁按：《小雅·谷风之什》有《谷风》诗，诗文如下：

习习谷风，维风及雨。将恐将惧，维予与女。将安将乐，女转弃予。

习习谷风，维风及颓，将恐将惧，寘予于怀。将安将乐，弃予如遗。

习习谷风，维山崔嵬。无草不死，无木不萎。忘我大德，思我小怨。

两篇《谷风》诗，一简一繁，讲的基本上是同一个故事。从风格上看，简的一篇似乎更像《国风》移民诗人即景吟诵之作。繁的一篇更像《小雅》，作者遣辞造意更专业，知识水平也更高，可能是根据简本改写的作品。

式微

式微式微，胡不归？微君之故，胡为乎中露！（一章）
式微式微，胡不归？微君之躬，胡为乎泥中！（二章）

《序》："黎侯寓于卫，其臣劝以归也。"

完全驴唇不对马嘴！赤狄潞氏夺黎地的事，在鲁宣公十五年（卫穆公六年，公元前594年），这时卫国早就被狄灭（事在卫懿公八年，公元前661年），南迁楚丘，不在淇县了。另外，魏源问得也很好，"《序》谓黎臣劝其君归，黎地为狄夺，复于何归？"

这是邶人怨邶君去国不归的诗。式微，是衰落、衰败的意思。俗语所谓"树倒猢狲散"，国君没有了，国事荒废，自然就呈现出衰败之象。归，既是归去，也可以说归来。胡不归？国君为什么不归来？他不归来，害得我们像在露水中、在烂泥里打滚似地生活！此诗说的是邶国的式微。

旄丘

旄丘之葛兮，何诞之节兮！叔兮伯兮，何多日也？（一章）
何其处也？必有与也。何其久也？必有以也。（二章）
狐裘蒙戎，匪车不东。叔兮伯兮，靡所以同。（三章）
琐兮尾兮，流离之子。叔兮伯兮，褎如充耳。（四章）

《序》:"责卫伯也。"《副序》:"狄人追逐黎侯,黎侯寓于卫,卫不能修方伯连率之职,黎之臣子以责于卫也。"

程俊英《诗经注析》说"这是一些流亡到卫国的人,盼望贵族救济而不得的诗"。这是比较接近实际的说法。这是一篇邶诗,邶君去国不归,国政不治,邶国之臣考虑投靠卫国,而不被接纳。

旄丘,本义是"丘之多草木者也"。旄丘之葛,枝蔓延伸到远处,为的是找到可以攀附的树木。我们那出去联系的人,为什么迟迟没有回音(伯兮叔兮,是邶国大夫对本国父老们的称呼)。

他们停留(处)在那边,必定忙着接洽(与)。他们长时间停留,必定有原因吧。

都到了蓬松狐毛大衣上身的时节了,还不见他的车子回来。叔呀伯呀!看来是意见谈不到一块了(靡所以同)!

末章是从卫国回来的人说的话。那只小流莺(流离、鸟名,应作鹠鹂),只会嘹唳细唱(琐兮尾兮),叔呀伯呀,他自炫自耀的模样(褎,盛饰打扮),就像一粒漂亮的耳珰(充耳,挂在耳旁的珍贵饰物)!从卫国回来的人,报告他在卫国见到了国君卫宣公(流离之子)。《左传》隐公四年,卫人杀州吁,迎立公子晋,即卫宣公。

简兮

简兮简兮,方将万舞。日之方中,在前上处。(一章)

硕人俣俣,公庭万舞。有力如虎,执辔如组。(二章)

左手执籥,右手秉翟。赫如渥赭,公言锡爵。(三章)

山有榛,隰有苓。云谁之思?西方美人。彼美人兮,西方之人兮!(四章)

《序》:"刺不用贤也。"《副序》:"卫之贤者,仕于伶官,皆可以承事王者也。”

《序》说得不算错。但《副序》驳他说，当个伶官，也是替皇帝办事嘛！怎能怪皇帝不用贤呢？朱熹《诗集传》更认为，“为伶官则杂于侏儒俳优之间，不恭甚矣。其得谓之贤者，虽其迹如此，而其中固有以过人，又能卷而怀之，是亦可以为贤矣。东方朔似之。”朱夫子支持《副序》，是他权利，但同诗旨无关。

邶国之臣，从卫国归来，继续向邶地父老们报告在卫国的遭遇。《诗序》“刺不用贤也”的说法虽然有点空泛，但距离事实还不算太远。

“简兮简兮，方将万舞”，犹《商颂·那》“奏鼓简简”“万舞有奕”。万舞就要演出了。太阳正在头顶上，领舞者就在舞队的前方上位。

谁是领头的舞者？就是我们邶国的大个子（硕人），他可高兴了。俣、娱，从人（男）从女是一样的。公庭是表演的场所，公、即卫宣公。大个子力大如虎，皮缰绳在他手里，就像捏着根丝带。

你看他，左手舞着笛子，右手挥着雉尾，红光满面。卫公连声吩咐：赐酒！

末章是“公言”的继续。“什么样的地方出什么样的特产。山里长榛子，洼地出甘草。谁想，西部地方出漂亮的大个子！这个漂亮的大个子，不正是你们西部来的吗？”

邶国大夫们到卫国求职，卫宣公只看中了其中一个大个子做公庭万舞的领队。这实在是桩令人啼笑皆非的事。

泉水

毖彼泉水，亦流于淇。有怀于卫，靡日不思。娈彼诸姬，聊与之谋。（一章）

出宿于泲，饮饯于祢。女子有行，远父母兄弟。问我诸姑，遂及伯姊。（二章）

出宿于干，饮饯于言。载脂载舝，还车言迈。遄臻于卫，不瑕有害。（三章）

我思肥泉，兹之永歎。思须与漕，我心悠悠。驾言出遊，以写我忧。（四章）

《序》："卫女思归也。"《副序》："嫁于诸侯，父母终，思归宁而不得，故作是诗以自见也。"

这篇诗的内容，古今注家说法极多，没有两种说法是相同的。讨论诸家说法，犹如进了迷魂阵，对我们帮助不大，还是按照我们的思路，"摸着石头过河"，才有可能到达彼岸。但有些前提必须明确。这是一篇邶诗，是邶国诗人讲述邶人的国事和生活的诗。卫宣公时，邶君被放逐，邶国《式微》，邶国大夫们，成了《旄丘》之葛，到卫国求仕，在《简兮简兮》的鼓声中，卫宣公只收容了一位万舞的优秀演员。失望之余，邶大夫们必须继续寻找出路。所谓出路，想来想去，只有"投亲（诸姬，同姓之国）"一途。

"毖彼泉水，亦流于淇"，涓涓细流的泉水，最后汇入了淇河。我们衰败的邶国，只求投靠卫国（有怀于卫），而不能实现（靡日不思）。然而还有一些令人钦慕的姬姓诸侯（诸姬），为什么不去试探一下，碰碰运气呢！去哪国试探？"思须（邢）与漕（曹）"。邢（音误为须）、曹都是姬姓诸侯，地理上比较接近卫。

二章："出宿于泲（济水），饮饯于弥"，往南方走渡济水去曹国。曹，在今山东定陶，武王之弟叔振铎的封国，在卫之南。女子有行，派往曹的是一位女眷（邶大夫之妻，不姓姬），她的长姐（伯姊）嫁给曹国贵族，她以探望大姐姐的名义（父母兄弟太远）前往曹国。“问我诸姑”，目的在拜候我（邶大夫，姬姓）的同姓姑姑们（曹君的姐妹，姬姓），托姑姑们代向曹君转达邶大夫的要求。这是一种情况。

另一种情况。邶大夫亲自驾车赴邢。邢，周公之胤，今河北邢台。车早就上好了油，插稳了轴钉，途程虽远，用它跑个来回不成问题。出发之前，“出宿于干，饮饯于言”，干、河干，言、邶郊地名。古耑、专一字，都读 zhuān，遄、传都读 chuán。消息传到卫国，也不至于有什么大祸，“遄臻（传至）于卫，不瑕有害”。思虑很深。

“我思肥泉”。《尔雅·释水》“（水流）归异出同，肥”。我和卫本同源（都是康叔的后代），但水同源而异流，邶卫分道扬镳，此不能不令人长叹者也。对投奔邢与曹的事，我心里久久放不下。驾着车出行，也可以排遣我的忧思。

这是讲邶国上级贵族出走，投靠更有地位的姬姓诸侯。这种情况不会太多，但恐怕也不止一个两个。因为邶属于康叔在朝的大宗本支，是老牌大贵族之一，族群有一定的规模。

北门

出自北门，忧心殷殷。终窭且贫，莫知我艰。已焉哉！天实为之，谓之何哉！（一章）

王事適我，政事一埤益我。我入自外，室人交徧谪我。已焉哉！天实为之，谓之何哉！（二章）

王事敦我，政事一埤遗我。我入自外，室人交徧摧我。已焉哉！天实为之，谓之何哉！（三章）

《序》：“刺仕不得志也”。《副序》：“言卫之忠臣不得其志也。”

仕不得志，又怎么样呢？走吧！这是一篇讲下级小官吏撂挑子出走的诗。

“出自北门，忧心殷殷”，心慌意乱地出了北门。“已焉哉！天实为之，谓之何哉！”一面走往北走，一面心里不停地说：算了吧！天意如此，我还有什么好说的！

上级的贵族走了（见《泉水》），把烂摊子撂给他，焦头烂额，内外交困是必然的，诗文三章说得明白，我们不用多讲了。

北风

北风其凉，雨雪其雱。惠而好我，携手同行。其虚其邪，既亟只且！（一章）

北风其喈，雨雪其霏。惠而好我，携手同归。其虚其邪，既亟只且！（二章）

莫赤匪狐，莫黑匪乌。惠而好我，携手同车。其虚其邪，既亟只且！（三章）

《序》："刺虐也。"《副序》："卫国并为威虐，百姓不亲，莫不相携持而去焉。"

《序》说不错。邶国在瓦解，大夫出走（见上《北门》）之后，现在轮到没有官职的国人走上逃亡之路。他们骂上上下下的执政者们，“莫赤匪狐，莫黑匪乌”，可知他们不是执政者。“惠而好我，携手同车”、“同归”，驾了车一起去投靠（归）新的主人，显然他们不是庶人（庶人不离开土地）。他们是当年跟着邶君一起逃亡到这里的“国人”。

北风正紧，雨雪纷飞，行动要快（既亟只且），还迟疑什么（其虚其邪）。舒、音误为虚，徐、音误为邪。虚邪即舒徐，慢吞吞地拿不定主意。

静女

静女其姝，俟我于城隅。爱而不见，搔首踟蹰。（一章）

静女其娈，贻我彤管。彤管有炜，说怿女美。（二章）

自牧归荑，洵美且异。匪女之为美，美人之贻。（三章）

《序》："刺时也。"《副序》："卫君无道，夫人无德。"

这是一篇很感人的小诗，评论极多，但很难道出其中的真情实意。对古人，不必去说他们了，现代作家如俞平伯、扬之水[①]为这篇诗还写出了很漂亮的文章，但费煞才人的苦心，对这篇诗的心意，仍然是雾里的牡丹，形影难辨。我想重要的原因是"就诗说诗"，有点像不管李义山其人，不知唐代社会，而去读《锦瑟》。

一对情人，为情势所迫，不能不像伯劳飞燕，后会无期而分手在即的短诗。这里面，既没有海誓山盟，也没有波澜转折，却柔情似水，终生不忘。

静女，即靓女，靓、静同音，都读 jìng，艳丽、美好的女人。姝，也是美丽的意思。这位靓女，看来是本地庶民女子。男的是邶国人。我同她约好了在城墙根转弯的地方会面，她在等候我。"爱而不见，搔首踟蹰"，爱，前人多读为僾或薆。其实，不须改字读，爱字古义是吝惜、隐蔽，这里当解为隐蔽[②]。"爱而不见"意思是避而不见。不管怎样，躲着不见面是不行的，怎么狠得下这条心（搔

---

① 俞平伯著《论诗词曲杂著》，上海古籍出版社 1983 年版，第 108－121 页。扬之水著《诗经别裁》，中华书局 2007 年版，第 49－53 页。

② 祝鸿熹著《古语词新解 100 篇》，上海教育出版社，第 26 页"'爱'的常用古义"。

首踟蹰)!

娈、即恋,恋恋难以舍割,分手总是困难的。她赠送我一根彤管作为纪念。"彤管"是什么东西,很难确切考证,极有可能是她贴身携带的饰物或用品。彤管红得透亮,同它的主人一样好看,太让我喜爱了(彤管有炜,悦怿女美。女、汝相关,指彤管,也指靓女)。

我从远郊采回来的茅草苞芽,她见了觉得可爱。这不是什么珍美物品,我馈赠给她,让它伴着靓女吧!正如《古诗十九首之九"庭中有奇树"》所说的"此物何足贵,但感别经时。"至于"美人之贻",是"贻之美人"的倒装。

对这篇诗,《序》说"刺时也"。诗中却没有一个字讲到时局,那么,这篇诗的"时义"在哪里呢?倘若我们满足于就诗论诗,诗里没有说的,你管它干什么,不是画蛇添足吗?可是好端端一对快乐的野鸳鸯,为什么要分飞呢?这篇诗没有说,但《诗经》是说了的。这对情侣不能不分手的原因就在于《北风》的"惠而好我,携手同车。其虚其邪?既亟只且!"在邶国、族土崩瓦解的情势下,小人物的命运又岂能不跟着受影响!

《副序》在胡说。

新台

新台有泚,河水瀰瀰。燕婉之求,籧篨不鲜。(一章)
新台有洒,河水浼浼。燕婉之求,籧篨不殄。(二章)
鱼网之设,鸿则离之。燕婉之求,得此戚施。(三章)

《序》:"刺卫宣公也。"《副序》:"纳伋之妻,作新台于河上而要之,国人恶之,而作是诗也"。

卫宣公乱伦案,《左传》追记于鲁桓公十六年说“卫宣公蒸于夷姜,生急子(伋),为之娶于齐而美,公取之(这就是宣姜)”。卫人立宣公在鲁隐公四年,至鲁桓公十二年,卫宣公去世,在位19年。案件是实有的,但案发前后和有关事件时间并不确切,特别是宣公和宣姜生公子寿和公子朔,又发生了谋杀伋,而寿也死了的案件,引发了许多难明的疑问。但总的来说,用《序》的说法解这篇诗,是讲得通的。

新台就是宣公乱伦的现场,这不用说了。诗文没有明说人和事,却用籧篨、戚施、鸿三种动物,影射老而丑的卫宣公。闻一多有《诗新台鸿字说》[①]一文详细论证了这三种动物都是指形象丑恶难看的“大腹虫”蟾蜍。

一、二章“燕婉之求,籧篨不鲜”、“籧篨不殄”骂卫宣公是吃了天鹅肉的老不死的癞蛤蟆。河水盛涨(瀰瀰、浼浼)的时候,这不得好死的癞蛤蟆,在那明亮(泚)高峻的新台上,寻欢作乐(燕婉之求),干那见不得人的丑事。

三章是挖苦宣姜。“鱼网之设,鸿则离之”,撒网打鱼,却捞了个蛤蟆。“燕婉之求,得此戚施”,苟且寻欢,却得到个蟾蜍。

这篇是邶诗,邶人对卫宣公的怨恨和憎恶是明显的。在邶人看来,国、族的败落和衰亡,卫君不能没有责任。如果我们拿《静女》与《新台》相对照,一边是离散的哀伤,一边是淫逸与无耻,不能不感受到对比的强烈。

二子乘舟

二子乘舟,汎汎其景。愿言思子,中心养养。(一章)

二子乘舟,汎汎其逝。愿言思子,不瑕有害。(二章)

---

① 闻一多著《诗经研究》,巴蜀书社2002年版。

《序》:“思伋、寿也。”《副序》:“卫宣公之二子争相为死,国人伤而思之,作是诗也。”

《序》说勉强可通。但“伋、寿相争为死”的事,邶国诗人不见得十分放在心上,以至于“愿言思子,中心养养、不瑕有害”。

这诗讲的是邶国的终结。二子乘舟,这“汎汎其景”、“汎汎其逝”的是什么舟?它就是那曾经“亦汎其流”的“汎彼柏舟”(见邶诗第一篇《邶·柏舟》)。这只柏木之舟,又要流浪漂泊了。

王引之读景为憬,远行貌,这就和逝的意思相关联。远行到什么地方?鄘的《柏舟》就连接着邶的《柏舟》,二子同乘这漂泊的柏舟,邶国余民,经过反复思考和讨论,从“中心养养”拿不定主意,到认为不至于有大害,“愿言思子”即要求归并到鄘国。事实是,这要求被鄘人接受了。

鄘诗共10篇,分量与邶诗大不一样。虽然也是康叔的后裔,其政治地位也同邶族的地位大不一样。邶是康叔之族大宗本支,屡世在西周朝廷担任重要职务(极有可能是继承康叔为司寇)。鄘是康叔之族的小宗,政治地位便低得多。平王东迁,鄘这一支也随着移民浪潮,在卫武公武装带领下跟着东来,就被安置在卫国之东部边境地区,因此而被称为“鄘”,实际上就是卫的附庸,不是一个独立的政治实体。《鄘》诗讲的基本上都是卫国的事,但诗的作者是鄘人。

邶余民归并于鄘(见邶诗《二子乘舟》)之后,鄘《柏舟》是邶《柏舟》的继续。方玉润《诗经原始》说得不错:“邶之《柏舟》曰‘亦汎其流’则为中流不系之舟,以喻国势之危也。此之《柏舟》曰‘在彼中河’，则为中流自在之舟，以喻人心之定也”。鄘的局面相对稳定，然而卫国的局面却愈益混乱。

出兵保护周平王以及邶、鄘移民东迁的是卫武公。他是卫国的第一个“公”，在位 55 年。他死后，儿子庄公继立，在位 23 年。庄公死后，儿子桓公继立，在位 16，年，出了州吁之乱。州吁杀桓公而邶国之君却投靠了州吁。州吁失败被杀，邶君被放逐，导致了邶国的解体。

州吁乱平之后，卫人立桓公之弟，是为卫宣公。这卫宣公有名的两件事，一是“烝于夷姜（他父亲庄公的姬妾）”生了伋、黔牟、昭伯（即公子顽）；一是占夺了本应是他的儿媳，大子伋之妻的宣姜（见前《邶·新台》），生了寿和朔两个儿子。结局是谋杀了伋，寿也被杀。这样，宣公死后，宣姜的小儿子朔继位，是为卫惠公。

以上的史实，见于《左传》、《史记·卫世家》。《鄘·柏舟》即以惠公继位为开端。

柏舟

汎彼柏舟，在彼中河。髧彼两髦，实维我仪。之死矢靡它，母也天只，不谅人只！（一章）

汎彼柏舟，在彼河侧。髧彼两髦，实维我特。之死矢靡慝，母也天只，不谅人只！（二章）

《序》：“共姜自誓也。”《副序》：“卫世子共伯早死，其妻守义，父母欲夺而嫁之，誓而弗许，故作是诗以绝之。”

“汎彼柏舟，在彼中河”，中河的柏舟是邶余民归并后的鄘。

“髧彼两髦，实维我仪”、“实维我特”。髧、髦，头发前额齐眉，两旁扎绺，是小孩的发型。《左传》鲁闵公二年记“初，惠公之即位也少”。髧彼两髦，犹如俗语说“毛头小伙子”，指的就是未冠的惠公。仪、特都训匹、偶。比起我们，他的出身、地位又高到哪里去了？他能做到的，我们就不能做到吗？意思是说，彼可取而代之也。“之死矢靡它”、“矢靡慝”，母啊！天啊！我发誓在有生之年，一定要（靡它、靡慝）取而代之！谅，古义是相信，谅解是后起义。不谅人只！你怎么不相信我啊！

《序》说“共姜自誓也”，当然连影子也没有。共姜是卫共伯的夫人，据说卫武公弑共伯余而自立，事在周宣王十六年。离周平王东迁还有 42 年，还没有鄘国，哪来的鄘诗？

牆有茨

牆有茨，不可埽也。中冓之言，不可道也。所可道也，言之丑也。（一章）

牆有茨，不可襄也。中冓之言，不可详也。所可详也，言之长也。（二章）

牆有茨，不可束也。中冓之言，不可读也。所可读也，言之辱也。（三章）

《序》："卫人刺其上也。"《副序》："公子顽通乎君母，国人疾之，而不可道也。"

《左传》鲁闵公二年记“初，惠公之即位也少。齐人使昭伯烝于宣姜，不可，强之。生齐子、戴公、文公、宋桓夫人、许穆夫人”。

昭伯即公子顽，与大子伋、黔牟是卫宣公的三个儿子。宣姜是齐女，本来是许配给伋的，但嫁过来的时候，半路上被宣公占夺了（见上《新台》诗），生了寿、朔两个儿子。伋和寿被谋杀，朔继位为卫惠公。同时，在齐国的主持下，宣姜嫁给了伋的兄弟公子顽。

作为诗作的历史背景，这些大概都是事实。

父亲死了，儿子娶了庶母，古礼称为“烝”，在那个时候是正常的事（人类学称为“收继婚”制），没有什么可“刺”的，拿“昭伯烝于宣姜”这件事来“刺”的，是汉儒和后世的儒家学者，而不是卫人或鄘国的诗人（不要忘记了，我们在读鄘诗）。问题出在哪里呢？问题看来出在《左传》记载的“不可，强之”。即是说，宣姜没有立即爽快答应，中间有一个“强之”的过程。怎样“强之”法？办法之一就是制造、传播一些带有污蔑性的流言飞语，这就是诗里说的“中冓之言”。

中冓之言，语涉相关。冓、構、媾是同一个字。構，是宫廷建筑的木结构。中冓之言，指宫廷内部（后人称为“大内”）的传闻。媾，男女交媾，中冓之言，就是有关男女的桃色传闻。这一类流言飞语，在宫廷内不胫而走，说得活灵活现。“墙有茨，不可埽，不可襄、不可束”，流言飞语，就像墙根的蒺藜，清除不掉的。

诗人的态度非常明确，对这些污蔑人的丑闻（言之长也，长，犹如俗语说“加油添醋”），不要到处乱说。墙不可无茨，对造谣中伤的事，却不能助长。

鄘国诗人富有同情心，忠厚可风，只有儒家君子们却酸溜溜地非“刺”不可。

君子偕老

君子偕老，副笄六珈。委委佗佗，如山如河，象服是宜。子之不淑，云如之何！（一章）

玼兮玼兮，其之翟也。鬒发如云，不屑髢也。玉之瑱也，象之揥也。扬且之皙也，胡然而天也！胡然而帝也！（二章）

瑳兮瑳兮，其之展也。蒙彼绉絺，是绁袢也。子之清

扬，扬且之颜也。展如之人兮，邦之媛也。（三章）

《序》："刺卫夫人也。"《副序》："夫人淫乱，失事君子之道，故陈人君之德，服饰之盛，宜与君子偕老也。"

《序》说简直黑白颠倒，是非混淆。诗文大部分说的是宣姜同昭伯（公子顽）举行"烝"礼时宣姜的"丰容盛鬋"。但值得注意的是一些关键的话。诗的开头第一句，"君子偕老"，诗人就表达了他的祝福，为宣姜得到美好的归宿而善颂善祷。诗人对宣姜过去曾经"遇人不淑"的悲哀际遇，没有丝毫隐讳，"子之不淑，云如之何！"过去就是过去，"还能对你怎么样呢？"（程俊英解得好）重要的是今天，"子之清扬，扬且之颜也。展如之人兮，邦之媛也"。马瑞辰《毛诗传笺通释》释"扬且之颜也"为"扬其颜也"，用现在的话说就是"容光焕发"。展，《毛传》："诚也"。展如，"说实在话"，之人，这样的人，"邦之媛也"。媛，《说文》："美女也，人所援也"，她既是国色，也是国家的"后援"。

古时候统治阶级的婚姻都是政治婚姻，"烝"也是一种婚姻形式，"齐人使昭伯烝于宣姜"，齐是大国，主动提出要结齐卫之好，对卫国来说当然是一种可靠的重要后援。历史事实也充分说明，卫被狄人灭后，正是依靠了齐国力量才得到一定的恢复，而复国的卫戴公、卫文公，正是宣姜同昭伯所生的儿子。

诗人说宣姜是卫国的"邦之媛也"，是有很实际和确切的含义的。如果把宣姜只看做是个绝色女人，诗人费如许笔墨只为描写她怎样从一个男人的怀抱投到另一个男人的怀抱，眼界也未免太低了。实际上，她所代表的姜齐，不单是日益衰落的卫国的依靠力量，同时也说明卫国愈来愈被纳入齐国的势力范围。

从这篇诗看，"烝"，是上古一种重要的婚姻制度（人类学称为

"收继婚"),有隆重的礼仪,绝不是腐儒们那种苟且通淫的下流幻想。诗文讲了不少行"烝"礼时的衣饰排场,诗人是参加了这场婚礼仪式的,否则他不可能作出这样精细的描写。对这些描画,特别是首饰、衣饰的形制,十分烦琐,我就不作没有把握的投入了。我只援引方玉润《诗经原始》的几句话,供读者朋友们对"烝"礼的参考:"(一章)从象服说起,何等严重!末乃落到'不淑',起下二章意。(二章)其严妆也如是,俨若天神帝女之下降。(三章)其淡妆也又如是,不过国色之娇姿。二面对观,褒贬自见。"显然,他是主张贬、刺的。

桑中

爰采唐矣?沬之乡矣。云谁之思?美孟姜矣。期我乎桑中,要我乎上宫,送我乎淇之上矣。(一章)

爰采麦矣?沬之北矣。云谁之思?美孟弋矣。期我乎桑中,要我乎上宫,送我乎淇之上矣。(二章)

爰采葑矣?沬之东矣。云谁之思?美孟庸矣。期我乎桑中,要我乎上宫,送我乎淇之上矣。(三章)

《序》:"刺奔也。"《副序》:"卫之公室淫乱,男女相奔,至于世族在位,相窃妻妾,期于幽远,政散民流而不可止。"

诗人讲的是卫惠公的事。惠公未冠而即位,在成年的过程中,满脑袋桃色的幻想,天天都在想女孩子。他想的都是谁(云谁之思)?今天想这个,明天想另一个,不外乎,南方齐国的姜家大姑娘,要不就是北面杞国姒姓(弋,亦作姒)的大姑娘,再不然就是东面鄘地的大姑娘,总之,出不了这个范围。想她们怎样?桑中、上宫、淇之上约会就是了。都是大白天瞪着眼睛做的梦。

这是一篇很好玩的诗。男孩子想女孩子，女孩子也在想男孩子，这种经验，哪个没有，不用多说了。“淫奔”之说，一窍不通。

鹑之奔奔

鹑之奔奔，鹊之彊彊。人之无良，我以为兄？（一章）
鹊之彊彊，鹑之奔奔。人之无良，我以为君？（二章）

《序》：“刺卫宣姜也。”《副序》：“卫人以为，宣姜，鹑鹊之不若也。”

前面说过，卫宣公先后有五个儿子。伋（急子）、黔牟、昭伯（顽）三人是前妻夷姜所生。宣姜本来是为伋娶的媳妇，在嫁过来的时候，半路上被宣公占夺了，成了宣公的后妻（据说夷姜上吊自杀了）。宣姜生了寿、朔两个儿子。宣公买凶手要杀伋，寿假冒伋撞上去，先被杀了，伋跟着跑去，也被杀了。宣公死后，朔继位，就是卫惠公。宣姜在齐国主导下，继婚（烝）于昭伯，就是《君子偕老》诗的内容。

然而，在伋和寿被杀之前，他们各有一个监护人，右公子职和左公子洩，大概属于公室长亲之类的贵族。惠公三年，公子职和公子洩作乱，立黔牟为君，惠公出逃到齐国。这就是《鹑之奔奔》第一章的内容。鹑，指公子黔牟，惠公是鹊。黔牟是兄，占了异母弟的君位。

本诗第二章是一章的反复，8 年之后，惠公复为齐国所立，回到卫国，黔牟奔周。

这篇诗过分简括，只是一个纲目，其具体的内容细节在下面，《定之方中》、《蝃蝀》、《相鼠》、《干旄》四篇诗中。

定之方中

定之方中，作于楚宫。揆之以日，作于楚室。树之榛栗，椅桐梓漆，爰我琴瑟。(一章)

升彼虚矣，以望楚矣。望楚与堂，景山与京，降观于桑。卜云其吉，终然允臧。(二章)

灵雨既零，命彼倌人。星言夙驾，说于桑田。匪直也人，秉心塞渊，騋牝三千。(三章)

《序》:“美卫文公也。”《副序》:“卫为狄所天灭，东徙渡河，野处漕邑。齐桓公攘戎狄而封之。文公徙居楚丘，始建城市而营宫室，得其时制，百姓说之，国家殷富焉。”

《副序》所说卫文公的事是实有的，但不应发生在这个时候。因为文公营楚丘时，鄘国早已不存在了。美卫文公营楚丘的诗，应是卫诗，不应是鄘诗。这篇诗承接《鹑之奔奔》，讲的是黔牟治国的事，与卫文公无关。

人们容易被误导的是诗文中几个“楚”字:“作于楚宫”、“作于楚室”、“以望楚矣”、“望楚与堂”。后人将这几个楚字，都同卫文公迁楚丘的事联系在一起，是不对的。“楚宫”、“楚室”是华美的宫，行列有序的室。“望楚”的楚，指大片的灌木丛林。

从时间上看，第二章似乎应在先，说的是相度地势和景观。堂，山之宽平处；京，高丘；景山是观测日影定山冈的方向；桑，桑林或桑田。作出建筑地点的选择方案，最后通过龟卜去敲定。

一章。定，星名，即营室，又名大水。十月，营室昏中(定之方中)，是土木动工的季节，也是植树的季节。三章讲，下了一场好雨，天一放晴，就命人备好车马，去视察桑田。最后三句是说：他的思虑实际而且深远，不止人丁兴旺，牲口也蕃庶。由此看来，卫人驱逐惠公（公子朔），立黔牟治卫国八年（公元前 696－前 689 年），是得民心的。这是赞美黔牟的诗。

蝃蝀

蝃蝀在东，莫之敢指。女子有行，远父母兄弟。（一章）

朝隮于西，崇朝其雨。女子有行，远兄弟父母。（二章）

乃如之人也，怀昏姻也！大无信也！不知命也！（三章）

《序》："止奔也。"《副序》："卫文公能以道化其民，淫奔之耻，国人不齿也。"

《序》说是道德家的梦呓。

古人称虹为蝃蝀。太阳在西方的时候，雨过天晴，它出现在东方。太阳在东方的时候，天将要下雨，它就出现在西方。在古人的眼中，虹是美艳而妖孽的东西，鄘诗人以虹比喻宣姜。

"女子有行，远父母兄弟"，一个出嫁了的女子，就应该同自己的父母兄弟疏远。宣姜却反其道行之，勾结母家势力，介入、甚至粗暴干预夫家的政治。像她这种人（乃如之人兮）的所作所为，只会败坏婚姻关系（怀昏姻也，怀、读为坏），毫无诚信可言（大无信也），也违反正理（不知命也）。这是西周人宗法传统的婚姻政治观。

据鄘国诗人的说法，卫人痛恨宣姜，是因为她援引齐国的力量，粗暴干预了卫国内政，即君位的继承。事实是，卫惠公朔是宣姜同卫宣公所生的儿子，年轻而且不成器，即位三年，卫人在公子职、公子洩主导下，驱逐惠公改立黔牟（宣公前妻的儿子，公子伋和宣姜继婚夫昭伯的兄弟）。黔牟八年，齐国把黔牟赶走，惠公复立。卫人喜欢黔牟而不喜欢卫惠公朔，因而责怪宣姜胁齐国之力而干卫政，与淫奔全不相干。

相鼠

相鼠有皮，人而无仪。人而无仪，不死何为！（一章）
相鼠有齿，人而无止。人而无止，不死何俟！（二章）
相鼠有体，人而无礼。人而无礼，胡不遄死！（三章）

《序》："刺无礼也。"《副序》："卫文公能正其群臣，而刺在位承先君之化，无礼仪也。"

《序》说不知所云。这篇诗讲述卫人痛斥卫惠公（即公子朔）无耻（无仪，无止，无礼），不配活着。

前面已经说过，卫宣公前妻夷姜生了三个儿子，伋、昭伯、黔牟。宣姜本来是说定要嫁给大子伋为妻的。但在嫁过来的途中，被宣公占夺了，成了宣公的继室，生了公子寿、公子朔两个儿子。据说由于宣姜和公子朔进谗陷害，宣公买凶手要杀大子伋，被公子寿知道了，抢先假冒他的异母兄伋而被凶手所杀，跟着伋也跑上去自认，也被凶手杀死了。在卫人眼里，伋和寿的被杀，朔是有很大责任的。

在历史的背景下，诗文的解释便没有什么困难了。

干旄

孑孑干旄，在浚之郊。素丝纰之，良马四之。彼姝者子，何以畀之？（一章）

孑孑干旟，在浚之都。素丝组之，良马五之。彼姝者子，何以予之？（二章）

子孑干旌，在浚之城。素丝祝之，良马六之。彼姝者子，何以告之？（三章）

《序》："美好善也。"《副序》："卫文公臣子多好善，贤者乐告以善道也。"

齐襄公纳惠公于卫。《史记·卫世家》："卫君黔牟八年（即鲁庄公五年）齐襄公率诸侯，奉王命共伐卫，纳惠公，诛左右二公子（即公子职、公子泄），卫君黔牟奔于周，惠公复立"。

浚，卫邑，在今河南濮阳县南，惠公入卫仪式的出发地点。诗文每章头四句讲的是惠公入卫时的仪仗。干，旗杆。干旄（旟、旌），杆顶上装着旄牛尾毛（画着飞鸟的、竿顶上装着羽毛的）的旗子。素丝纰（组、祝即属）之，用素绳子穿挂在杆上的旗帜。三种旗帜引领着三批人马，第一批是四匹马驾的车，第二批五匹马驾的车，最后是惠公乘六匹马驾的车。

每章最后两句"彼姝者子，何以畀（予、告）之？"反映卫人的情绪。那个打扮得漂漂亮亮的家伙（彼姝者子），何以畀（给予）之？我们能给他点什么？何以告之？我们能给他说什么？诗文没有回答，即是说"他不可能从我们卫国老百姓这里得到什么！我们也不会告诉他什么！"意思很明白，他不受人民的欢迎。

载驰

载驰载驱，归唁卫侯。驱马悠悠，言至于漕。大夫跋涉，我心则忧。（一章）

既不我嘉，不能旋反。视尔不臧，我思不远。（二章）

既不我嘉，不能旋济。视尔不臧，我思不閟。（三章）

陟彼阿丘，言采其蝱。女子善怀，亦各有行。许人尤

之，众稚且狂。（四章）

我行其野，芃芃其麦。控于大邦，谁因谁极？大夫君子，无有我尤！百尔所思，不如我所之。（五章）

《序》："许穆夫人作也，闵其宗国颠覆，自伤不能救也。"《副序》："卫懿公为狄所灭，国人分散，露于漕邑。许穆夫人闵卫之亡，伤许之小，力不能救，思归唁其兄，又义不得，故赋是诗也。"

《序》说不错。除了一些细节，历来没有什么大争议，历史背景事实也是清楚的。我取《毛诗》的分章方式，三家诗及宋人有不同的分章方式，就不细说了。

前面说过，宣姜继婚于昭伯生三女两男，即齐子、戴公、文公、宋桓夫人和许穆夫人。卫惠公和他的儿子卫懿公相继统治时期，很不得人心。公元前 660 年冬（即卫懿公九年，鲁闵公二年）狄人灭卫，杀了卫懿公。卫人渡河逃到漕（今河南省滑县附近），立卫戴公。一个月后，戴公去世，卫文公继位（卫文公元年即鲁僖公元年）。《左传》的记载"立戴公以庐于曹（应作漕），许夫人赋《载驰》。齐侯使公子无亏帅车三百乘、甲士三千人以戍曹（漕）"在闵公二年冬十二月（鲁闵公在位只两年），"诸侯乃城楚丘而封卫"在两年后的鲁僖公二年。

由于诗第五章说到"我行其野，芃芃其麦"，清代考据家们（胡承珙、陈奂）判断，夫人赋《载驰》便不可能在闵二年冬十二月，而应该在次年（鲁僖、卫文元年）春夏之交。我看这一判断是正确的，春秋历法不正规。这么说，许穆夫人起的作用是在推动齐桓带头城楚丘（今滑县东）封卫，而不在齐人戍漕。事实上，诗文"控于大邦，谁因谁极？"指的就是"城楚丘"，谁该出力和出多少力。

"载驰载驱，归唁卫侯"，唁的是卫文公而非戴公。

还有一个争论在首章的"大夫跋涉，我心则忧"，和末章的"大夫君子，无我有尤"，两个"大夫"，是不是同一个人、同一国的大夫？抑或两国、两个大夫？后一个大夫是许国大夫，他同四章的"许人尤之，众稚且狂"相对应。但前面那位跋涉的大夫，是到许国来报信的卫大夫，似更合情理。

一章讲的只是夫人接到凶信之后，立即决定兼程奔赴卫国暂居的漕邑。"我心则忧"，夫人之忧，看来是卫国继嗣的问题。我们知道，宣公之后，一共有三个继嗣系统。第一个系统是前妻夷姜所生的伋、黔牟、昭伯；第二个系统是后妻宣姜所生的寿和朔。伋和寿被凶杀。宣公死后传位给未成年的朔，即惠公（中间黔牟夺位 8 年）。惠公死后，传位于其子懿公。宣姜继婚于昭伯而产生了第三个继嗣系统，即后来的申（戴公）、燬（文公）。狄人灭卫杀懿公，第一、二继嗣系统已无人存活，戴公立于漕不到一个月而卒，则文公成了最后的苗裔，再有个什么三长两短，卫国世系也就断绝了。还有个齐国，齐桓一世之雄，谁知他安的什么心？许也是姜姓之国，许穆公抗衡得了强齐吗？宋桓夫人是自己的姐妹，但紧要关头，宋桓也未必肯出面说话。

许穆夫人想得很深，不为许人理解。"女子有行，远父母兄弟"，女子出嫁之后，可以归宁父母，却没有听说过归宁兄弟的。二、三、四章说的都是许人对夫人远行的反对和阻挠。"既不我嘉，不能旋反"，"不能旋济"，反对者甚至连"去了就别回来了"这种话都说出来了，真是"众（终）稚且狂"！但我是不会改变主意的，"我思不远"，"我思不閟"，应读"不远我思"，"不閟我思"。

末章。夫人在赴卫途中所见所思。"芃芃其麦"，所见的是返青后的小麦，心中思虑的是"控于大邦，谁因谁极"，要同齐桓好好谈清楚，应该如何选择和确立卫国的国君。因和极，靠什么原则和标准。大夫君子们,不要再责怪我了,你们即使思考一百次,总抵不上我亲自跑一趟!

许穆夫人是个不寻常的女子,这是应该肯定的。但认为在卫国继绝存亡的历史中她起了决定性的作用却是不一定对的。晋人在山西大肆扩张的强大压力下,赤狄东迁,灭邢灭卫,只不过事情的开端,对燕、齐、鲁等山东诸侯的威胁和冲击的形势十分危急,存邢救卫是齐桓霸业不可能不考虑的重要举措,而起着决策关键性作用的恐怕有管仲的一份。

许国无诗,这篇诗也不能算卫诗,编入鄘诗,可能是没有办法中的最好办法。

卫诗共10篇,都是东渡黄河以后的诗。

据《左传》,闵公二年"卫之遗民男女七百有三十人,益之以共、滕之民,为五千人"。翌年,即鲁僖公元年,齐桓公迁邢于夷仪。二年,封卫于楚丘。邶、鄘不再存在,卫国也不再是原来在淇县的卫国,而是一个新的移民群体。卫诗是新移民群体的作品。

淇奥

瞻彼淇奥,绿竹猗猗。有匪君子,如切如磋,如琢如磨。瑟兮僩兮,赫兮咺兮,有匪君子,终不可谖兮。(一章)

瞻彼淇奥,绿竹青青。有匪君子,充耳琇莹,会弁如星。瑟兮僩兮,赫兮咺兮,有彼君子,终不可谖兮。(二章)

瞻彼淇奥,绿竹如箦。有匪君子,如金如锡,如圭如璧。宽兮焯兮,猗重较兮,善我谑兮,不为虐兮。(三章)

《序》:"美武公之德也。"《副序》:"有文章,又能听其规谏，以礼自防，故能入相于周，美而作是诗也。”

《序》说无稽之谈，根本不可信。这是赞美卫文公的诗。“卫文公大布之衣、大帛之冠，务材、训农、通商、惠工、敬教、劝学，授方任能。元年，革车三十乘，季年（即末年）乃三百乘”。这是《左传》的说法。《史记·卫世家》也说：“文公初立，轻赋平罪，身自劳，与百姓同苦，以收卫民。”

新迁的卫国与旧的卫国只隔了一条黄河，淇水入河就在对岸，这一带的绿竹长得十分茂密。“有匪君子”，我们说的那位君子。切、磋、琢、磨，指他的行为、做事，精细谨慎。瑟、僩，他的仪容严肃、庄重。赫、咺，他的性格开朗、宽大。“终不可谖兮”，他给人的印象深刻难忘！

二章：“充耳琇莹，会弁如星”，这两句，所有注解都引向精美、奢华，其实是形容其朴素、不奢华。琇，《说文》作璓，“石之次于玉者”，琇莹，他用打磨、抛光的石作耳饰而不用玉。会弁，皮帽子有洞或裂缝，就用线把它束扎（会）起来。（请参看《召南·羔羊》“羔羊之缝，素丝五緫”，緫就是会）。

三章：“如金如锡，如圭如璧”，这是指君子的内美。虽然外表装饰朴实无华，也难掩盖他的美金美玉般的素质。你只看他，雍容闲适地站在车厢里，手扶车厢两侧的较木，同人打招呼开玩笑，那样恰如其分（谑而不虐），你就明白了。

诗中这位“有匪君子”，就是重建卫国的卫文公。

考槃

考槃在涧，硕人之宽。独寐寤言，永矢弗谖。（一章）
考槃在阿，硕人之薖。独寐寤歌，永矢弗过。（二章）
考槃在陆，硕人之轴。独寐寤宿，永矢弗告。（三章）

《序》:“刺庄公也。”《副序》:“不能继先公之业,使贤者退而穷处。”

《序》的作者根本没有读懂诗文。大多数现代注家都取朱熹的说法,认为这是隐士诗,也不得要领。但说得透彻的却是郑玄。这诗每章末句都是“永矢……”,《郑笺》解为:“长自誓以不忘(弗谖)君之恶”,“不复入君之朝(弗过,也就是弗朝)”,“不复告(弗告,应理解为不赴告)君以善道”。当然,许多评论家都认为郑玄说得太过分了,但却不能说他不对。那么,这篇诗该怎样读?

考槃,就是扣盘、鼓盆。鼓盆而歌,是古老的一种民俗,许多地方都有,现今一些少数民族可能还有这种风俗的遗存,甚至还有作为娱乐表演节目的。考槃,本来同隐逸的概念没有必然的联系。隐士不都是鼓盆而歌的,庄周鼓盆也只一次(他算不算隐士也难说,他好歹也是个漆园吏);不当隐士也有鼓盆而歌的,文献记载最早、最显赫的考槃者就是周文王姬昌。《周易·离·九三》“日昃之离,不鼓缶而歌,则大耋之嗟,凶”①。这“鼓缶”便是考槃。还有汉代杨恽在《报孙会宗书》中所说的“仰天拊缶而呼呜呜”,也是考槃。

考槃而歌不是为了隐居式的自得其乐,更多是排遣内心的抑郁、苦闷。那么,我们的考槃者是谁?有什么苦闷在心里,以至于夜里不能入睡(独寐寤歌),要鼓盆而歌?

《考槃》上承《淇奥》,我们的“硕人”当指卫文公。形容硕人:宽、薖,都训宽广、宽大;轴,即逐,强也,是要强的意思。《郑笺》对三句“永矢”的解释是对的,都针对“君”而发。卫文公的“君”,即

① 请参阅拙著《周易:追寻失落的文明》,人民出版社 2007 年版,第 154 页。

东周王朝的君主周惠王。事实是，卫国同周惠王的关系正闹得非常僵。

《史记・卫世家》“（卫惠公）二十五年，惠公怨周之容舍黔牟，与燕（南燕）伐周。周惠王奔温，卫燕立惠王弟颓为王。二十九年，郑、虢（杀王颓）复纳惠王”。卫文公元年是周惠王十八年。卫、周之间有这段樑子，卫文公即位之后，怎么还敢赴告于周，入朝求封？

按周礼惯例，诸侯国君，世代继嗣，必须入朝受时王封锡，作为对新君继位的合法性的承认。不经过这一形式，卫文公作为诸侯国君的合法地位便随时都会受到挑战和指谪，这当然是一件严重的事。叫他怎么能睡得着觉呢？只好考槃而歌了。

这个问题最后怎样解决，史无明文，大概要等许多年后，周襄王即位（卫文公九年）以后才有转机。

这篇诗讲的就是这件事。

硕人

硕人其颀，衣锦褧衣。齐侯之子，卫侯之妻，东宫之妹。邢侯之姨，谭公维私。（一章）

手如柔荑，肤如凝脂，领如蝤蛴，齿如瓠犀，螓首蛾眉。巧笑倩兮，美目盼兮。（二章）

硕人敖敖，说于农郊。四牡有骄，朱幩镳镳，翟茀以朝。大夫夙退，无使君劳。（三章）

河水洋洋，北流活活，施罛濊濊，鳣鲔发发，葭菼揭揭。庶姜孽孽，庶士有朅。（四章）

《序》：“闵庄姜也。”《副序》：“庄公惑于嬖妾，使骄上僭，庄姜贤而不答，终以无子，国人闵而忧之。”

《序》说“闵庄姜也”。这句话来源于《左传·隐公三年》“卫庄公娶于齐东宫得臣之妹曰庄姜，美而无子。卫人所为赋《硕人》也”。杨伯峻注：“诗卫风《硕人》云‘东宫之妹’，传文本此。”卫诗《硕人》有一句“东宫之妹”，《左传》就根据这句诗断定，《硕人》这篇诗讲的就是庄姜的事。《左传》说法是错的，可能是后人加插进去，不是原来的文字。

《硕人》诗文本身只是说齐侯之女来嫁卫侯，这一来，卫侯与齐太子成了郎舅，而卫侯与邢侯、谭公三人成了连襟。齐侯、卫侯谁指？与其说是齐庄公和卫庄公，还不如说是齐桓公嫁女和卫文公娶亲。吟咏活着的美人总比吟咏一百年前的大美人庄姜，更现实一些吧！

方玉润《诗经原始》说，一章讲“阀阅之尊，外戚之贵”；二章讲“仪容之美”；三章讲“车服之盛”；四章讲“邦国之富，妾媵之多”。这篇诗的内容，如此而已。从文字的角度看，名物辞藻堆砌或许是一大特色，此外可说的就不多了。

氓

氓之蚩蚩，抱布贸丝。匪来贸丝，来即我谋。送子涉淇，至于顿丘。匪我衍期，子无良媒。将子无怒，秋以为期。（一章）

乘彼垝垣，以望复关。不见复关，泣涕涟涟。既见复关，载笑载言。尔卜尔筮，体无咎言。以尔车来，以我贿迁。（二章）

桑之未落，其叶沃若。于嗟鸠兮，无食桑葚。于嗟女兮，无与士耽。士之耽兮，犹可说也。女之耽兮，不可说也。（三章）

桑之落矣，其黄而陨。自我徂尔，三岁食贫。淇水汤

汤，渐车帷裳。女也不爽，士贰其行。士也罔极，二三其德。（四章）

三岁为妇，靡室劳矣，夙兴夜寐，靡有朝矣。言既遂矣，至于暴矣。兄弟不知，咥其笑矣。静言思之，躬自悼矣。（五章）

及尔偕老，老使我怨。淇则有岸，隰则有泮。总角之宴，言笑晏晏。信誓旦旦，不思其反。反是不思，亦已焉哉！（六章）

《序》："刺时也。"《副序》："宣公之时，礼义消亡，淫风大行，男女无别，遂相奔诱。华落色衰，复相弃背。或乃困而自悔，丧其妃耦，故序其事以风焉。美反正，刺淫佚也。"

这篇诗很有名，讲论它的文字很多，众口一词，都说这是一篇"弃妇诗"。诗是留在淇邑的卫余民的诗，讲一个卫国女子同一位"氓"（亡民，流亡在此的外地人）互相恋爱，过了三年共同生活之后，又互相离异，"遂相奔诱"，"复相弃背"的故事。

一、二章讲他们遇合的经过。他们就在市集上相遇相识，氓这个外地人经常借买丝为名找她谈笑。他从市集回家，她常常送他到淇河边上才分手。每逢她上市集的日子，就先到城墙上眺望等他进关卡。一来二往，两人都有了感情，同意相结合。可是外地人找不到媒人替他们作证，只凭卜筮得"无咎"作出决定，他就拿车把她连同她所有的一切接回家。

三、四两章讲他们从合到离的经过。结合之初，"桑之未落，其叶沃若"，共同生活就像刚舒展的桑叶般柔美。男女爱情，就像鸠鸟吃桑葚一样，令人陶醉。"于嗟女兮，无与士耽"。男子迷恋女子，容易解脱；"女之耽兮"女子迷恋上男人，无法解脱（不可说也，说，即脱）。

爱情如果经不起时间的侵蚀，就像发黄的桑叶“桑之落矣，其黄而陨”。自从我跟了你，三年来我吃了不知多少苦（食贫，吃苦，是生活不快乐，不顺心，不是穷困）。“淇水汤汤，渐车帷裳”，淇河水涨，那怕车围帐泡湿了，我也不留在你家了！我对你的心始终如一（女也不爽，爽，变也），而是你朝三暮四，心地不良（屈万里训罔极为无良，很好）。

五、六章是她离去之后，思前想后的自我悲伤和慰解。回想这共同生活的三年，我早起贪黑，家务全都给他干了，他“靡室劳矣”游手好闲、“靡有朝矣”天天睡懒觉，我什么事都顺着（遂）他，他却暴虐待我。兄弟不替我做主（知，知县、知府的知，管事的意思），反而耻笑我（咥笑）。谁都不表同情，想起来，真叫我伤心。

本来希望与你厮守终生，但这样下去，徒生怨恨。淇、湿（隰），水名。涉淇渡湿，都有个登岸的时候，苦日子也要有终结的一天。一心一意（信誓旦旦）找个同偕白首的知心人，只不过是年幼（总角）时的痴心妄想，只顾往好处想，不想坏的一面。想不到（不思）得到的正是坏（反是）的！世间的事，正是如此（亦已焉哉）！

这篇诗，《序》说“刺时也”，说得不错，诗文反映的是现实时代（时）的实际生活。卫女的婚姻是基于自由恋爱的婚姻。自由恋爱在上古时代不是罕见的事，它只牵涉到个人的行为，《国风》就有描写自由恋爱的诗。但婚姻从它发生的时候起就是社会行为，它以某些社会因素（如族姓、经济或其他权益等）为基础，也受社会的保障和限制，并形成制度。当社会健全发展的时候，婚姻的形成和存在形态就受到制度的指导和保障，成为社会的有序系统的组成部分，自由恋爱和婚姻之间受到社会制度的某种调节。当社会处在衰落的危机状态中的时候，社会制度的各种调节作用也就跟着式微。《氓》诗的“时义”就表现在这里。问题不在于卫女和氓（流亡的外地人）两个小人物的行为是否符合什么道德准则，而在于卫国社会对婚姻的形成和继续存在不起什么调节的作用。“子无良媒”，“兄弟不知”，婚姻关系是否能够形成，形成之后如何维系，使它继续存在，就只凭他们自己个人了。爱情摆脱了社会，只凭自己去发展的话，就像桑树的叶子，青嫩地展开，最后枯黄而陨落！

《国风》诗极少有怀古的情调，也很少作乌托邦式的幻想，真实感是很重要的特色。有意思的是《硕人》和《氓》两篇诗并列和对比。是《诗经》编者有意为之，抑或无意的巧合？有心的读者朋友们不妨进一步思考，会生发出大好文章的。总之，恋爱和婚姻的社会学是人的永恒的话题，只要人这个物种还没有绝灭！

竹竿

籊籊竹竿，以钓于淇，岂不尔思？远莫致之。（一章）
泉源在左，淇水在右。女子有行，远兄弟父母。（二章）
淇水在右，泉源在左。巧笑之瑳，佩玉之傩。（三章）
淇水滺滺，桧楫松舟，驾言出游，以写我忧。（四章）

《序》：“卫女思归也。”《副序》：“适异国而不见答，思而能以礼者也。”

从诗文看，句句不离淇水，思乡之情，更追忆少女时代的愉快生活，难以释怀。“巧笑之瑳，佩玉之傩”，显然是形容贵族女子的话语。这位远嫁异国的卫国贵族女子，又遭逢国难，她的忧伤是很值得同情的。

至于这位卫国贵族女子是谁，也许是宋桓夫人，也许不是，猜测已是多余的了。

芄兰

芄兰之支，童子佩觿。虽则佩觿，能不我知！容兮遂兮，垂带悸兮！（一章）

芄兰之叶，童子佩韘。虽则佩韘，能不我甲！容兮遂兮，垂带悸兮！（二章）

《序》："刺惠公也。"《副序》："骄而无礼，大夫刺之。"

觿，解结锥，象牙制的锥子，用以解衣带的结；韘，射箭用的玉扳指。这两样东西都是贵族成年男子随身配带的物件。小男孩佩带着觿和韘，就好像蔓生的芄兰草的枝荚和叶子。"容兮遂兮，垂带悸兮"，走起路来，摇摇摆摆，晃晃荡荡，十分滑稽。"能不我知（不能知我）"，知，旧解"接也"，即交接；"能不我甲（不能甲我）"，甲，即狎。他装扮成大人样，却不能同我交合。

显然，诗文讲的是贵族小男孩娶个年岁比他大的媳妇，没有长大成人，不能圆房。这是一种不合乎常规的婚姻（如果也算是婚姻的话）。一方面，男子未冠而婚，不符合西周贵族阶层的"礼"；另一方面，女方也不可能是贵族出身，社会地位不对等的婚姻，也是非"礼"的。这一切，都同西周统治阶层的传统婚姻观，即政治上"合两姓之好"和为了家族社会地位的传承而生育后代不相符合。

诗人把这件事记录下来，足以作为春秋礼崩乐坏的例证。

河广

谁谓河广？一苇杭之。谁谓宋远？跂予望之。（一章）

谁谓河广？曾不容刀。谁谓宋远？曾不崇朝。(二章)

《序》"宋襄公母归于卫，思而不止，故作是诗也。"

郑《笺》也取此说。这一说法站不住。因为此时卫国早已迁往帝丘，宋、卫都在黄河以南，来往其间不须渡河。宋襄之母即宋桓夫人，卫文公之妹，说她被出(归于卫)，也没有历史依据。如果说这是宋人居卫而思归的诗，也仍然与黄河的广阔无关。必须另作分析。

假设这是一篇完整的诗，没有残佚简的问题。这诗讲的只是一个人身在黄河东南岸，思考着两件事。一，黄河虽然宽阔，但要渡过去，并不是不可能的。二，宋国也并不远，从宋到黄河边也只是一个上午的事。黄河对岸被北狄蹂躏的国土，不过咫尺之遥。要收复这片土地，请求同卫国有姻亲关系的邻邦宋国出兵相助，也不见得不可行。

卫人思念淇水，《淇奥》、《竹竿》，足以证明。复国之念，也是正常的。但狄人进入中原，其势汹汹，灭卫之后，立即弃卫而北上灭邢。齐桓基本上只设防河南，卫人不一定同意这一策略而考虑复国，是完全合理的。

照此看来，此诗诗主当是卫文公。

伯兮

伯兮朅兮，邦之桀兮。伯也执殳，为王前驱。(一章)
自伯之东，首如飞蓬。岂无膏沐？谁适为容！(二章)
其雨其雨，杲杲出日。願言思伯，甘心首疾。(三章)
焉得谖草，言树之背。願言思伯，使我心痗。(四章)

《序》:“刺时也。”《副序》:“言君子行役,为王前驱,过时而不反焉。”

卫国女子思念从军出征的丈夫。

“伯也执殳,为王前驱”,伯是拿着武器作为王的卫士上战场的。但他参加哪一个战役无法确定。由于有个“王”,郑玄就认为是鲁桓公五年,蔡、卫、陈从周桓王伐郑的战役。但郑在卫西,与“自伯之东”不合。郭晋稀《诗经蠡测》提出新说,认为诸侯在自己国内称王,而这场战役应是鲁成公二年,卫穆公命孙良夫伐齐救鲁之役,这同“自伯之东”合拍。其实,还在卫文公十八年就发生过邢人、狄人伐卫,十九年卫伐邢,二十五年卫侯燬(即文公)灭邢等几次战役,邢早已迁夷仪,不在邢台,而战场在卫东或东北,都是可能的。总之,有不同的可能性,我们暂时不必去作硬性的确定,这场战役也不必与东周王朝相关。

这又是一篇很有名的诗,诗写的就只是“思念”之情。对着膏沐而难以为容,对着旭日而盼下雨,想起萱(谖)草而希望忘忧,生活中的一切,都那么自然地不自然,“不对劲”,只因为少了一个“他”!

有狐

有狐绥绥,在彼淇梁。心之忧矣,之子无裳。(一章)
有狐绥绥,在彼淇厉。心之忧矣,之子无带。(二章)
有狐绥绥,在彼淇侧。心之忧矣,之子无服。(三章)

《序》:“刺时也。”《副序》:“卫之男女失时,丧其妃耦焉。古者国有凶荒,则杀礼而多婚,会男女之无夫家者,所以育人民也。”

《序》说无稽。要读懂这篇诗，关键在"有狐"、"之子无裳、无带、无服"，怎么讲？

上古人喜欢用狐比喻某种类型的国君或地方首长。这类君长有才能，工于心计但作风流于不正派或有些缺点。《周易·解·九二》"田获三狐"，指抓住了背叛文王的三个地方官长；《未济》"小狐汔济，濡其尾"，指的是伐崇胜利的武王。《左传》僖公十五年，秦穆公伐晋，卜徒父筮得蛊卦，爻曰"千乘三去，三去之余，获其雄狐"，这雄狐就应在不守信用的晋惠公身上。《诗·齐风·南山》"南山崔崔，雄狐绥绥"，这雄狐是乱伦的齐襄公。这里的"有狐"指卫文公（"有"是指示冠词，相当于英文的 the），他的君位没有得到周惠王的正式承认。

按周礼，一位继嗣国君，必须朝见周王，接受"王三锡命"《周易·师·九二》，才算获得王朝的正式承认。"王三锡命"的标志就是周王赏赐"裳、带、服"。裳，王赏赐黄裳，《周易·坤·六五》"黄裳元吉"，是祭社（土神）的礼服，王赏赐黄裳，表示"授土"。带即鞶带，《说文》段注"革带以系佩韨"，系围裙的大皮带，《周易·讼·上九》"或锡之鞶带"，是指挥和使令人民的权力标志，相当于"授民"。服即常服，是上朝时的服式。《大雅·文王》"厥作裸将，常服黼冔"；《小雅·六月》"四牡骙骙，载是常服"，指在朝官职的品位。

"心之忧矣，之子无裳、无带、无服"，卫文公是一位没有受封的诸侯国君，为此发愁。为什么他没有得到周王朝的承认？我在解释《考槃》诗时，已说清楚了。

木瓜

投我以木瓜，报之以琼琚。匪报也，永以为好也。

（一章）

投我以木桃，报之以琼瑶。匪报也，永以为好也。（二章）

投我以木李，报之以琼玖。匪报也，永以为好也。（三章）

《序》："美齐桓公也。"《副序》："卫国有狄人之败，出处于漕。齐桓公救而封之，遗之车马器服焉。卫人思欲厚报之而作是诗也。"

朱熹说是男女相赠答之词。姚际恒说是朋友相赠答，何必非要限定是男女赠答呢？

此诗承《有狐》而言。薄赠厚答，当然不是为了车马器服之遗，而是卫文"无裳、无带、无服"，在周王朝廷没有名分，齐桓公不拘一格，仍以诸侯国君待之，并且结婚姻之好（《硕人》），令受者感激涕零，誓将厚报之意，终生不忘。

《卫风》总说

《卫风》由《邶》、《鄘》、《卫》三部分组成。经过逐篇释读，我们得知，19篇《邶》诗，是卫康叔家族留在宗周做司寇（世职），受周王封的大宗本支，平王东迁时在卫国及其他山东诸侯武装保护下东迁，被安置在卫国北方（邶，卫之北邑）的移民所作的诗。邶君参与了州吁之乱，被迫逃亡，邶国解体，余民并入鄘国。最后两篇邶诗《新台》、《二子乘舟》，当作于卫宣公前期，约公元前715年前后。

10篇《鄘》诗是康叔家族的另一分支，或其他几个分支，随着移民浪潮东迁，被安置在卫国东部的移民所作的诗。鄘地的移民也都是康叔的后裔，但属于康叔家族的小宗，东迁之后成了卫国的附庸，居地即称为“鄘”。鄘诗止于卫懿公死于狄人灭卫，公元前660年。

10篇《卫》诗，无一例外，都是狄人灭卫之后，卫文公在楚丘重建卫国(后来再东迁帝丘)的卫人所作的诗篇。卫诗止于卫文公前期，周惠王去世之前，约当公元前650年前后。《卫》诗实际上也是移民诗，因为原来的卫国已经不存在，严格地说，留在河内的卫余民以及东渡的卫民也不再是原来意义上的卫人了。

吴公子季札对《邶、鄘、卫》的评论是：“美哉，渊乎！忧而不困者也。吾闻卫康叔、武公之德如是，是其卫风乎？”吴季子称赞(美哉，渊乎！)的是“忧而不困”。纵观整个《卫风》，能当这四个字的卫君，除文公之外，别无他人。卫文公的功业之为“美”，是由于他在亡国之后恢复了卫国。“渊”是指卫文公的志向深远，虽然“无裳、无带、无服”，被排除在正统之外，却并不影响他自立、奋斗的决心。季札是把卫文公看做能与卫康叔、卫武公比肩的英主贤君，认为这才是真正的卫国之风。同时也表现了吴季子对“正统”的蔑视。对西周正统的背离，《卫风》是一个十分完整的典型。

王　风

《王风》是移民诗，看来不会有什么疑问。不用说，周平王宜臼本人就是个高等大移民，但最好还是让诗文本身来作出说明。

黍离

彼黍离离，彼稷之苗。行迈靡靡，中心摇摇。知我者谓我心忧，不知我者谓我何求。悠悠苍天，此何人哉！（一章）

彼黍离离，彼稷之穗。行迈靡靡，中心如醉。知我者谓我心忧，不知我者谓我何求。悠悠苍天，此何人哉！（二章）

彼黍离离，彼稷之实。行迈靡靡，中心如噎。知我者谓我心忧，不知我者谓我何求，悠悠苍天，此何人哉！（三章）

《序》："闵宗周也。"《副序》："周大夫行役，至于宗周，过故宗庙宫室，尽为禾黍，闵周室之颠覆，彷徨不忍去，而作是诗也。"

君子于役

君子于役，不知其期。曷至哉？鸡栖于埘，日之夕矣，牛羊下来。君子于役，如之何勿思！（一章）

君子于役，不日不月。曷其有佸？鸡栖于桀，日之夕矣，牛羊下括。君子于役，苟无饥渴？（二章）

《序》："刺平王也。"《副序》："君子行役无期度，大夫思其危难以风焉。”

两篇诗《序》，似懂非懂。我把《黍离》、《君子于役》两篇诗放在一起讲，因为主题是一个：“东迁。”《黍离》是出发前，《君子于役》是到达目的地之前的旅途中。

《黍离》，程俊英《诗经注析》引冯沅君（陸侃如合著）《诗史》，说“这是写迁都时心中的难受”。真感谢冯、陆两位，说对了！这是两千多年来第一个人读懂了这篇诗。有了这句直探“诗心”的话，解这两篇诗，还用得着多费笔墨吗？

周人东迁是仓皇决定的，谁都没有心理的准备，离离黍稷，眼看就要扬花结实了，忽然一声令下，说走就走，一切的一切，谁能舍割？“知我者谓我心忧，不知我者谓我何求？”逃命当然要紧，但前路茫茫，今后的日子怎样过？

《君子于役》，一路上，走啊走的，还要走多久，“不知其期”，谁知道？都什么时候了，往常鸡已还巢；太阳都下山了，牛羊也归栏，我们还在赶路，顾不得饥渴，不许休息。

君子阳阳

君子阳阳，左执簧，右招我由房，其乐只且！（一章）
君子阳阳，左执翿，右招我由敖，其乐只且！（二章）

《序》：“闵周也。”《副序》：“君子遭乱，相招为禄仕，全身远害而已。”

《君子阳阳》，东迁的路上，偏偏就有那么一种没心肝的人，拿逃难不当一回事，阳阳（洋洋）然、陶陶然，手捧着乐器，头上插着雉毛，拉我陪他到处游逛玩耍，寻欢作乐，“其乐只且”！

应该注意的是，得意扬扬的人，是个“君子”，不是乐师。《诗经》称"君子",都是有土的君主。能称君子的,除了王之外,即使不是什么大贵族,至少该是个或大或小的宗族长!国难当头,流亡途中,如此作态,说他没心肝,并不冤枉。只要同《黍离》、《君子于役》,结合在一起读,都咏"君子",有比较、有反差,就会明白的。

扬之水

扬之水,不流束薪。彼其之子,不与我戍申。怀哉怀哉!曷月予还归哉!(一章)

扬之水,不流束楚。彼其之子,不与我戍甫。怀哉怀哉!曷月予还归哉!(二章)

扬之水,不流束蒲。彼其之子,不与我戍许。怀哉怀哉!曷月予还归哉!(三章)

《序》:"刺平王也。"《副序》:"不抚其民,而远屯戍于母家,周人怨思焉。"

周平王三十三年,楚人侵申。三十六年,王人戍申,即《大雅·崧高》的东申,今河南省南阳地区。

《扬之水》,河道宽狭不匀,河中还多大小礁石,水流激荡。"不流束薪",在水里放一束柴薪,一下子就被湍流惊涛冲得四散。面对着野心勃勃的楚国,众多诸侯谁都不肯同周人一起出兵,联合驻守南阳的申、吕、许(许昌),我们这样势单力薄,真不知驻守到哪天才能回得了家?

周制,各诸侯国的兵马,应听从周王的调度,诸侯国受王权的约束,就像柴薪被捆成一束一样。东迁的洪流,将王权捆在一起的柴薪,冲得四散,再也集合不起来了。用旧史学的话来说,叫"王纲解纽",诗人说"扬之水,不流束薪",是兴,也是比。

这是《诗经》第一次，也是唯一的一次，提到楚人崛起和对中原的威胁。

中谷有蓷

中谷有蓷，暵其干矣！有女仳离，嘅其叹矣！嘅其叹矣，遇人之艰难矣！（一章）

中谷有蓷，暵其脩矣！有女仳离，条其啸矣！条其啸矣，遇人之不淑矣！（二章）

中谷有蓷，暵其湿矣！有女仳离，啜其泣矣！啜其泣矣，何嗟及矣！（三章）

《序》："闵周也。"《副序》："夫妇日以衰薄，凶年饥馑，室家相弃尔。"

《左传》鲁隐公六年冬（公元前717年，周桓王三年）"京师来告饥，公为之请籴于宋、卫、齐、郑，礼也"。序说与诗旨相合，但也反映出移民社会的脆弱，迁都之后，东周社会世态凉薄，完全失去了原来"熟人"乡社那种守望相助、患难与共的乡土社会气质了。大旱饥荒之年，又不能依靠乡里互相救助，夫妻难以共活，妇女遭离弃，在移民社会中，不是个别现象，也不限于某一阶层。移民运动导致社会基层结构的脆弱和解体，应是"移民社会学"的一个重要的课题。

兔爰

有兔爰爰，雉离于罗。我生之初尚无为，我生之后逢此百罹。尚寐无吪！（一章）

有兔爰爰，雉离于罦。我生之初尚无造，我生之后逢

此百忧。尚寐无觉!(二章)

有兔爰爰,雉离于罿。我生之初尚无庸,我生之后逢此百凶。尚寐无聪!(三章)

《序》:"闵周也。"《副序》:"桓王失信,诸侯背叛,构怨连祸,王师伤败,君子不乐其生焉。"

《序》说是以《左传》鲁桓公五年"繻葛之战"作为背景解诗。公元前707年,桓王十三年,王夺郑伯政,郑伯不朝。秋,王以陈、蔡、卫三国诸侯伐郑,郑伯御之,战于繻葛。"有兔爰爰,雉离于罗",两军相接,陈、蔡、卫三只"兔子"逃跑了(爰爰,解脱貌),落网的是"野鸡"周桓王(郑人祝聃射王中肩)。"我生之初,尚无为;我生之后,逢此百罹",我活了这辈子(生之初,生之后),怎么也想不到会发生这样的事啊!"尚寐无吪!"王事不可问矣!还不如(尚)回家睡大觉。

葛藟

绵绵葛藟,在河之浒。终远兄弟,谓他人父。谓他人父,亦莫我顾。(一章)

绵绵葛藟,在河之涘。终远兄弟,谓他人母。谓他人母,亦莫我有。(二章)

绵绵葛藟,因河之漘。终远兄弟,谓他人昆。谓他人昆,亦莫我闻。(三章)

《序》:"王族刺桓王也。"《副序》:"周室道衰,弃其九族焉。"

《序》的说法是对的。移民族群东迁,领土缩水,资源短缺,实力不振，所谓“《蟋蟀》伤局促”，是极为普遍的现象。在这种情况下，对“绵绵葛藟”似的宗族的兄弟分支就无法照顾，只好令他们离去，投靠有势力的诸侯或封君，自谋出路。“终远兄弟”，《毛传》“兄弟之道已相远矣”，不要再说什么“亲亲”之道了。“谓他人父，亦莫我顾！”哪怕我认了别人做爸爸，他都不会皱一下眉！做兄弟的，又怎能不抱怨呢？这篇诗所说的情况，“兄弟不能相照应”是时代性的，既适用于王族，也适用于其他诸侯公族和各级宗族，说得太确凿了，反而抹杀了诗篇的时代意义了。

采葛

彼采葛兮，一日不见，如三月兮。（一章）
彼采萧兮，一日不见，如三秋兮。（二章）
彼采艾兮，一日不见，如三岁兮。（三章）

《序》："惧谗也。"

《序》说不得要领。困难在第一句“彼采葛兮”。采，可以用作动词，即采摘；也可以用作形容词，茂密、鲜美，都可以称采。复合词“采葛”当指采葛的人，从少女、妇人到老妈妈，甚至谈得来的新邻居都无不可，读者可以随意想象。“一日不见，如三月（三秋、三岁）兮”，想她或他就是了。这是传统的说法。

采，形容葛（或萧、艾）等草，是说它生长得快而且茂盛，一天不来看，它就长成一大片，好像已经生长了三个月、三秋、三岁似的。这是另一种说法。

主前一说的论者占绝大多数，主后一说的只有季旭昇（说见季著《诗经古义新证》，第272—290页："《采葛》古义新证"，学苑出版社，2001年版）。我取季先生的说法，“采葛”的主语是“葛”，而不是采葛的人。那么,《采葛》究竟说些什么呢?

葛、萧、艾,都是有特别用途的草,《毛传》"葛,所以为絺绤也;萧,所以供祭祀;艾,所以疗疾",虽然不是代表君子高贵身份的东西,但也不是恶草。诗序将它们比拟为可怕的谗言,贬抑过分了。不如将它们比做洛阳社会上的政治流言、小道消息,更为妥帖。当社会秩序动荡不安的时期,流言飞语、小道新闻特别多,而且传播特别快,就像那些大面积疯长的葛、萧、艾。上至君子,下至小人,为了窥测方向,以谋求自身的功利,无不热衷于这些小道信息,一天没有它,就寂寞难耐。易世革命之秋,这是正常的。这样解释,可能更符合王室东迁的大背景。倘若只泛言"男子想念情人"(一日不见,如三月兮),这篇诗放在哪里都可以,同《王风》有什么相干呢?

大车

大车槛槛,毳衣如菼。岂不尔思? 畏子不敢。(一章)
大车啍啍,毳衣如璊。岂不尔思? 畏子不奔。(二章)
穀则异室,死则同穴。谓予不信,有如皦日!(三章)

《诗序》:"刺周大夫也。"《副序》:"礼义陵迟,男女淫奔,故陈古以刺今大夫不能听男女之讼焉。"

此诗与男女淫奔无关,汉儒"思有邪",想歪了。《毛传》:"大车,大夫之车",错了。大车是牛车,《考工记·车人》郑注:"大车,平地任载之车",大车是专供运载货物用的牛车,是商业用的长途运输工具,不是大夫的坐驾。《大车》诗刺周大夫经商,合伙搞长途贩运的副业,甚至弃官从商。

"大车槛槛"、"大车啍啍",载重的牛车走起来,声音很响。"毳衣如菼"、"毳衣如璊"。毳,兽细毛也,绒毛。菼,即毯,《说文》

"西胡毳布也"。玉赤色为璊。菼，读为"氈"。毯、氈都是毛纺织制品。

毳衣如菼、如璊，是说大车满载着一整车的羊绒毡子，车老板贩运的是戎、狄族的手工特产。"岂不尔思，畏子不敢"、"畏子不奔"，我不是不想同你合伙，就怕你没这胆量，就怕你志不在此（奔，走、趋，引申为旨趣、志向）。

三章"谷则异室，死则同穴。谓予不信，有如皦日！"是合伙作买卖的口头合约。室，古时候不指房屋、居室，指的是财产，包括人口、动产和不动产。异室，瓜分财物。谷，《毛传》训"生"，与下句的"死"相对。生、死指经营结局，生指生利，作买卖叫"做生意"。"谷则异室"，农民种粮食，收获物就是"谷（穀）"。买卖做活了，赚了钱，利润分享（异室）；"死则同穴"，买卖做死（蚀，生意的反面）了，蚀了本或遭遇其他不可预见的风险，共同承担一切后果。你愿意干，我们就指日为誓吧！

这位王朝大夫下海跑单帮，是私营商业的老前辈，陶朱、端木子贡只能算后起之秀。在周桓王时，这不就是个不胫而走的"采葛"式的大新闻吗？

丘中有麻

丘中有麻，彼留子嗟。彼留子嗟，将其来施。（一章）
丘中有麦，彼留子国。彼留子国，将其来食。（二章）
丘中有李，彼留之子。彼留之子，贻我佩玖。（三章）

《序》："思贤也。"《副序》："庄王不明，贤人放逐，国人思之而作是诗也。"

当然，弃官从商是一条出路，下工夫经营土地也是移民群体一条出路。《丘中有麻》就是一个典型。

留,地名,以地为氏名亦作刘,西周姬姓旧族。东迁后曾属郑,后入周,春秋中后期活跃于周王朝。诗三章中所称留子,指的是同一个人。诗人到留地参观访问,受到留子殷勤接待。留地多丘陵,低谷地种了麻,麻的用处(施,施为)大了,穿衣问题不发愁了。较平缓的坡地种上麦子,留邑的吃饭问题解决了。山丘上种了果木,土地利用率高,经营很是得法。我同这位留子很谈得来。临走,他赠送我一块当地出产的黑玉石雕成的佩饰。

《王风》总说

王风诗10篇,大约止于周庄王末期(公元前682年)。

吴季子说:“美哉!思而不惧,其周之东乎?”

这是“东周”概念的第一次出现,而这同“周”到底有什么差异呢?最浅显的自然是地域上的差异,“周之东”,周只剩下东部地区了。但最深刻的差异就是东周的人们“思而不惧”,敢于思考,而且勇于思考!

人们是不能不思考了。《扬之水》和《兔爰》,讲荆楚崛起,而王纲解纽,影响的是春秋的整个大局;《中谷有蓷》、《葛藟》表明传统社会的家族结构的解体;《采葛》、《大车》、《丘中有麻》表明社会思想的活跃。

《扬之水》诗是整个春秋大局的关键,正是这激扬湍急的移民浪潮,冲垮了西周封建宗法的一切约束,才会出现“思而不惧”的社会思想大解放的局面,才会有几百年的百家争鸣。说老实话,只观看了《王风》的一次演出,便能够直探诗心,体察出“思而不惧”的命题,令人不能不叹服,延陵季子确是一位别具慧眼的“高人”。

郑 风

郑国原本在陕西华山脚下的华县，金文称为奠，本来是穆王以后历代周王经常巡幸的一个直辖的王邑，后人有时称为西郑。

宣王二十二年封其同母弟友于郑，是为郑国始封君郑桓公。幽王即位，命为司徒。他看到幽王统治下的西周不可免地走向动乱和衰落，经过周密的谋划，在得到幽王允准，将其家族财产及部分人口暂时迁到成周以东，分别置存于河洛地区的虢（东虢）、郐、邬、蔽、补、丹、依、柔、历、莘等邑中，这是幽王被犬戎杀死之前两年的事。

公元前770年，幽王被杀，郑桓公同时死难，郑人立其子，是为郑武公。武公率领郑人东迁，占领了上面所说的10邑作为郑国的领土，都于新郑。这就是春秋郑国的来历。

郑诗共21篇，全都是东迁之后的郑国诗人的作品。

缁衣

缁衣之宜兮，敝、予又改为兮。适子之馆兮，还、予授子之粲兮。（一章）

缁衣之好兮，敝、予又改造兮。适子之馆兮，还、予授子之粲兮。（二章）

缁衣之席兮，敝、予又改作兮。适子之馆兮，还、予授子之粲兮。（三章）

《序》："美武公也。"《副序》："父子并为周司徒，善于其职，国人宜之，故美其德，以明有国善善之功焉。"

郑武公率领郑人，与秦晋鲁卫等国护卫周平王东迁，是立了大功的。《左传》隐公三年又说“郑武公、庄公，为平王卿士”。郑桓、郑武、郑庄父子三代极位人臣，也是事实。本篇讲的是平王前期，东周初建，郑武受重用的事。

缁衣，是高级官员在馆舍办公时穿的黑色官服，官服新的时候正合他的官阶身份。敝，官服穿旧了，说明在任上时间不短了。予，诗人拟周王自称，就考虑给他改为、改造、改作，让他改穿新的官服，即是改升他的官阶。“适子之馆兮”，去接收你的新馆舍吧。还，训旋。回头我发给你更多的高等白米做俸禄。

《礼记·缁衣》说“子曰：好贤如《缁衣》”。孔子好像十分赞赏似的。其实，孔门弟子的《礼记》是靠不住的。孔子很清楚历史，周人最终要为这种“好贤”付出沉重的代价（请参阅《王风·兔爰》）。而且，三代郑伯都是极有才干的乱世枭雄，同儒家所推崇的“贤”对不上号。倘若他们都称“贤”，曹操恐怕都要进孔庙了。

将仲子

将仲子兮，无踰我里，无折我树杞。岂敢爱之？畏我父母。仲可怀也，父母之言，亦可畏也。(一章)

将仲子兮，无踰我墙，无折我树桑。岂敢爱之？畏我诸兄。仲可怀也，诸兄之言，亦可畏也。(二章)

将仲子兮，无踰我园，无折我树檀。岂敢爱之？畏人之多言。仲可怀也，人之多言，亦可畏也。(三章)

《序》：“刺庄公也。”《副序》：“不胜其母，以害其弟。弟叔失道而公弗制，祭仲谏而公弗听，小不忍以致大乱焉。”

《毛传》：“将，请也。仲子，祭仲也。”祭仲，即郑大夫祭足。毛公的说法是对的。郑武公夫人武姜（申女）生了两个儿子，大儿子就是郑庄公，小儿子段。武姜宠爱段，要立段为太子，武公不肯。庄公即位，在母亲的坚持下，封段于京，人称“京城大叔”。京，是个大邑，恐怕比国邑新郑还大。大夫祭足认为将会出现尾大不掉的情况，劝庄公不要依从武姜的请求，祭仲说：“姜氏何厌之有？不如早为之所，无使滋蔓。蔓，难图也。蔓草犹不可除，况君之宠弟乎？”庄公回答：“多行不义，必自毙，子姑待之。”《将仲子》讲的就是这件事。

诗人模拟庄公的口气说话：“仲子呀！我求你了！你先别插手我的家务事（我家的墙、屋、园林、树木）！我怎么会宠爱他呢？我是投鼠忌器，父母长辈、族中兄弟，还有所谓的社会舆论（人之多言），都不能不顾！我有苦衷啊！我会记着你的话的（仲可怀也），你等着瞧吧！”

朱熹引莆田郑氏“此淫奔者之辞”。

叔于田

叔于田，巷无居人。岂无居人？不如叔也，洵美且仁。（一章）

叔于狩，巷无饮酒。岂无饮酒？不如叔也，洵美且好。（二章）

叔适野，巷无服马。岂无服马？不如叔也，洵美且武。（三章）

《序》：“刺庄公也。”《副序》：“叔处于京，缮甲治兵以出于田，国人说而归之。”

叔，指共叔段。段未居京之前称共叔。

田猎、冬天围猎和去野外试马，都是段爱好的活动。每逢他去猎场打猎，必定引得乡里居民空巷而出，聚观他射猎。冬天围猎的时候，人们特别佩服他的无人能及的酒量。荒郊试马，无人不欣赏他的御马技能。不论他到哪里，都会吸引人众围观赞赏！人们就爱看他既漂亮宽大，又英武超群的模样。

这篇诗只突出描写共叔段精于玩乐，也引入娱乐的低级情趣。他就是这样子的人，如此而已。

大叔于田

叔于田，乘乘马。执辔如组，两骖如舞。叔在薮，火烈具举。襢裼暴虎，献于公所。将叔无狃，戒其伤女！（一章）

叔于田，乘乘黄。两服上襄，两骖雁行。叔在薮，火烈具扬。叔善射忌，又良御忌。抑磬控忌，抑纵送忌。（二章）

叔于田，乘乘鸨。两服齐首，两骖如手。叔在薮，火烈具阜。叔马慢忌，叔发罕忌。抑释掤忌，抑鬯弓忌。（三章）

《序》："刺庄公也。"《副序》："卡叔多才而好勇，不义而得众也。"

大叔，郑庄公元年，封共叔段于京，是为京城大叔。《大叔于田》就是《叔于田》的变本加厉，刻意树立他的威武强悍的本领和声誉。《叔于田》的田，止于射猎，《大叔于田》的田是练兵习武。

大叔段确实苦练出一身精湛的武艺。首先是服马御车，将中间两服、旁外侧两骖，四匹马驾驭得出神入化。他在灌木林火中，空手搏虎，献给庄公。庄公只说了一句"将叔无狃（请叔不要再干这种事），戒其伤汝"，也拿他没有办法。

抑，抑或、或者。忌，相当于兮、只、些等方言的句末语助词。这里用“忌”结尾的辞句都是形容大叔驾车、射箭的技艺高超，在灌木林火中收发自如。磬控、纵送，是驭驾、弓箭的收和发。马慢、发罕，释掤、鬯弓，指御车和射箭逐渐止息收场。

清人

清人在彭，驷介旁旁。二矛重英，河上乎翱翔。（一章）
清人在消，驷介麃麃。二矛重乔，河上乎逍遥。（二章）
清人在轴，驷介陶陶。左旋右抽，中军作好。（三章）

《序》："刺文公也。"《副序》："高克好利而不顾其君，文公恶而欲远之，不能，使高克将兵而御狄于竟。陈其师旅，翱翔河上，久而不召，众散而归，高克奔陈。公子素恶高克进之不以礼，文公退之不以道，危国亡师之本，故作是诗也。"

鲁闵公二年，《春秋》“十有二月，狄人卫，郑弃其师”；《左传》“郑人恶高克，使帅师次于河上，久而不召，师溃而归。高克奔陈。郑人为之赋《清人》”。《左传》的说法，成了定论，无人不据此解《清人》，没有别的说法。

细读诗文，却不能不产生一些疑问。不错，军队在河上“翱翔”、“逍遥”、“作好（作秀，表演）”，是令人奇怪的事。但“师溃而归”、“高克奔陈”，诗文根本没有提及，连影射都没有。显然，《左传》“郑人为之赋《清人》”一说，不见得可靠。

下面，我们尝试采取另一种解释。

清人的清，不是地名。清，青一字，是新生、初生的意思。年轻人是青年；草木越冬之后，重新萌芽，叫做返青；青苗，本意是新苗。《诗·周颂》的第一篇《清庙》,即是“新庙”,新建的宗庙,等等。清人,就是新人。这篇诗讲的人,全是军队、武人,因此《清人》讲的就是新组建的军队,新军。《史记·郑世家》“段至京,缮治甲兵”。《清人》诗讲述的就是大叔段在京城怎样训练新军(缮治甲兵)。

彭、消、轴,注家们都说是地名,但谁都无法确指在哪儿。其实,这三个字不是地名。彭,行进貌;消,衰也,退也;轴,中轴,中线。这是说新军训练战术的项目,向前进,向后退,中间突破(两翼稳固)。驷介、二矛讲的都是军容。

三章说得比较生动。新军演练中间突破的战术,四匹披甲驾车的战马,在那儿扬扬得意地(陶陶),从中轴冲出,然后分左右两路包(旋)抄(抽),中路军马(中军)表演得最精彩好看(作好)。

翱翔、逍遥,大叔练兵只求好看,心情畅快,这种军队能打仗吗?这篇诗讲的就是这些内容,与郑文公弃师,高克师溃奔陈的事不相干。

羔裘

羔裘如濡,洵直且侯。彼其之子,舍命不渝。(一章)
羔裘豹饰,孔武有力。彼其之子,邦之司直。(二章)
羔裘晏晏,三英粲兮。彼其之子,邦之彦兮。(三章)

《序》:“刺朝也。”《副序》:“言古之君子以风其朝焉。”

《序》说不知所云。朱熹说“盖美其大夫之词,然不知其所指矣”。“美其大夫”是对的,“其所指”也是知道的。《左传》隐公元年“大叔完聚,缮甲兵,具卒乘,将袭郑。夫人将启之。公闻其期,曰:可矣。命子封帅车二百乘以伐京。京叛大叔段,段入于鄢。

公伐诸鄢。五月辛丑，大叔出奔共”，最后，段在共自刎。“郑伯克段于鄢”之役，除郑武公自己之外，最重要的人物就是大夫子封，即公子吕。《羔裘》当然不是咏那件皮大衣，而是那位穿羔裘的人，此人就是公子吕，即大夫子封。

一章说他“洵直且侯”。直，为人正派；侯，有权威。当大叔段大肆揽权夺利的时候，公子吕就曾对庄公说：“国不堪贰，君将若之何？欲与大叔，臣请事之；若弗与，则请除之，无生民心。”这话说得正气凛然，直且侯就是这样。又说他忠实执行命令，“舍命不渝”，也确是事实。

二章说他穿的羔裘，以豹皮为饰，“孔武有力”、“邦之司直”。司直，代表国家主持正义，他有的是力量。平大叔段之乱，就是明证。

三章所说的三英（三缨），程俊英说即上章所说的豹饰。这种豹饰，可能是代表功勋的标志物，表明他是国家的精英，有点像今天的人胸前别个国家大勋章一样。

遵大路

遵大路兮，掺执子之祛兮。无我恶兮，不寁故也。（一章）

遵大路兮，掺执子之手兮。无我魗兮，不寁好也。（二章）

《序》：“思君子也。”《副序》：“庄公失道，君子去之，国人思望焉。”

朱熹说“淫妇为人所弃，故于其去也，揽其祛而留之”。一个“正”得出奇，一个“邪”得出奇。

这篇诗讲的就是郑庄公听了颍考叔的劝告,同他的母亲姜氏在隧道相见,互相原谅,遂为母子如初的故事。诗人用旁观者的口吻,叙述他们俩见面时情况。

遵,训循、沿。但遵字从尊,故有尊尚义。大路,本义是宽阔的道路,但用来讲伦理、人性,就是大义,重要的守则。这里,"遵大路",就是以母子天性为尊,以不背母子天性为上的意思。

掺执是一个词,不可分开读,掺执,犹如说"一把抓住"。在母子天性的激动下(遵大路兮),儿子一把抓住母亲的衣袖口(袪),母亲一把抓起儿子的手。儿子对母亲说:"不要讨厌我了,不要再想过去(故)的事了"(无我恶兮,不寁故也。寁,顾及)。母亲对儿子说:"不要憎恨我了,不要记着我过去喜欢干的(好)那些事了。"

共叔之乱到此结束。

女曰鸡鸣

女曰鸡鸣,士曰昧旦。子兴视夜,明星有烂。将翱将翔,弋凫与雁。(一章)

弋言加之,与子宜之。宜言饮酒,与子偕老。琴瑟在御,莫不静好。(二章)

知子之来之,杂佩以赠之。知子之顺之,杂佩以问之。知子之好之,杂佩以报之。(三章)

《序》:"刺不说(悦)德也。"《副序》:"陈古义以刺今不说德而好色也。"

这篇郑诗歧说极多,不太容易说清楚。我们先就文字论诗,作点分析判断。

诗主人是士与女,但不是一般的士与女,琴瑟、杂佩等都显示出男女的贵族身份。这个士，当然更不是普通的猎人，因为靠“弋凫与雁”吃饭，与“翱翔”概念扯不到一起。三章是男子的话或做法，“子”指女子，女子“来（就我）”、“顺（从我）”、“好（爱我）”，而男子则以杂佩“赠之”、“问之”、“报之”。显然，这不是正常的夫妻婚姻生活。至少“还”不是夫妻，尽管最终目的是“与子偕老”、“瑟琴在御，莫不静好”。

现在，我们把这篇诗放到历史的时空框架来看。《左传》隐公八年“四月甲辰，郑公子忽（郑庄公的世子）如陈逆妇妫。辛亥，以妫氏归。甲寅，入于郑。陈鍼子送女。先配而后祖。鍼子曰：‘是不为夫妇，诬其祖矣，非礼也。何以能育？’”如果可以这样看，那么，《女曰鸡鸣》讲的就是公子忽迎娶陈桓公的女儿“妇妫”，两个人还未举行祭祖的婚礼就上了床（先配后祖）的事。

从诗文看，诗人不特别赞赏，也没有批评。《序》仿照送嫁的陈鍼子的说法，认为这不道德。本是非礼的淫诗，但朱熹却说是“此诗人述贤夫妇相警戒之词”。

有女同车

有女同车，颜如舜华。将翱将翔，佩玉琼琚。彼美孟姜，洵美且都！（一章）

有女同行，颜如舜英。将翱将翔，佩玉将将。彼美孟姜，德音不忘！（二章）

《序》：“刺忽也。”《副序》：“郑人刺忽之不婚于齐。太子忽尝有功于齐，齐侯请妻之齐女。贤而不取，卒以无大国之助，至于见逐，故国人刺之。”

朱熹“此疑亦淫奔之诗”。

这仍然是郑公子忽的事，诗序没错。但奇怪的是，所有讲这篇诗的人，古往今来，没有一个例外，都只盯着一个美女孟姜，而诗文说的是两位美女。有女同车、同行的“女”，是“此美”；“彼美孟姜”，诗人说得明明白白，孟姜是“彼美”，她不在车上。彼美非此美。两个都是美女，但不同美法。此女之美，“颜如舜华（木槿花）”这是天然的美，“将翱将翔”是姿态美，“佩玉将将”是妆扮得宜的美。彼女孟姜的美，只是“洵美且都”，这是时尚、时髦的美，通俗一点，是个摩登女郎吧！看来，公子忽爱的是此美，不是彼美。对彼美孟姜“德音不忘”，但不是“与子偕老”的对象！此美是谁？我们知道就是《女曰鸡鸣》的“与子偕老”的“妇妫”。

孟姜（姜氏大姑娘）是齐僖公的女儿，齐襄公的妹妹兼情妇，后来嫁给了鲁桓公而称文姜（嫁后的正式称谓）。

山有扶苏

山有扶苏，隰有荷华。不见子都，乃见狂且。（一章）
山有桥松，隰有游龙。不见子充，乃见狡童。（二章）

《序》：“刺忽也。”《副序》：“所美非美焉。”

朱子认为这是“淫女戏其所私者”之辞。

扶苏、乔松指大树，不必专指具体树种。大树扶疏，指树冠广大亭亭如盖的大树。乔松，高大的松树。大树都长在山上。荷华、游龙指低湿地方生长的块茎或蔓茎植物。前者壮大可靠，后者纤弱可以观赏。选择前者抑或选择后者，就看你是个好样的还是个蠢才了。

我们本以为公子忽是个好样的（子都、子充），却原来只是个蠢才（狂且、狡童），真叫人失望！“狂且”可能是粗话。

本篇是上篇的后续。《有女》说公子忽拒绝齐女而与陈国通婚，本篇批评他抛弃强齐做自己的靠山，而陈国弱小不足恃，终将丧身失国。历来注家都把“子都、子充”同“狂且、狡童”看做两个人，其实只是对同一个人的期望和他的表现不相符。

萚兮

萚兮萚兮，风其吹女。叔兮伯兮，倡予和女。（一章）
萚兮萚兮，风其漂女。叔兮伯兮，倡予要女。（二章）

《序》：“刺忽也。”《副序》：“君弱臣强，不倡而和也。”

从《萚兮》开始，郑国进入群公子争立的动乱时期。国君立而被废，就像狂风刮枯叶（萚），陨落飘零。

一代国君去世，群公子争立，公族分裂，起决定作用的就是前朝掌权的重臣。这些老一辈的重臣，他们是公子们的叔、伯辈（叔兮伯兮），他们决定立谁，谁就得立。倡予和汝，读“予倡汝和”。倡，提倡、倡议。总之，我（指大臣）倡议你同意，废立之权在大臣。公元前701年，即鲁桓公十一年，郑庄公去世，祭仲（就是《将仲子》那个祭仲）立公子忽，是为郑昭公。这是一章的内容。

群公子争立，往往争取大国诸侯作为外援，特别是有姻亲关系的诸侯。一个或多个外国诸侯以武力或其他手段（如贿赂），要胁前朝大臣立他们指定的公子为国君。鲁桓公十二年就发生了宋庄公把祭仲抓起来，要胁他改立郑庄公同宋女雍氏所生的公子突，否则就杀他。本篇第二章的“叔兮伯兮”，指的是外国诸侯宋君。倡予要女，读“予要汝倡”，我要你立谁，你就得立谁。《史记·郑世家》就记为“昭公忽闻祭仲以宋‘要’立其弟突”，《左传》记为“祭仲与宋人盟，以厉公（公子突）归而立之”。祭仲改立公子突是受宋之“要，要胁”。所以二章“倡予要女（予要汝倡）”，予，指宋及公子突；汝，仍然指权臣祭仲。在这种情况下，郑昭公（忽）奔卫。

然而，依靠权臣的拥立（郑昭公忽），或者凭借外国诸侯的力量（郑厉公突），无论哪一种方式，都是靠不住的，君位在竞争者中轮流转换，而权力却始终掌握在权臣的手里。所以像落叶（萚兮）似的被扫过来扫过去的是郑君。

郑庄公儿子数量不少于八九个。从公元前701—前672年，先后上台的是昭公忽、厉公突、昭公复立被弑、公子亹（被杀无谥）、郑子（子婴，被杀无谥），厉公复立，死后传位于其子踕，是为文公。郑庄公这位乱世枭雄死后，郑国君权将近30年的风雨飘摇中，最后的赢家是公子突。而这一群公子中，比较有人望的则是公子忽。

《萚兮》又是一篇纲领性的诗，它只说，从现在起，郑国的君位在“倡予和女”、“倡予要女”的内、外压力之下轮替。详细内容由下面的诗篇分述。

朱熹说“此淫女之词”。诗序的说法高明多了。

狡童

彼狡童兮，不与我言兮。维子之故，使我不能餐兮。（一章）

彼狡童兮，不与我食兮。维子之故，使我不能息兮。（二章）

《诗序》：“刺忽也。”《副序》：“不能与贤人图事，权臣擅命也。”

狡童，看似聪明，实际上蠢才一个，指的是郑昭公忽（请参阅《山有扶苏》）。诗中的“我”，指庄公旧臣之一高渠弥。

公元前696年，郑厉公突因祭仲专权，想杀祭仲失败，出居栎邑，祭仲迎昭公忽复入郑。郑庄公后期，曾想用高渠弥为上卿，被公子忽谏阻。两人结有宿怨。昭公复立，仍然疏远高渠弥。“不与我言兮”，“不与我食兮”，高渠弥自然心怀恐惧，害怕有一天性命不保，因此忧心忡忡，以至于吃不下饭（不能餐），睡不着觉（不能息）。

郑昭公二年，“高渠弥与昭公出猎，射杀昭公于野”《史记·郑世家》。这是“狡童”最后的结局。

朱熹说“此亦淫女见绝而戏其人之词”。

褰裳

子惠思我，褰裳涉溱。子不我思，岂无他人？狂童之狂也且！（一章）

子惠思我，褰裳涉洧。子不我思，岂无他士？狂童之狂也且！（二章）

《序》：“思见正也。”《副序》：“狂童恣行，国人思大国之正己也。”

《山有扶苏》一章称“狂且”，二章称“狡童”，都指公子忽，即郑昭公。

本篇每章末句“狂童之狂也且！”，狂也且，等于“狂且也”是句骂人的粗话，是诗人的评语。每章前四句讲郑昭公的做法和态度。

公元前706年，北戎侵齐，郑太子忽奉庄公之命率师救齐，大败戎人，对齐是有功的。救齐之前，齐僖公本就想将女儿文姜（就是《有女同车》的孟姜）嫁给忽，立功之后，又再提婚事，两次都被忽拒绝了。拒绝的理由就是："人各有耦。齐大，非吾耦也。诗云'自求多福'，在我而已，大国何为？"由于他对齐国的这种态度，后来在同厉公突争夺政权中，鲁、宋、卫、陈都支持厉公反对他，在卫州吁的扇动下（见《邶》诗）四国曾出兵伐郑"谋纳厉公"。齐襄公（文姜的哥哥）则表面上保持中立。

诗人批评的是，郑昭公对齐的"不求人"的态度，把自己完全孤立了。诗中的"子"是齐，"我"是郑。大国又怎么样？你齐国如果真心想扶助我，自然就会渡过溱、洧，出手相助（褰裳涉溱）。你不想出手，难道就没有别人？

《山有扶苏》一章讲"狂且"，二章讲"狡童"，因此，我怀疑应该先《褰裳》，后《狡童》，两篇诗的先后颠倒了。

朱熹认为是"淫女语其所私者"。

丰

子之丰兮，俟我乎巷兮，悔予不送兮。（一章）
子之昌兮，俟我乎堂兮，悔予不将兮。（二章）
衣锦褧衣，裳锦褧裳。叔兮伯兮，驾予以行。（三章）
裳锦褧裳，衣锦褧衣。叔兮伯兮，驾予以归。（四章）

《序》："刺乱也。"《副序》："婚姻之道缺，阳倡而阴不和，男行而女不随。"

高渠弥杀郑昭公忽，与祭仲共立昭公之弟公子亹。公子亹立一年，为齐襄公所杀。祭仲与高渠弥谋召子亹弟子婴（或称子仪）于陈而立之，是为郑子。

《丰》讲的就是祭仲、高渠弥先后立公子亹和子婴的事。

子之丰兮，俟我乎巷兮，悔予不送兮。
衣锦褧衣，裳锦褧裳，叔兮伯兮，驾予以行。

这两章（原诗第一、三章）讲子亹被立。

子之昌兮，俟我乎堂兮，悔予不将兮。
裳锦褧裳，衣锦褧衣。叔兮伯兮，驾予以归。

原二、四章讲子婴被立。

丰、昌都指相貌，仪表堂堂。子亹本居郑，就到他的府第去迎接他。子婴本出居陈，就在郑国庙堂上迎接他。“悔予不送、不将”只是主事臣子抱歉迎送礼貌不够周到的客气话。锦褧衣裳，是那种场合应有的服饰。叔兮伯兮，君主对大臣，天子对诸侯的惯用称呼。驾予与行、与归，犹如“多多帮助，多多关照”的礼仪套话。

《易传·杂卦》“丰，多故也”，郑国政局变故频繁。子婴（子仪）十四年，在栎邑的郑厉公突胁迫郑大夫傅瑕杀郑子婴，厉公突复立。序说“刺乱也”，基本上是对的，此诗与男女关系不相干。但朱熹却说是“妇人所期之男子已俟乎巷，而妇人以有异志不从，既而悔之，而作是诗也”。

东门之墠

东门之墠，茹藘在阪。其室则迩，其人甚远。（一章）
东门之栗，有践家室。岂不尔思？子不我即。（二章）

《序》：“刺乱也。”《副序》：“男女有不待礼而相奔者。”

《序》说“刺乱也”。刺不刺，不去管他，乱是确实的。本篇讲的是东周王朝的“王子颓之乱”，而这次乱事同郑厉公有极密切的关系。

上面说过，公元前679年，郑厉公突劫持了郑大夫傅瑕，要以求入（《萚兮》所谓“倡予要女”）。于是傅瑕杀郑子婴而迎厉公突。《史记·郑世家》记“（厉公复立）五年，南燕、卫与周惠王弟颓伐王，王出奔温，立弟颓为王。六年，惠王告急，厉公发兵击周王子颓，弗胜。于是与周惠王归，王居于栎”。这就是《东门之墠》事件。

东门，成周的东门。一章“东门之墠”，墠、壇，字通。墠即壇，是征伐的意思。《周礼·大司马》“以九伐之法正邦国”，九伐之法，其中之一就是“暴内、陵外则壇（墠）之”。二章“东门之栗”，栗是战栗。《论语·八佾》哀公问社于宰我，“周人以栗，曰使民战栗”。

一章讲的是南燕、卫与王子颓伐周。“茹藘在阪”惠王奔温，就像蔓生植物茹藘（茜草）从这里延伸到阪陂之地。其室则迩，王子颓是惠王之弟，本是近亲。其人，燕（南燕）人、卫人，从远地来征伐。

二章讲厉公出兵救惠王，没有打胜。有践室家，只是把惠王室家安排在栎。“岂不尔思，子不我即”，应是惠王对厉公说：“不是我没有想到你，你可是从不来朝见我！”

朱熹说：“门之旁有墠，墠之外有阪，阪之上有草，识其所与淫者之居也。室迩人远者，思之而未得见之词也。”淫诗一篇。

风雨

风雨凄凄，鸡鸣喈喈。既见君子，云胡不夷！（一章）

风雨潇潇，鸡鸣胶胶。既见君子，云胡不瘳！（二章）

风雨如晦，鸡鸣不已。既见君子，云胡不喜！（三章）

《序》："思君子也。"《副序》："乱世则思君子不改其度焉。"

风雨鸡鸣，时局动乱。周惠王处于栎邑，郑厉公突朝见。风诗中凡言"既见君子"或"未见君子"、"既见君子"，都指某国诸侯朝见东周时王。《周南·汝坟》及本篇即其例。

副《序》说"乱世则思君子"，到底谁思谁？在汉儒的心目中，是蒙尘天子在"思"贤臣君子。这合乎汉儒的逻辑，因为天子思贤臣，汉儒自己便有飞黄腾达的机会了。但这不合风诗的逻辑。因为《风雨》是郑诗，诗主是郑厉公，"既见君子"的主词是厉公突。郑国自庄公逝世之后，处于风雨飘摇之中，四易其君。厉公复位，如能借安定王朝的机会，取得王朝的锡封承认，便可以稳固自己的国君地位，归于正统，说不定可以重振郑武等先祖的遗风余烈，再霸诸侯。这才是本篇诗旨。

朱熹说"淫奔之女，言当此之时，见其所期之人而心悦也"。

子衿

青青子衿，悠悠我心。纵我不往，子宁不嗣音？（一章）

青青子佩，悠悠我思。纵我不往，子宁不来？（二章）

挑兮达兮，在城阙兮。一日不见，如三月兮。（三章）

《序》："刺学校废也。"《副序》："乱世则学校不修焉。"

《左传》鲁庄公二十年秋，"王及郑伯入于邬。遂入于成周，取其宝器而还"。邬在今河南偃师西南。惠王同郑伯占领了邬地之后，对成周进行了一次短程偷袭，目的是取回一些王室的贵重珍宝。从军事上说，这是一次冒大风险、不理性的行动。何况打草惊蛇，让敌人有准备，而不利于戡乱。诗人写这篇诗，告诉我们当时这位蒙尘天子是怎样想的。

诗一章言衿，二章言佩，衿佩即紟珮，丝带系着玉珮，是郑伯(诗中的“子”)佩带的高级饰物。看见你佩带着这样精美的饰物，真让我思潮起伏，心痒难熬(悠悠我思)！我们这就回去一趟吧，就在城阙那边，偷偷地快去快回(挑兮达兮)。这些王家的珍宝，我只要一天见不着，就像久违了三个月似的。即使我去不成，你也不能不接我的茬，你也不能不来呀！

“望之不似人君”，这就是这位落难天子周惠王的嘴脸！朱子说“此亦淫奔之诗”，同诗序一样，都是胡说。

扬之水

扬之水，不流束楚。终鲜兄弟，维予与女。无信人之言，人实迋女。(一章)

扬之水，不流束薪。终鲜兄弟，维予二人。无信人之言，人实不信。(二章)

《序》：“闵无臣也。”《副序》：“君子闵忽之无忠臣良士，终以死亡，而作是诗也。”

郑厉公后元七年，郑厉公与虢叔共同出兵靖难，袭杀王子颓，而入惠王于周。

王子颓是周惠王唯一的一个弟弟(终鲜兄弟，维予与女)。王子颓受蔿国，边伯、詹父、子禽、祝跪等五大夫的鼓动而作乱，并勾结卫、燕出兵伐周(无信人之言，人实诳女)。最终在郑厉公的主持下，联合虢叔，平定了乱事。

本篇是郑国诗人以第三者的地位，就“王子颓之乱”所作的咏叹，兄弟之情，禁不起时势潮流的冲击。这是风诗的第二篇《扬之水》(第一篇在《王风》)，评论的仍然是“王纲解组(不流束薪、束楚)”。

朱熹说是“淫者相谓”之言。

出其东门

出其东门，有女如云。虽则如云，匪我思存。缟衣綦巾，聊乐我员。(一章)

出其闉阇，有女如荼。虽则如荼，匪我思且。缟衣茹藘，聊可与娱。(二章)

《序》:“闵乱也。”《副序》:“公子五争，兵革不息，男女相弃，民人思保其室家焉。”

东门，也就是《东门之墠》的成周东门。闉阇，城门外再筑一堵半环形的墙，又称曲城、瓮城。

变乱之后，成周很快就恢复了它原有的繁华。郑厉公平定了王子颓之乱，安定了周室，本来应该是建立伟大霸业的开端。齐桓称霸，也不过如是。

但他得到的只是失望和落寞，因为他虽然立了大功，却没有受封！“缟衣綦巾”、“缟衣茹藘”，当然不是“王三锡命”的“裳、带、服”(说见《卫·有狐》)。“匪我思且(不是我所追求的)”，他对眼前锦绣似的繁华，已经提不起兴味了，“聊乐我员(魂)”、“聊可以娱”，(聊，无所谓！就算是逢场作兴吧！)包含着极深沉的英雄迟暮的落寞的伤感。事实是，这年(公元前673年)的秋天，郑厉公就去世了。他的儿子继位，是为郑文公。《史记·郑世家》说“厉公初立四岁，亡居栎（河南省禹县）。居栎十七岁，复入立七岁，与亡凡二十八年”。

朱子说是“人见淫奔之女而作此诗”！其实，这是一篇极深沉厚重的诗，可惜两千年来没有被人理解！

野有蔓草

野有蔓草，零露漙兮。有美一人，清扬婉兮。邂逅相遇，适我愿兮。（一章）

野有蔓草，零露瀼瀼。有美一人，婉如清扬。邂逅相遇，与子皆臧。（二章）

《序》：“思遇时也。”《副序》：“君之泽不下流，民穷于兵革，男女失时，思不期而会焉。”

本篇可能作于郑文公初年。郑国自从庄公去世之后，经历了将近30年的群公子争位之乱，也经过郑厉公的振作，郑国社会逐渐趋于稳定，人民生活恢复正常。男女爱情生活又重新出现在诗人的题材中，欢乐取代了忧伤，乐观消融了烦恼。有美一人，不特指某女某男，而只赞颂了普通村野现实生活中的男女情爱的美。

溱洧

溱与洧，方涣涣兮。士与女，方秉蕑兮。女曰观乎？士曰既且。且往观乎！洧之外，洵訏且乐。维士与女，伊其相谑，赠之以芍药。（一章）

溱与洧，浏其清矣。士与女，殷其盈矣。女曰观乎？士曰既且。且往观乎！洧之外，洵訏且乐。维士与女，伊

其将谑，赠之以芍药。(二章)

《序》:"刺乱也。"《副序》:"兵革不息，男女相弃，淫风大行，莫之能救焉。"

序说一窍不通。《韩诗内传》说"郑国之俗，三月上巳之日，于两水之上，招魂续魄，拂除不祥"。这是一种城邑群众性的节日。与《野有蔓草》讲乡村生活不同，士与女，应是都、邑居民，他们更讲究文化的幽雅气质，用秉蕑、赠芍药来表达相互爱慕愉悦的情趣。

闻一多《诗经通义》认为觀(观)字可读为"灌"，那或许就是"泼水节"的一种了。出城的路上，女的碰见男的。女的问:"你'泼(观、灌)'了吗?"男的答道:"'泼'了呀!"女的说:"陪我再去'泼'一次吧! 河那边好玩着呢!"

郑人的这种风俗，看来不是从陕西带过来的，而是移民之后在溱洧之间形成，带南方风格的民俗，甚至还有可能是在郑文公初年形成的。不管怎样，郑国诗人给我们留下了关于这一民俗的幽雅活泼的诗篇，这是我们应该感到幸运的。

此诗所说的溱洧风俗，同《论语·先进》曾皙所说的"浴乎沂，风乎舞雩，咏而归"，大致相类，孔子对此是很欣赏的。可是，朱子却说"此诗淫奔者自叙之词"。

《郑风》总说

21篇郑诗主要讲述郑庄公寤生、郑昭公忽以及郑厉公突，两代三公的史事。说《郑风》是郑国形成时期的史诗，是不成问题的。

郑国与卫国有很大的不同。卫国是西周王朝的老牌封建大诸侯国，它的存在与王朝的存在差不多相始终，它的没落和衰败同王朝是相一致的。郑国却是东迁以后新建和兴起的诸侯国。当然，东迁之前，它也曾有过一段光辉的历史，但第一代国君郑桓公在位也只不过36年，一代人的经营成果毕竟有限，而且同西周一起覆灭了。所以春秋的郑国可以说是从无到有，白手起家的。

郑国是一种新型的诸侯国，郑社会也是一种新型的社会，它的社会层级结构以及层级之间的流动性不像老牌诸侯国那样僵化。这方面的特点，《王风》的表现或许还更突出。同样，郑文化也是新型的开放文化，如果借用朱熹的话语去表述，或许可以称之为“淫文化”。21篇郑诗，只有5篇“不淫”！

读者朋友们不要想歪了。思无邪，“淫”只表示对生活的开放和感受，与“性”无关。郑诗不淫，孔子从来没说过“郑诗淫”，只说过“郑声淫”。郑声不是庙堂“雅”“颂”之声，而是人民更开放、更活泼，音节更抑扬变化，令人“聊乐我员（魂）”的音乐。郑声之所以淫，是因为它受欢迎，影响之广和深，连庙堂（首先是郑国的庙堂）的“雅”“颂”也受到侵蚀，保持不住原来的古板格调了。

孔子“郑声淫”的说法见《论语·卫灵公》颜渊问为邦。子曰：“行夏之时，乘殷之辂，服周之冕，乐则《韶舞》，放郑声，远佞人。郑声淫，佞人殆。”另外，在《阳货》孔子还说过：“恶紫之夺朱也，恶郑声之乱雅乐也，恶利口之覆邦家者。”

孔子似乎把“郑声”和“佞人”完全联结在一起了。显然，音声的变化和生活风俗的变化是互相关联的。《溱洧》民俗和“郑声”应该都是新兴郑文化的组成部分。如果有人能对这一新兴的郑文化作更深入的探究和思考，将是很有意义的事。

季札对《郑风》的评论是“美哉！其细已甚，民弗堪也，是其先亡乎?”郑国土地狭小,山地较多,农业不发达,但交通方便,商业活跃。

所谓“细”,杨伯峻注《左传》谓“此论诗辞,所言多男女间琐碎之事,有关政治极少”。这明显是朱熹“郑诗淫”的注脚,不可取,不像吴季子所说的话。也有人认为“细”指的是精于计算,锱铢必较的苛细、苛刻作风。做买卖固当如是,假如在上者,统治阶层内部也是这种风气,内争不绝,“民弗堪也”是必然的了。这一看法似乎好一点,但不见其“高、远”。

其实,“细”只是大的相对,郑国所处的地位,不论自然资源,人力、政治资源的局限性都很大。春秋前期,王、郑关系压倒一切,纠缠不休。春秋中后期,郑国夹在争霸的晋、楚两“大”之间,穷于应付,非但没有逐鹿中原的资格,这种局面也撑持不了多久的。这样思考,或许更贴近一点延陵季子的胸襟、见识吧!

郑文公在位长达45年(公元前672—前628年),郑诗大约止于文公初年。

齐 风

齐诗11篇，都是西周灭亡，陕甘姜氏族东迁移民之作。

齐国是西周成王所封的东方诸侯大国，但西周中期，周烹齐哀公（齐国的第四代国君）之后，齐国进入了一个长期分裂和内乱的不稳定时期。据《史记·齐太公世家》的记载，情况大致如下：

“哀公时，纪侯谮之周，周烹哀公而立其弟静，是为胡公。胡公徙都薄姑。”这是周人干预齐政而立的一系，可以称为“薄姑系”。

“而当周夷王之时，哀公之同母少弟山怨胡公，乃与其党率营邱人，袭杀胡公而自立，是为献公。献公元年，尽逐胡公子，因徙薄姑都，治临淄。”这是代表哀公正统的营邱系，迁都临淄，所以我称之为“临淄系”。这一系历经齐献公、武公至厉公三代。就在武公时期，周王朝发生了大变故：武公九年，周厉王奔彘，14年的共和。武公二十四年，周宣王即位。两年后，武公去世，子厉公无忌立。

厉公在位9年，《齐世家》说“厉公暴虐，故胡公子复入齐。齐人欲立之，乃与攻杀厉公，胡公子亦战死。齐人乃立厉公子赤为君，是为文公，而诛杀厉公者七十人”。这是说“薄姑系”和“临淄系”进行了又一次大较量，以前者的失败告终。

齐国的变乱，可以说完全是周王朝粗暴干预齐政而引起的。周烹哀公到底发生于哪一王（懿王？孝王？夷王？），史家有争议。但变乱经历好几代人是明摆着的事实。“薄姑”和“临淄”两系斗争，恐怕是宣王派仲山甫东巡“赋政于外，四方爰发”，以及“王命仲山甫，城彼东方”，才最后确立“临淄系”的正统统治地位。仲山甫东巡的事，只见于《大雅·烝民》(上引诗句)，其他史书失载。

宣王派仲山甫东巡和稳定齐国的政统，齐国的国氏和高氏两个大家族，可能就是这个时候，以“天子之二守”的身份派驻临淄，作为齐国政统的监护。杜预注《左传》说“国子高子，天子所命为齐守臣，皆上卿也”。向诸侯国派上卿级“守臣”，只有齐国一个特例，没有其他例，不是普遍通行的周礼制。

齐国虽然资源丰富，但与东方其他诸侯国相比，发展程度不会高，政治局面长期不稳定，对发展就是极大的障碍。齐是姜姓大国，流入齐国的移民不会是姜姓的大宗族，因为申、吕、许等姜姓国起了分流的作用。流入齐国的移民可能属于一些在王朝中地位不太高的姜姓群体，由于渭水流域是姜族的重要分布地区之一，东迁移民的数量不会少，但他们不是豪门巨室，他们对齐国的政统不构成直接的影响或威胁。

鸡鸣

鸡既鸣矣，朝既盈矣。匪鸡则鸣，苍蝇之声。(一章)

东方明矣，朝既昌矣。匪东方则明，月出之光。(二章)

虫飞薨薨，甘与子同梦。会且归矣，无庶予子憎。(三章)

《序》“思贤妃也。”《副序》“哀公荒淫怠慢，故陈贤妃贞女，夙夜警戒相成之道焉。”

就诗论诗，这是妻子催促丈夫起床的“贤妻诗”，或者倒过来说是一篇“懒汉诗”。尽管贤妻不断催促，丈夫起来了没有，诗人没有直接说。

妻子在催促：鸡都叫了，东方都亮了。朝会的人都快要到齐了！

丈夫爬不起来：哪是鸡鸣，是苍蝇叫。亮的不是东方太阳，是还没有下去的月亮。

最后妻子说：苍蝇都嗡嗡叫了，快起来吧！等朝会散了，回来我再陪你睡。别让人家讨厌你！

诗文大意就是这样。诗中的丈夫是姜姓移民，妻子催他起床，入朝不要迟到（朝既盈矣、昌矣），既要参加朝会，至少是位大夫。

还

子之还兮，遭我乎猺之间兮。并驱从两肩兮，揖我谓我儇兮。（一章）

子之茂兮，遭我乎猺之道兮。并驱从两牡兮，揖我谓我好兮。（二章）

子之昌兮，遭我乎猺之阳兮。并驱从两狼兮，揖我谓我臧兮。（三章）

《序》："刺荒也。"《副序》："哀公好田猎，从禽兽而无厌，国人化之，遂成风俗，习于田猎谓之贤，闲于驰逐谓之好焉。"

还，就是《鸡鸣》三章的"会且归矣"。朝会散了，打猎去。

一章，首句的"还"、末句的"儇"；二章，"茂"、"好"；三章，"昌"、"臧"；三组字都是两个猎者互相夸赞、互相吹捧的话，字义基本相同。还、儇，身手矫捷；茂、好，动作漂亮；昌、臧，壮伟健美。

朝会散了，互相约好，到猺山打猎，猎物有野猪、野牛和狼。

《鸡鸣》和《还》两篇诗连贯起来读，才能显示出其真实的含义。分开来看,《鸡鸣》诗讲的是好妻子嫁了个懒汉,《还》诗讲的两个互相吹捧的猎者。两篇诗合起来看,《序》"还,刺荒也"的意义才能落实。两篇诗的主人是东迁移民,也都是归入齐国统治阶层中,大夫以上的,有资格参加朝会的人物,他们以追猎野兽显自己身手为乐,当然不是靠打猎为生的职业猎人。参加朝会懒懒散散,朝会散了打猎去便兴高采烈。政务自然就荒废了。

这是移民迁齐初期,诗人对齐国政局的观察描述。诗作的时间应在齐庄公或齐僖公时期。

著

俟我于著乎而? 充耳以素乎而? 尚之以琼华乎而?(一章)

俟我于庭乎而? 充耳以青乎而? 尚之以琼莹乎而?(二章)

俟我于堂乎而? 充耳以黄乎而? 尚之以琼英乎而?(三章)

《序》:"刺时也。"《副序》:"时不亲迎也。"

诗主人(我)是个女子。注家大多解释为女子出嫁时的心理状态。《序》则说"刺时也","时不亲迎也",对的。

序的所谓"时",就是齐国嫁娶的风俗时尚,齐俗与周礼不同,新郎不亲自到女家迎娶,而是在男家等待新娘入门。这篇诗的新娘是移民,不了解齐国的仪礼风俗,新娘入门时的行为举止,当然会有女傧相指点,不用发愁。

新娘在意的是,新郎在哪里迎候,也就是说新娘该在什么地方下花车? 在著(大门内侧)? 在庭院中间? 抑或在堂前? 新郎会怎样打扮？自己该戴什么首饰去配(尚，配也)他？我戴琼华去配他的素色充耳丝带(紞)？琼莹配青紞？琼英配黄紞？姑娘心里还未拿定主意，上花车的时光就到了！

很可爱的一篇小诗。诗人讲述的是移民上层家族女孩子出嫁，不明白齐国的风俗(迎亲处所)和时尚(怎样穿戴)，不知怎样才能合适。

东方之日

东方之日兮，彼姝者子，在我室兮。在我室兮，履我即兮。(一章)

东方之月兮，彼姝者子，在我闼兮。在我闼兮，履我發兮。(二章)

《序》："刺衰也。"《副序》："君臣失道，男女淫奔，不能以礼化也。"

《著》诗讲移民嫁女，不懂齐俗与时尚。本篇讲的是移民男子第一次领略齐地女子的大胆调情和挑逗。

东方之日，就在大白天。俏丽的她，跑到我室内，用脚触摸我的膝(即)。

东方之月，月上柳梢。俏丽的她，跑到我的后房(闼，夹室)，用脚触摸我的脚(癶，象形两足，与發同音)。

这些都使习惯了关中周礼的他，对自由放任的齐俗大为惊讶。汉儒诗《序》板起面孔说教，实堪喷饭。

东方未明

东方未明，颠倒衣裳。颠之倒之，自公召之。(一章)

东方未晞，颠倒裳衣。倒之颠之，自公令之。(二章)

折柳樊圃，狂夫瞿瞿。不能辰夜，不夙则莫。(三章)

《序》："刺无节也。"《副序》："朝廷兴居无节，号令不时，挈壶氏不能掌其职焉。"

移民中有在齐侯朝廷中为官服役的，由于齐侯没有一定的作息时间，办事的方式也没有定格，"自公召之、令之"，官员们则随叫随到，"颠倒衣裳"、"颠之倒之"两句是说官员们生活无序，苦不堪言。

三章是移民官员妻子抱怨。"妇人谓其夫曰狂夫"(闻一多《诗经通义》)。"折柳樊圃"，我叫他折些柳条，把菜园(圃)的篱笆修一修(樊、藩，这里用做动词，即修理藩篱)。他却瞪着我，白天不行，夜里更不行，什么时候才能修好！

南山

南山崔崔，雄狐绥绥。鲁道有荡，齐子由归。既曰归止，曷又怀止？(一章)

葛屦五两，冠緌双止。鲁道有荡，齐子庸止。既曰庸止，曷又从止？(二章)

蓺麻如之何？衡从其亩。取妻如之何？必告父母。既曰告止，曷又鞠止？(三章)

析薪如之何？匪斧不克。取妻如之何？匪媒不得。既曰得止，曷又极止？(四章)

《序》："刺襄公也。"《副序》："鸟兽之行，淫乎其妹，大夫遇是恶，作诗而去之。"

《郑笺》"襄公之妹，鲁桓公夫人文姜也"。齐襄公乱伦一案，是春秋前期一个很大的丑闻。这位文姜，齐僖公之女，本来是打算许配给郑庄公的儿子公子忽，但公子忽两次婉拒了这门亲事。《郑风·有女同车》诗里的"孟姜"指的就是她。郑国诗人说公子忽是"狡童"，事实上，忽这个人并不笨，文姜确实"非偶"，可能做闺女时名声就不好。后来嫁了鲁桓公，便出了这个丑闻。《左传》桓公十八年"公会齐侯于泺，遂及文姜如齐，齐侯通焉。公谪之，以告。夏四月，享公。使公子彭生乘公，公薨于车"。这是事情的经过。

本篇诗旨明白，历来没有什么异议，只是诗文的词句解释有不同，这是不可免的。

一章。"南山崔崔，雄狐绥绥"，是说齐侯像雄狐求雌，缠着不放（绥绥）。"鲁道"虽可解为通往鲁国的大路，但这是比喻鲁人（桓公）的心胸广大，接受了这门亲事（齐子由归）。言下之意是，尽管她名声不太好，出嫁以前就有乱伦之嫌，鲁桓还是娶她为夫人。"既曰归止，曷又怀止"。既然已经出嫁了，她怎么还可以依恋旧情！

二章。葛屦，草鞋论双；冠緌，帽子的带穗必须成对。文姜（齐子）既蒙鲁道的宽宏大度而成了鲁国夫人，怎么可以不顾配偶之道而重走老路！

一、二两章，主要是对文姜的责备。

三章。种麻必须打垄（有垄才成亩）。鲁桓娶文姜，是得到文姜父母的同意的。诗文中"父母"只能指文姜和襄公的父母，因为鲁桓公父母早就去世。既然有父母之命，你襄公怎么还要穷追到底？

四章。婚姻不可没有媒妁，文姜出嫁既有媒妁之言，你怎么还要死缠不放！

三、四两章是移民诗人对齐襄公的责备。

甫田

无田甫田，维莠骄骄。无思远人，劳心忉忉。（一章）
无田甫田，维莠桀桀。无思远人，劳心怛怛。（二章）
婉兮娈兮，总角丱兮。未几见兮，突而弁兮。（三章）

《序》："大夫刺襄公也。"《副序》："无礼义而求大功，不修德而求诸侯，志大心劳，所以求者非其道也。"

这是讲务实的迁人，看不惯齐风陋俗，思念旧乡生活人情的诗。序说不知所云。

无田甫田，就是思念旧乡的大田。无思远人，就是怀念旧日一起种大田的伙伴。今日的齐国大田，稗草比庄稼还多。今天一起下地的伙伴，面目全非。今昔对比，怎能不令人黯然伤神！从前的扎着小辫的娃娃，还老爱缠着大人玩。才不见几年，恐怕都已是成年人了吧！

卢令

卢令令，其人美且仁。
卢重环，其人美且鬈。
卢重鋂，其人美且偲。

《序》："刺荒也。"《副序》："襄公好田猎毕弋而不修民事，百姓苦之，故陈古以风焉。"

此诗称美猎人和他的猎犬。诗人没有明白表达什么特别的意旨。诗中刻画的猎者，精壮体面，令人有点想起《郑风·叔于田》的共叔段，尤其是他那条大黑狗戴着的各种式样的精美佩件，又是铃铛，满身圈圈，更像一只宠物狗，用它打猎，能不能管用也难说。莫非诗人想暗示移民们也逐渐同化于轻佻浮躁的齐俗？

敝笱

敝笱在梁，其魚魴鰥。齐子归止，其从如云。（一章）
敝笱在梁，其魚魴鱮。齐子归止，其从如雨。（二章）
敝笱在梁，其魚唯唯。齐子归止，其从如水。（三章）

《序》："刺文姜也。"《副序》："齐人恶鲁桓公微弱，不能防闲文姜，使至淫乱，为二国患焉。"

《敝笱》说的只是"齐子归止"，是《南山》的后续。

鲁桓公带了夫人文姜出访齐国。文姜同她的哥哥齐襄公通奸，被鲁桓公发现了。齐襄公一不做二不休，派公子彭生给桓公驾车，把桓公杀死在车上。为了平息鲁国人的愤怒，齐襄公把公子彭生杀了结案。

桓公三年文姜嫁到鲁国。桓公六年生了公子同，桓公十八年，桓公被杀。鲁人立当时只有12岁的公子同，是为鲁庄公。《史记·鲁世家》说"庄公母夫人因留齐，不敢归鲁"。司马迁的说法看来不对。这就牵涉到"齐子归止"这句话怎么理解了。

"齐子归止"，齐子指文姜，问题在"归"，归哪里？依据经学家们的说法，经书(西周礼制)说"归"只能有三个意义：一表出嫁，即"于归"的归；二是"归宁父母"的归；三是"大归"(被休)的归。这里，三个说法都不合适。

倘若这篇诗作于齐襄兄妹通奸被发现、鲁桓被杀之前，"于归(出嫁)"说当然可以适用，但"敝笱在梁"(残旧的鱼篓装不住魴鳏、鲂鱮之类的大魚），就成了恶毒谰言。否则就是《诗经》编次错乱，《敝笱》作于《南山》之前的可能性极小。

"归宁"说更说不通，因为妇人借口归宁不走，夫家也不说话，那就与"大归"无异。不管怎样，文姜是鲁庄公同的生母，鲁国的国母，出了丑闻，留在齐国不归，只会使丑恶更彰显，等于自己招供。鲁人和庄公都不可能接受的，礼不礼可以不管，面子不可能不顾。

因此，本篇讲的是齐襄乱伦，鲁桓遇害之后，"齐子归止"，文姜回归鲁国的诗。文姜回鲁，还不能静悄悄地走。来的时候是大队人马，归去时还是大队人马。但"其鱼唯唯"，文姜无精打采。"其从如云"、"其从如雨"、"其从如水"，随从们像一团云，像落过汤，像水泡过似的，总之，灰溜溜的一群，一个跟着一个地走着而已。

司马迁说文姜留齐，不敢归鲁的说法是错的。事实是，"齐子归止"，文姜还是大摇大摆地回鲁国去了。

载驱

载驱薄薄，簟茀朱鞹。鲁道有荡，齐子发夕。（一章）
四骊济济，垂辔沵沵。鲁道有荡，齐子岂弟。（二章）
汶水汤汤，行人彭彭。鲁道有荡，齐子翱翔。（三章）
汶水滔滔，行人儦儦。鲁道有荡，齐子游敖。（四章）

《序》："齐人刺襄公也。"《副序》："无礼义，故盛其车服，疾驱于通道大都，与文姜淫播其恶于万民焉。"

据《春秋》的记载：

鲁庄公二年（齐襄公六年），夫人姜氏会齐侯于禚。

四年(齐襄八年),夫人姜氏享齐侯于祝丘。

五年(九年),夫人姜氏如齐师。

七年(十一年),夫人姜氏会齐侯于防;又,会齐侯于穀。

上面四条,讲的都是文姜与齐襄公继续会面,非但公开地双宿双飞,甚至由鲁国史官载入《春秋》。鲁庄公八年(公元前686年),公孙无知弑齐襄公。

本篇讲述的就是上面鲁国史官所记录的内容。这些《春秋》记事完全证实我们对《敝笱》的解释,在丑闻暴露、鲁桓被杀之后,文姜还是大摇大摆地回到鲁国去当她的"国母"去了。倘若她留在齐国(司马迁说),何来鲁史这些记录?《春秋》对发生在别国的事,史官是要接到"赴告"才记录的。倘若文姜留在齐国,齐国会把襄公与文姜持续乱伦的事向鲁国通报,让鲁史官记上一笔吗?

猗嗟

猗嗟昌兮,颀而长兮。抑若扬兮,美目扬兮。巧趋跄兮,射则臧兮。(一章)

猗嗟名兮,美目清兮。仪既成兮,终日射侯。不出正兮,展我甥兮。(二章)

猗嗟娈兮,清扬婉兮。舞则选兮,射则贯兮。四矢反兮,以御乱兮。(三章)

《序》:"刺鲁庄公也。"《副序》:"齐人伤鲁庄公有威仪技岂,然而不能以礼防闲其母,失子之道。人以为齐侯之子焉。"

序说这篇诗讲鲁庄公,我没有异议。庄公即位时只有12岁,在茁壮成长中，不但一表人材很有魅力，而且射艺超群，有可能成为一位有为的国君，这是令人欣慰的。看来，齐国的移民诗人对鲁庄的家族变故，是寄予深厚同情的。

“展我甥兮”，是诗人在替庄公辟谣。由于齐襄公同文姜的乱伦关系，有人就造谣说鲁庄公是齐襄公的儿子，而不是鲁公族的血统。对这些谰言，诗人予以驳斥，鲁庄公确实（展，诚也）是齐国的外甥，不容中伤。

《齐风》总说

季札说：“美哉，泱泱乎！大风也哉！表东海者，其太公乎？国未可量也。”郑风细而齐风大，司马迁《货殖列传》说齐俗“宽缓阔达而足智，好议论，地重，难动摇，怯于众斗，勇于持刺，故多劫人者，大国之风也”。可以参考印证。表，彰显也，使东海之国闻名于世者，不就是齐太公姜尚的遗泽吗？齐国前途未可限量！

上面说过，公元前 686 年，公孙无知弑齐襄公。第二年春天，雍林人杀无知。高、国二氏立襄公之弟公子小白，是为齐桓公。七年（公元前 679 年），诸侯会齐侯于甄，于是桓公始霸。

豳 风

《豳风》在《毛诗·国风》中编在最后“第十五”，但吴公子季札观乐于鲁（鲁襄公二十九年，孔子8岁），当时鲁大史掌握的本子，《豳风》是紧接在《齐风》后面的。显然，季札所见的本子比经由子夏传下来的文本早得多，应是《毛诗》的祖本。因此我把《豳风》放在《齐风》之后。

但除了版本先后的比较之外，还有一个更重要的原因，这就是《豳风》本来是豳人迁鲁的移民诗。豳诗是鲁诗的说法，是徐中舒先生首先提出来的，很发人深思（说见徐著《历史论文选辑》“豳风说”一文，中华书局1998年版）。《国风》没有鲁风，当然不等于鲁国没有移民，也不等于鲁国移民不作诗。其实，豳之于鲁，犹如邶、鄘之于卫，是平王东迁的时候，豳人在鲁勤王之师护送之下投奔鲁國的移民的诗作。关于这一点，我们会在下面逐步加以说明的。这里先简要地说一下豳的来历。

豳，是地名，不是国名。同周人历史有关的，先后一共有三个“豳”地。第一个是先周公刘的“豳”。《大雅·公刘》讲周人的先公公刘（即《国语》的高圉）迁豳。这个豳地在陕西栒邑、邠县一带。

第二个是古公亶父的“豳”。公元前十一世纪中期，豳地受到北方民族游牧南迁的挤压和威胁，周先公古公亶父带领一部分周人从公刘的豳地迁到岐山南麓的岐县，建立岐周，并且得到比较稳定的发展。于是，豳地余民在古公组织之下大规模地南迁，占领了泾水下游子午岑西南麓咸阳原以西开阔的高原地带。这个新占领的地区仍然称“豳”（古人是带着地名搬家的），而公刘的豳基本上同周史关系不大了。《大雅·棫朴》讲的就是古公在咸阳原上建立“豳周”的事，在《周易》则是小畜、履、泰、否、同人诸卦。

古公去世之后，周人分为两个部分，古公的长子泰伯继承了岐邑（岐周），第三子季历在虞仲（《周易》称他为“中行”）辅佐下，接收了咸阳原上新建的豳周，居程邑。因此，这个咸阳原上的豳周亦称“程周”。《大雅·皇矣》第三章“帝作邦作对，自大伯王季”，和第四章讲的就是这事。在《周易》则是随、蛊、临诸卦。

季历（王季）去世，文王姬昌继位之后，从豳周进入岐周，将两部分重新统一。《周颂·天作》“大王荒之”、“彼作矣，文王康之”讲的就是文王把大王（古公）创建的岐周也接收过来了。而在《周易》则为晋、明夷、家人、睽诸卦。从此周就不再分岐周、豳周。但武王作丰、镐以前，文王、武王都仍然居程（在泾阳附近），居高临下地监视着夏后氏的崇国（今西安）。豳周统一了岐周之后，由于豳在岐的东面（咸阳原在周原之东），所以周人有时称之为“东”，也就是后来为了避流言，周公居东的东。

《大雅·绵》“文王蹶厥生”，文王在岐邑出生，却是在程邑长大的（王季宅程）。武王和他所有的兄弟（包括周公）都在豳（程邑）出生、长大。管、蔡造谣，周公回到豳程避嫌，以示无意于王位。这是很正常的。周公与公刘的豳，没有任何瓜葛。

程邑在成王时称为毕，咸阳原的东部就称为毕原，文王的一个儿子，周公的一个弟弟封于毕，即毕公高。

现在我们看到的是第三个“豳”，平王东迁，咸阳原的居民随着移民浪潮迁移到鲁国，成为春秋时期鲁国的“豳”。

豳诗 7 篇，讲述了与西周王朝共兴衰的一个英雄族群的没落。《豳风》的结束，豳这个族群的存在也就从书写的历史中消失了。

七月

七月流火，九月授衣。一之日觱发，二之日栗烈。无衣无褐，何以卒岁？三之日于耜，四之日举趾。同我妇子，馌彼南亩，田畯至喜。（一章）

七月流火，九月授衣。春日载阳，有鸣仓庚。女执懿筐，遵彼微行，爰求柔桑。春日迟迟，采蘩祁祁。女心悲伤，殆及公子同归。（二章）

七月流火，八月萑苇。蚕月条桑，取彼斧斨，以伐远扬，猗彼女桑，七月鸣鵙，八月载绩。载玄载黄，我朱孔阳，为公子裳。（三章）

四月秀葽，五月鸣蜩。八月其穫，十月陨萚。一之日于貉，取彼狐狸，为公子裘。二之日其同，载缵武功。言私其豵，献豜于公。（四章）

五月斯螽动股，六月莎鸡振羽。七月在野，八月在宇，九月在户，十月蟋蟀入我床下。穹窒熏鼠，塞向墐户。嗟我妇子，曰为改岁，入此室处。（五章）

六月食郁及薁，七月亨葵及菽。八月剥枣，十月获稻。为此春酒，以介眉寿。七月食瓜，八月断壶，九月叔苴，采荼薪樗，食我农夫。（六章）

九月筑场圃，十月纳禾稼。黍稷重穋，禾麻菽麦。嗟我农夫，我稼既同，上入执宫功。昼尔于茅，宵尔索绹。亟其乘屋，其始播百谷。（七章）

二之日凿冰冲冲，三之日纳于凌阴。四之日其蚤，献羔祭韭。九月肃霜，十月涤场。朋酒斯飨，曰杀羔羊。跻彼公堂，称彼兕觥，万寿无疆。（八章）

《序》:"陈王业也。"《副序》:"周公遭变,故陈后稷先公风化之所由,致王业之艰难也。"

这是一篇很有名的诗,研究者极多,对诗文字句的解释,可以说大同小异,即使对一些字义、词义,各家不尽相同,也不影响诗句文义,而对诗文每章主要讲什么,大致是清楚的。在这方面,扬之水的工作比较新,也比较完备,很可以作为读这篇诗的基本参考(见扬之水著《诗经名物新证》(pp87—133)。

按照扬之水的说法,"全诗的一条主线,是铺叙一岁农功,而每一章又各有一条主线:一章言耕,二章言蚕,三章言绩染,四章言田猎,五章葺屋御寒,六章点缀时物,七章收获,八章以岁终之庆作结"。另外,方玉润《诗经原始》和姚际恒《诗经通论》,对本篇的论述,也是很精彩的。文字较长,难于引录。

我要谈的是"七月流火"。这句话,诗人说了三次,表明这个天象对豳人来说非常重要。两次是同"九月授衣"一起说的,第三次是同"八月萑苇"一起说的。"授衣"是为了老百姓当年过冬保暖。收储苇、荻是为了第二年制蚕箔,都同统治者的衣着有关。这些自然都是生活的重大项目,但更重要的是这个天象是周人历法的重要依据,生活是要依据时、历来安排的,定时定历是头等大事,"无衣无褐、何以卒岁(怎样过冬)"?就说明了"七月流火"对人民生活的重大意义。

最早的历,就是确定月和年。现在我们知道,一个朔望月平均为29日12时44分29秒。12个朔望月(一个太阴年)就是354日8时48分36秒。而一个太阳年(地球绕太阳一周)的真正长度是365日5时48分46秒。但春秋以前,人们根本无法测算出太阳年的真正长度。将一年的长度(岁实)定为365 $\frac{1}{4}$日,即所谓"四分历”的普遍通行是春秋中期以后的事。而这个“四分历”的岁实是依靠用圭表测日影得来的，中午日影最长的那一天就是“冬至”，两个冬至之间的日数就是“四分历（$365\frac{1}{4}$日）”的一年。

在圭表法发明以前，怎样求得一年的长度呢？最早也最常用的办法就是观测恒星在夜空中的位置，而最容易观测的是“大火昏中”，两次这个天象之间的日数就是一年。这样求得的天文年（恒星年）是阳历年。

一年里面的月份靠观测月相去确定，12个朔望月算一年，得到的是阴历的太阴年，年长度是354日多，与太阳年相比，每年少算了11天多。这是在观察行星以前的最原始的历。这种历只表示地球与月亮的关系，同季候无关。当古人（也许先是出于好奇）开始观察星象之后，却发现太阳和某些恒星在天空的视运动周期和位置却同天气冷暖周期有密切关系，而这个周期又同人类生活、动植物生长和活动周期相一致。在还没有方法测定太阳的位置之前，人们发现了恒星年，“七月流火”就是太阳年之前最常用的恒星年。

三代都有观察这个天象的记录。殷墟卜辞有观察火的记录不用说了。《夏小正》有“五月，初昏大火中”的记录。豳诗“七月流火”便是周人的记录。换句话说，三代的历，基本上是相同的。但必须指出，《夏小正》大火五月昏中不是夏代的天象。

《左传》昭公十七年，梓慎说：“火出，于夏为三月，于商为四月，于周为五月。”梓慎是春秋的天学家，他说的天象是正确的。夏代在三月份就看到大火星在东方出现（火出），商代火出在四月，周代火出在五月，即是说，依次晚了一个月。这样，大火昏中（在天空的正南方）的时间在夏四月、商五月、周六月；大火西流便在夏五月、商六月、周七月。月份的名称三代都是一样的，即是说三代同历。但天象往后推迟了一个月。这是天文学家刘朝阳(1901—1975)的解释[①],这种解释是科学的,因为由于岁差,天象往后推移是实证的。那么,《夏小正》的"五月,初昏大火中"便是商代的天象(大火昏中应在夏四月)。因此,我们可以明确肯定《夏小正》不是夏历,而是后人(可能是周人)整理的殷历。《论语·卫灵公》孔子主张"行夏之时"指的不是《夏小正》,这个"夏之时",孔子或许知道,他以后,谁也不知道了。

梓慎的话,澄清了一个极重要的问题,夏商周三代,月份的名称是不变的,变的是大火出现(火出)的时间,即夏代在三月份火出,商代在四月,周代在五月,大火出现的时间相继晚了一个月。可是夏商周的"三月"是同一个月,四月或五月都是同一个月份,而不是夏三月、商四月、周五月(但三代叫法不同)火出。换句话说,火出的时间固定不变,变的是历法(月份名称),天(象)不变而历(法)有夏历、殷历、周历之别,即所谓"三统历"是汉儒的杜撰。天象因岁差而推迟,但三代历法基本一样才是正确的。

三代历法基本相同,不等于说他们的民俗习惯完全一样。而最明显的是他们庆祝新年的节日、重要祭祀的节日都不相同。西周是一个多民族组成的政治实体,地位最重要的是周族和夏族,然后是姜族和商族,他们都有自己的节日,特别是过新年的年节庆祝,周人在十一月(冬至之月),殷人在十二月,夏人在十三月(第二年的一月,现今的正月),还有一个十四月(或许是羌族的年节)。这4个月,都是"改岁之月",周人习惯上称为"一之日(第一个过新年之日)"、"二之日"、"三之日"、"四之日",意思是各民族过新年(改岁)的不同月份。

---

① 请参阅《刘朝阳中国天文学史论文选》,大象出版社2000年版,第133页:"三代之火出时间"及同书其他文章。

一般地说，过了十月，就把房子收拾好，“嗟我妇子，曰为改岁，入此室处”，准备过新年。从一到四之日，各族分别庆祝自己的新年节日。另外，豳地的各地方政府还举行一次全体各族人民都参加的贺新年的活动，每人赏两壶酒，杀不知多少只羔羊，“跻彼公堂，称彼兕觥，万寿无疆”，这样的共同庆祝的盛大节日活动。

屈万里说：“此咏豳地风土之诗。”这豳地不是公刘的豳，也还不是迁鲁的豳，而是咸阳原上，古公所建，王季、文王、武王直接统治过，周公的出生地和故乡的程豳，即豳周的豳，因为在岐周的东面，有时也称为“东”。

《七月》这篇诗讲的是，豳人从咸阳原东迁之后，仍然按照旧风俗和生活习惯安排他们在新土地（山东省蒙山地区，见《东山》诗）的现实生活。

鸱鸮

鸱鸮鸱鸮，既取我子，无毁我室。恩斯勤斯，鬻子之闵斯。（一章）

迨天之未阴雨，彻彼桑土，绸缪牖户。今此下民，或敢侮予。（二章）

予手拮据，予所捋荼，予所畜租，予口卒瘏。曰予未有室家。（三章）

予羽谯谯，予尾翛翛，予室翘翘，风雨所漂摇，予维音哓哓。（四章）

《序》：“周公救乱也。”《副序》：“成王未知周公之志，公乃为诗以遗王，名之曰《鸱鸮》焉。”

这是一篇作于幽王时的豳诗。幽王娶褒姒，任用虢公，在周王朝内部引起了极大的动荡，周公之族遭到沉重的打击，而且牵连甚广。当时周人对褒姒极端痛恨，称之为“鸱鸮”《大雅·瞻印》二、三章是这样说的：

> 人有土田，女反有之；人有民人，女覆夺之。此宜无罪，女反收之；
>
> 彼宜有罪，女覆说之。哲夫成城，哲妇倾城。懿厥哲妇，为枭为鸱。
>
> 妇有长舌，维厉之阶。乱匪降自天，生自妇人。匪教匪诲，时维妇寺。

本篇的“鸱鸮”来自上引《瞻印》的“为枭为鸱”（着重号是我加的），指的是褒姒，这是十分明白的。汉儒没有读懂，硬说本篇的作者是周公旦，还捏造一篇《尚书·金縢》作伪证。后儒不动脑筋，跟着胡扯，直到今天，还要拉周公旦出来跑龙套，就很难说得过去了。

说豳诗同周公旦一点关系都没有，也不完全对。须知，豳地是周公的故乡和生长地，豳人深爱周公旦，周公之族在当地影响和势力都很大，而豳人视周公旦的世代后裔为豳周之族的儿子。褒城夏族发动的这场政变，要打击周公之族和西周旧族，豳地是重灾区，这也是必然的。

一章：讲褒姒之党（鸱鸮），在打击、流放周公宗族本支（既取我子）之后，将迫害的锋芒指向豳地旧族，用尽一切办法（恩勤）要剥夺他们的土地、财产（毁其室），令他们妻离子散（鬻子之闵斯）。

二章：我们知道灾难（天之阴雨）要来的，也做好了准备（彻桑土，绸缪牖户）。“下民”有贬义，今女下民，犹如说，你们这帮卑鄙小人，要来就来吧！

三、四章：描述“人有土田，汝反有之；人有民人，汝覆夺之。此宜无罪，汝反收之；彼宜有罪，汝覆说之”的受迫害过程，即使奋力抗争，也无法免除破家(曰予未有室家)的劫难。

东山

我徂东山，慆慆不归。我来自东，零雨其濛。我东曰归，我心西悲。制彼裳衣，勿士行枚。蜎蜎者蠋，烝在桑野。敦彼独宿，亦在车下。(一章)

我徂东山，慆慆不归。我来自东，零雨其濛。果羸之实，亦施于宇。伊威在室，蠨蛸在户。町畽鹿场，熠燿宵行。不可畏也，伊可怀也。(二章)

我徂东山，慆慆不归。我来自东，零雨其濛。鹳鸣于垤，妇叹于室。洒扫穹窒，我征聿至。有敦瓜苦，烝在栗薪。自我不见，于今三年。(三章)

我徂东山，慆慆不归。我来自东，零雨其濛。仓庚于飞，熠燿其羽。之子于归，皇驳其马。亲结其缡，九十其仪。其新孔嘉，其旧如之何？(四章)

《序》：“周公东征也。”《副序》：“周公东征，三年而归。”

东山，即蒙山，在今山东省蒙阴县南，因在鲁东，故称东蒙。也就是《论语·季氏》“夫颛臾，昔者先王以为东蒙主”所说的东蒙。蒙山、东山、东蒙就是鲁国之豳的地望。

“我徂东山，慆慆不归。我来自东，零雨其濛”，说了四次，表明这是迁移定居，再也不用想回到家乡了。“我来自东”的东是地名，指咸阳原上豳周，因为它在周原岐周之东，所以周人习惯称它为“东”。“我东曰归”的东是动词，我来到山东蒙山也可以说是重回旧地(曰归)。但我心里实在想念西面的家乡。

一章:说的是逃难时的仓促、狼狈和路途辛苦。走的时候,只有身上穿的衣裳(制彼裳衣)什么都来不及带,大家乱哄哄地就走了,同行军差得远了(勿士行枚)。长长的队伍,走得极慢,就像一条虫在野桑林地里没完没了地往前蠕动(蜎蜎者蠋,烝在桑野)。天黑了就停下来,自己身子就蜷缩在车子下面睡觉。

二章:躺在车底下,就想念那个说不上舒适、也不优裕的家园(不可畏也,犹可怀也),哪能睡得着呵!想念着刚离开的家,屋檐下,括楼该结瓜了?壁脚的土鳖子又在活动了?小蛛蛛要爬上门楣了?鹿儿又闯到畦田来了?萤火虫还照常闪亮?

三章:三年见不着家园了。外面鹳鸟在土堆上叫,我恍惚听到妻子在家园屋里叹气。她在大扫除,迎接我回乡。我好像看到,苦匏结的瓜,还在柴堆上呢!

四章:回想当年,正是群莺乱飞的时节,我骑着毛色红白的马,迎娶她入门。她妈亲手给她结上围裙,一次一次地行礼,真是个幸福的新娘!时过境迁,今天不知道她变成什么样子了呀?

《东山》诗共用了三个"东"字,不同场合,意义不一样。"我徂东山",这是地名,即山东的蒙山。"我来自东","东"也是地名,指豳周所在的咸阳原,也是移民的出发地。"我东曰归",这个"东"是动词,我逃亡到东方的蒙山,也算是回到祖先们的旧地。下面的《破斧》解释"我东曰归"的意义。

破斧

既破我斧,又缺我斨。周公东征,四国是皇。哀我人斯,亦孔之将。(一章)

既破我斧,又缺我锜。周公东征,四国是吪。哀我人斯,亦孔之嘉。(二章)

既破我斧，又破我錶。周公东征，四国是遒。哀我人斯，亦孔之休。（三章）

《序》："美周公也。"《副序》："周大夫以恶四国焉。"

这是"吊古战场"诗。东蒙曾是当年周公东征，"践奄"的血战之地。豳人东迁，现在再回到这里，而且就安家在这里（《东山》"我东曰归"），自然就想起当年本族祖先为了征服这块土地而进行的恶战，一方面感到骄傲，另一方面西周覆亡，自己又逃难回到这块祖先为它流尽血泪苦战、恶战的土地，能不感慨万千？

要体会诗心，必须明白，豳人是周民族集团中历史最悠久，在西周建立过程中起着主导和骨干作用的一个族群。在周史中，古公迁岐当然重要，但当旧豳（公刘之豳）大规模南迁投靠古公的时候，占领咸阳原，豳周就成为实际上的西周王朝的发祥地。王季、文王、武王、成王才是西周的真正统绪，这是明文记录在《大雅·文王之什》中的"正统"。而周人打天下的军事力量就是古公在豳周亲手建立起来的"周六师"。紧跟在《绵》诗之后的《大雅·棫朴》三章"周王于迈，六师及之"，而《周易·同人》讲的都是六师建军的过程。可见，从建军开始，"周六师"就是豳人的子弟兵。王季伐戎靠他们，文王伐密、伐崇，武王伐纣靠他们，周公伐武庚，平管、蔡之乱，成王践奄，伐薄姑，靠的仍然是这支豳人子弟组成的"虎旅"。俱往矣！今天逃亡又来凭吊祖先英勇血战的古战场，能不黯然神伤？"哀我人斯"！真是字字千钧，沉痛难言！

伐柯

伐柯如何？匪斧不克。取妻如何？匪媒不得。（一章）

伐柯伐柯，其则不远。我觏之子，笾豆有践。（二章）

《序》:"美周公也。"《副序》:"周大夫刺朝廷之不知也。"

一章:伐柯,找个媒人,谈娶夫人的事。

二章:媒人啊媒人!我要求不高(其则不远),我要物色的人选(我覯之子),就为了解决"笾、豆"问题。笾、豆是家中膳食、祭祀必备的食器。即是说要她能帮我管好(有践)膳食和祭祀的事务就行。

九罭

九罭之鱼,鳟、鲂。我覯之子,衮衣绣裳。(一章)
鸿飞遵渚,公归无所。于女信处!(二章)
鸿飞遵陆,公归不复。于女信宿!(三章)
是以有衮衣兮,无以我公归兮,使我心悲兮。(四章)

《序》:"美周公也。"《副序》:"周大夫刺朝廷之不知也。"

这篇诗上接《伐柯》,讲的仍然是同一个主题:豳君娶夫人。"链接"就在"我覯之子"。两篇诗的"我覯之子"应属于同一个主题:"相亲"。

豳君既然找了媒人谈娶夫人的事,有意应聘的自然少不了。"九罭之鱼"都来了。罭,旧解鱼网。其实,罭的字源"或",音 yu,邦、国也,也可解作域。罭,四或合文、即四域。九罭,言地域、邦、邑来应聘之多也。而且来谈亲事的,都是大国、大邑的人(鳟、鲂,都不是小鱼、小虾),想嫁过来的女子,地位、来头都不小(我覯之子,衮衣绣裳),非小家碧玉可比。

二、三章,谦逊婉谢之辞。"鸿飞遵渚、遵陆"都是说自己的处境不理想(渚和陆都不是鸿雁正常生活的地方),今天只是寄食异乡,而回归本国的希望渺茫(公归无所,公归不复)。让你高贵妇人来和我过这种日子(处、宿指归宿),实违我的本心(信)。

四章是诗人说的话。我们的主公一定不能离开我们,不会跟你高贵妇人走的。

狼跋

狼跋其胡,载疐其尾。公孙硕肤,赤舄几几。(一章)
狼疐其尾,载跋其胡。公孙硕肤,德音不瑕?(二章)

《序》:"美周公也。"《副序》:"周公摄政,远则四国流言,近则王不知,周大夫美其不失其圣也。"

豳君续娶的事,或许就如《九罭》所说,搁置下来了。但公子却有个儿子。公孙是东迁的第三代。这位公孙,看来得了肥胖症(硕肤),走起路来,活像一匹老狼,前爪夹着下巴,后脚踩着长尾,动作困难。脚上还穿着双镶金的红鞋,边走边叽叽地响。这样一个人,德行、名声能好得了吗?

《狼跋》哀叹一个功名赫奕的英雄族群的衰老(老狼)和没落(患了肥胖症的公孙)。

《豳风》总说

鲁太史所掌握的《诗经》祖本中,十五国风的编排次序,当然不会是随意的。但按照什么原则?编者没有明白交代,后人便只能靠推理分析或猜测。

十五国风的序列，不是时间序列，因为它们基本上是共时的，都是春秋前期，公元前8～7世纪的事。但国风序列也不是单纯的空间序列，因为它们讲述的是各国的人物和事迹，这些人物和事迹在一定的空间范围内是互相关连和互相影响的，即是说，既是地缘的关系也归属于一定的政治范畴。

二南都在黄河下游的南部边沿地带，它们都以回归周王朝正统为首要的政治目标。地处中原中心，黄河下游中、东段的卫（邶、鄘）、王、郑，相互间矛盾重重，敌我难分，同属瓦解和消亡中的王朝正统的范畴。齐、豳，即是山东的齐鲁，它们同王朝正统的距离越来越远，关切的只是本地区的政治和社会秩序。齐桓、管仲奉行的“尊周室、攘夷狄”，实质也只服务于齐国在山东地区的扩张而已。

针对豳诗，吴季札说：“美哉，荡乎！乐而不淫，其周公之东乎？”荡，动也。豳人的历史就是一部动荡中的历史。不断地迁移，还不断地东征西讨，从公刘时代起，就难得有平安稳定的日子。“乐而不淫”，淫是过分的意思，犹如说“安分随时”，对命运不苛求，也不抱怨。这就是周公旦在豳周的遗教吗？季札称美的是，在动荡不宁的时局中，乐而不淫的生活态度。“其周公之东乎？”这话是说给鲁人听的，毕竟，鲁和豳，不都是周公旦的遗族吗？

地缘上东西相对，齐、鲁（豳）之后，就是秦、晋（魏、唐）。我们下面再接着说。

秦　风

《毛诗》把《秦风》排在《唐风》之后，看来是孔子的弟子们，甚至汉代人改变《国风》编排次序的结果，按照吴公子季札在鲁国观乐的编排次序，《秦风》应在《豳风》之后，《魏风》之前。

秦，嬴姓，传说是与禹同时的伯益之后，起源于东方。但怎样迁徙到西方，除了六七代祖先的名字以外，没有史迹可寻。秦人历史始于他们的一位祖先，非子，归附了周孝王，“养马于汧渭之间”，很成功。还有就是，周宣王任命非子的曾孙秦仲为大夫，伐西戎败死。到了平王东迁，秦仲的孙子秦襄公出兵参加护送，被平王封为诸侯，并且嘱咐他“能逐犬戎，即有岐丰之地”（这是郑玄《诗谱》的说法）。

总之，秦人祖先来历不明确，也没有什么可以显耀的功业。据蒙文通的考证，秦人是西戎民族的一支，虽然持这种见解的学者不多，但却也不能排除此说是真的可能性。可以肯定的是，第一，秦族长期生活在甘肃的东部和东南部，具有游牧民族的生活习性，大概到西周中后期才逐渐定居在甘肃天水、秦安地区，过半农半牧的生活，政治上归附西周。第二，在华夏民族形成的历史过程中，无论在地理上、政治上或文化上长期处在边缘地位。秦人只是在平王东迁之后才取得诸侯的地位。第三，秦人驱逐戎人取得关中地区的统治之后，草原畜牧文化与平原农耕文化的融合和转化的长期艰难过程才真正开始，但进度十分缓慢，只是到了战国中期以后，才取得快速和迅猛的进展。这是秦献公、秦孝公（商鞅变法）以后的事了。因此，从中华文明的发展角度看，秦是后进的，而且采取暴风骤雨的形式统一中国，因而在思想意识上长期受孔子、儒家的正统偏见的排斥，甚至到今天仍然如此。

车邻

有车邻邻，有马白颠。未见君子，寺人之令。（一章）

阪有漆，隰有栗。既见君子，竝坐鼓瑟。今者不乐，逝者其耋。（二章）

阪有桑，隰有杨。既见君子，竝坐鼓簧。今者不乐，逝者其亡。（三章）

《序》："美秦仲也。"《副序》："秦仲始大，有车马礼乐侍御之好焉。"

这篇诗讲述关中周余民觐见秦君的情况，秦君当指秦襄公。

犬戎杀幽王，秦襄公出兵救周，并参加护送平王东迁，正式被封为诸侯，并且受命收复宗周和关中失地。东迁之役，固然掀起一个大规模移民的浪潮，事起仓促，有实力的西周强宗大族，能走的都跟着周王走了。但仍然有来不及走，由于各种原因不能走，甚至不想走的族群遗留下来，成了王朝的"余民"。对他们来说，面对这个烂摊子，如何善后，怎样保障一个起码的社会生活秩序，便是当务之急。谁有能力起来领导和担当这个责任呢？秦人既新封为诸侯，又掌握有可观的实力，自然是首选，是周余民希望寄托所在。前往秦邑觐见（甘肃秦安县附近），也事在必行了。

秦邑树木葱郁，物产不贫乏，显然治理得不错；秦君（君子，即君主，应指襄公）看来平易近人，虽然新近立了大功，从大夫（秦仲始作王朝大夫）上升为诸侯，但没有气焰骄人的风度，让人放心。

驷驖

驷驖孔阜，六辔在手。公之媚子，从公于狩。（一章）

奉时辰牡，辰牡孔硕。公曰“左之，舍拔则获”。（二章）

遊于北园，四马既闲。輶车鸾镳，载猃歇骄。（三章）

《序》：“美襄公也。”《副序》：“始命有田狩之事，园囿之乐焉。”

《说文》“驖，马赤黑色”，四匹毛色红中带黑的高头大马（孔阜）。六辔在手，是秦公亲自执辔为前来觐见的客人驾车出猎，表现十分热情，讨人喜欢（公之媚子）。

二章讲秦公为客人寻找猎物和指导客人怎样发箭。“奉时辰牡”，旧解十分迂曲，将辰字读为“麎”，没有改字的必要。牡字从牛，本来就指公牛，这里指雄性牦牛。辰牡，指季候地来此地活动的牦牛。“奉时”就是正好在狩猎的时节。拔，指张弓时手捏箭撑着弦的箭尾，“你再向左靠，放箭就中！”

三章讲猎后秦公领客人游北园，大马车换成了带铃的轻便马车，去看他的猎狗（猃）。载，歇骄，是形容众多猎狗迎着人或跑或站着不动的姿态。

本篇承接《车邻》，讲秦公怎样热情好客。

小戎

小戎俴收，五楘梁辀。游环胁驱，阴靷鋈续。文茵畅毂，驾我骐馵。言念君子，温莹如玉。在其板屋，乱我心曲。（一章）

四牡孔阜，六辔在手。骐駵是中，騧骊是骖。龙盾之合，鋈以觼軜。言念君子，温其在邑。方何为期？胡然我念之！（二章）

俴驷孔群，厹矛鋈錞。蒙伐有苑，虎韔镂膺。交韔二

弓，竹闭绲縢。言念君子，载寝载兴。厌厌良人，秩秩德音。（三章）

《序》："美襄公也。"《副序》："备其兵甲，以讨西戎。西戎方强，而征战不休，国人则矜其车甲，妇人能闵其君子焉。"

小戎，战车小分队。这篇诗讲秦襄公请前来觐见的客人检阅一个战车的战斗小分队。诗共三章，每章十句，前六句讲的是战车和战斗的装备，后四句讲从关中前来觐见的周余民检阅后留下的深刻印象和热切期望。

诗人对战车上的装备的描述非常细，车辕装着多少个箍，缰绳穿过多少个环都记录得非常清楚。大体上一、二章记录和形容马和战车的驾驭和防护配件；三章的前六句形容矛、盾、弓等战士使用的武器。关于这一切细节的考证，古今所有注家无不津津乐道，不厌其详，当然见解的繁简不尽相同，扬之水的《诗经名物》、季旭升的《诗经古义》详尽细致，高亨、屈万里简明扼要，读者朋友们有兴趣的可以参考，这里恕我不细述了。总之，诗文每章前六句讲秦军的军容如何盛壮。

然而，有一个问题，却从来没有人提出过：为什么诗人费那么多笔墨去描写秦人的车、马和武器？看来这些装备吸引了觐见者（也是检阅者）最大的注意力，同时也说明此公是个大行家，他看到的（亦即诗人记录的）是秦制，特别是与周制不同和优越的地方。研究名物的朋友们不妨考虑考虑，那时的周、秦之制是否有别？

诗文每章的后四句才是《小戎》之作的意义所在。

一章：讲的也就是《车邻》的内容。这位秦君最令我不能忘怀的是（言念君子），他的友善和热情（温其如玉）。他在板屋中对我们的亲切接待，就令我十分感动（在其板屋，乱我心曲）。

二章：关键的一句是“温其在邑”。邑既可以指秦邑，也可以指周余民之邑。如果联系“方何为期”来看，以指周余民之邑为是。那么，四句诗的意思就是：我一刻也不会忘记（言念君子），在（赶走西戎）收复城邑问题上他的热诚的态度（温其在邑）。什么时候能成为事实，这才是我最关切的啊！（方何为期？胡然我念之！）

三章：只要一想起这位君子，我就兴奋得不能入睡（言念君子，载寝载兴）。这是个沉着稳重的好人，他的言行是有分寸的（厌厌良人，秩秩德音），因而是可信赖的。

《车邻》、《驷驖》、《小戎》三篇是一个整体，关中周余民到秦邑觐见秦襄公，祈求他早日驱逐戎人、收复关中。

蒹葭

蒹葭苍苍，白露为霜。所谓伊人，在水一方。遡洄从之，道阻且长。遡游从之。宛在水中央。（一章）

蒹葭萋萋，白露未晞。所谓伊人，在水之湄。遡洄从之，道阻且跻。遡游从之，宛在水中坻。（二章）

蒹葭采采，白露未已。所谓伊人，在水之涘。遡洄从之，道阻且右。遡游从之，宛在水中沚。（三章）

《序》：“刺襄公也。”《副序》：“未能用周礼，将无以固其国焉。”

汉儒读诗，一心想着自己怎样同汉皇帝进行对话，自然搔不着痒处。朱熹说：“言秋水方盛之时，所谓彼人者，乃在水之一方，上下求之，而不可得，然不知其何所指也”。不错，诗人表达对“伊人”拳拳思慕之情，但究竟谁思慕谁，无法说清。现代人多以为是思慕恋人的诗，但男奔女？女奔男？也无法说清。

犬戎灭周，秦襄公出兵救周，最后护送平王东迁，受封为诸侯。平王嘱咐他，如果能够驱除戎狄，岐丰之域就是你秦侯的领地。秦人一直以此为立国的目标，而关中被犬戎占领地区的周余民也热切期望秦人能早日完成这一伟大使命。要了解周余民的心情，现今的读者不妨想象当年抗日战争，沦陷区的爱国之士投奔抗日根据地的情景，就会明白，这篇诗讲的是周余民自戎人占领区投奔秦国。

襄公十二年出兵东征伐戎而至岐，他本人也在此役中去世。他的儿子秦文公继位，秦军又退回甘肃秦邑（天水地区）。文公三年（公元前763年），以七百人的兵力发动第二次东征，沿着渭水谷地一直打到“汧渭之会”，第二年在当地建邑固守，这大约在现今的眉县附近，并开始大规模收容奔秦的“周余民”。

《蒹葭》讲述的就是秦文公（伊人）“收周余民而有之”的事。诗人讲周余民奔秦，有两种情况。渭水下游的周人循陆路沿着渭水逆流而上，从渭水平原奔向周原。这样走法，当然“道阻且长”，即是屈万里说“逆流而上曰遡洄”，这是第一种情况。

第二种情况是从周原的北部和南部顺着一些支流奔向渭水河谷的秦占领区，也就是屈万里说的“顺流而涉曰遡游”。遡游从之，路程较近，“宛在水中央、水中坻、水中沚”，眼望得见，蹚水就可以到达。

秦文公在位时间长达50年（公元前765一前716年），就没有沿着渭水再向东扩张，主要是一方面收容和组织周余民，使秦人和周人融合成一个新的社会（这不是一件容易的事，本书后面会有机会说到的）；另一方面在岐以西扫荡戎人。这一切都不是一天两天的事，甚至还引起秦人内部极大的矛盾和动乱。事实上，文公以后，经历静公、宪公到出子，这几代从不平静到动乱，看来都同文公东扩有关。秦武公平定了内部政局之后，重新恢复东扩政策，夺取岐以东，占领了整个渭水盆地。武公死后，德公迁雍（陕西凤翔县），东扩的局面才稳定下来，但却开始了同晋人对泾、洛高原地区的争夺。

对秦人的历史来说，《蒹葭》无疑是一个十分重大的转折。

终南

终南何有？有条有梅。君子至止，锦衣狐裘。颜如渥丹，其君也哉！（一章）

终南何有？有纪有堂。君子至止，黻衣绣裳。佩玉将将，寿考不忘。（二章）

《序》："戒襄公也。"《副序》："能取周地，始为诸侯，受显服，大夫美之，故作是诗以戒劝之。"

诗文第二章"有纪有堂"应读"有杞有棠"。

终南，即秦岭。君子，当指秦成公（谥法：安民立政曰成）。到此，秦人沿渭水流域东扩大业基本定局。

武公时期，秦人势力已经达到黄河西岸。武公死后，其弟德公在位只有两年，德公的三个儿子宣公（在位 12 年）、成公（4 年）、穆公兄弟相继。根据马非百《秦集史》的说法，成公元年，梁伯、芮伯来朝，说明梁（陕西韩城县）、芮（朝邑县境）两国已归附于秦。自秦岭以北，"秦之东境以北，洛水为界，陕西中部除洛水以东至黄河东岸河西地区外，均为秦人势力范围所及之地矣！"这应是较近似的估计。

值得注意的是，诗中对君子(成公)的描写，“锦衣狐裘”、“黻衣绣裳，佩玉将将”，是秦人的上层已趋向与周人生活文化看齐的标志。

黄鸟

交交黄鸟，止于棘。谁从穆公？子车奄息。维此奄息，百夫之特。临其穴，惴惴其栗。彼苍者天，歼我良人。如可赎兮，人百其身。(一章)

交交黄鸟，止于桑。谁从穆公？子车仲行。维此仲行，百夫之防。临其穴，惴惴其慄。彼苍者天，歼我良人。如可赎兮，人百其身。(二章)

交交黄鸟，止于楚。谁从穆公？子车鍼虎。维此鍼虎，百夫之御。临其穴，惴惴其慄。彼苍者天，歼我良人。如可赎兮，人百其身。(三章)

《序》:“哀三良也。”《副序》:“国人刺穆公以人从死，而作是诗也”。

“哀三良”的说法是对的。秦穆公在位39年，逝世后，“葬雍，从死者百七十七人”。严格地说，本篇并不反对人殉，反对的是以子车(或作舆氏)氏兄弟三良从死，因为他们都是一个人能抵得上一百个人的，令人佩服的精英之士，而不提及其他殉葬者。

据李学勤《东周与秦代文明》记载，考古发掘的秦墓，人殉的现象相当普遍，不但大墓人殉数量有多达百八十多人的(凤翔，即雍地秦墓陵园秦景公墓，说见程俊英《诗经注析》)，较小的墓葬也常有人殉现象(凤翔八旗屯墓葬群，有人殉的占1/5)。《史记》认为秦人殉始于秦武公，这不一定靠得住，因为人殉的葬俗起源甚早，也不限于春秋早期的秦人。但战国时秦献公(公元前384—前362年)始禁从死，则可信。

关于“交交黄鸟，止于棘、桑、楚”，马瑞辰《毛诗传笺通释》似乎认为诗人有很深的寓意，他指出棘，即急；桑，丧；楚是荆的别称，有痛楚义。也有人提起过止于棘、桑、楚，是否黄鸟的习性的问题。马瑞辰的看法不是没有道理的。

我们不妨这样考虑，棘，实际上是枣字，古代文字上下偏旁与左右偏旁是一样的。成群的黄鸟，飞到枣树、桑树上吃枣、吃桑葚，自然很快乐，但如果不小心，飞到荆棘丛中，就要受伤害，甚至是致命的伤害，即是所谓“良禽择木而栖”的意思。其实，我们还可以再往深处想，这篇诗说明周、秦文化之间的鸿沟，不是三五代人可以填平的，秦人要适应周文明，有很长的路要走。

诗中的子车氏三良是关中周族人，说明秦诗的作者是土著周人，不是秦人。

晨风

鴥彼晨风，郁彼北林。未见君子，忧心钦钦。如何如何，忘我实多！(一章)

山有苞栎，隰有六駮。未见君子，忧心靡乐。如何如何，忘我实多！(二章)

山有苞棣，隰有树檖。未见君子，忧心如醉。如何如何，忘我实多！(三章)

《序》:“刺康公也。”《副序》:“忘穆公之业，始弃其贤臣焉。”

秦康公名罃，穆公之子，在位12年。说康公忘穆公之业，可通。“始弃其贤臣”,不完全对。

秦穆公名任好,在位39年,是所谓五霸之一,虽曾窥伺中原,但难有进取。他的主要功业是霸西戎,史书说他“益国十二,开地千里”,基本上排除了西方民族对中原的干扰。秦地诗人对此不置一辞,只讲了他以三良从死的事,多少反映了西周旧族的情绪。应该说,他的用人之道是不拘一格的,有名的例子,如五羖大夫百里奚、蹇叔、由余等足以说明。

秦康公当然难与其父相比,他最重大的举措就是同晋人争夺河东、河西之地(《左传》鲁文公七年,秦晋战于令狐;十年,战于河曲)。还有就是,鲁文公十六年与楚人灭庸国。关中周人对他也是不满意的。

《晨风》是抱怨秦人不信任、也不重用土著周人旧族的诗。周旧族余民,以翱翔于北林的猛禽(晨风,鹯、鹞类猛禽)自命,秦人与晋人争夺洛水与黄河之间的地区,对周余民的力量弃置不用,看来是很大的缺失。这里面固然有不同族类、文化异端的问题,也有认定周人衰落不可能有所作为的成见在内,这是令周余民十分伤痛的。“如何如何,忘我实多!”这距“弃捐勿复道,努力加餐饭”,也就只有一步之遥了!(见《古诗十九首·行行重行行》)

无衣

岂曰无衣?与子同袍。王于兴师,修我戈矛,与子同仇。(一章)

岂曰无衣?与子同泽。王于兴师,修我矛戟,与子偕作。(二章)

岂曰无衣?与子同裳。王于兴师,修我甲兵,与子偕行。(三章)

《序》:“刺用兵也。”《副序》:“秦人刺其君好攻战,亟用兵,而不与民同欲焉。”

这是周余民表达自己心声的诗。意思十分清楚,周余民宣言愿意与秦人共享物质财富,至少在和平时期,同袍、同泽、同裳,平等相待;也宣言愿意,在战争时期,拿起武器,为扩展或保卫秦国的疆土而效力,做到同仇、偕作、偕行。

周余民企望消除周、秦两族之间的隔阂,参加秦政权的心情非常迫切。然而,秦人长期对本地周人不信任,却是历史事实。

渭阳

我送舅氏,曰至渭阳。何以赠之?路车乘黄。(一章)
我送舅氏,悠悠我思。何以赠之?琼瑰玉佩。(二章)

《序》:“康公念母也。”《副序》:“康公之母,晋献公之女。(晋)文公遭骊姬之难,未反而秦姬卒。(秦)穆公纳文公。康公时为太子,赠送文公于渭之阳,念母之不见也,我见舅氏,如母存焉。及其即位,思而作是诗也。”

这是秦康公送晋襄公大子公子雍归晋的诗,《序》说不可信。《史记·秦本纪》:“康公元年。往岁穆公之卒,晋襄公亦卒。襄公之弟名雍,秦出也,在秦。晋赵盾欲立之,使随会来迎雍,秦以兵送至令狐。晋立襄公子,而反击秦师。秦师败,随会来奔。”

秦康公的母亲是晋献公的女儿、晋文公的姐妹。晋襄公、公子雍两兄弟都是晋文公的儿子,而公子雍的母亲是秦女,这秦女或许就是秦穆公的女儿怀嬴。秦穆公与晋襄公同年去世,公子雍住在秦国。赵盾想立公子雍为晋君,派先蔑、士会(士会食邑在随范,故称随会)来迎接公子雍。秦康公派兵送公子雍到令狐。哪知晋人变了卦,改立晋襄公的儿子夷皋,即晋灵公,同时赵盾出兵击秦,秦人吃了大亏,先蔑和士会就留在秦国。《渭阳》记的就是这件事。

秦晋婚姻关系相当复杂,按西周的习惯,国君称同姓诸侯为叔伯,称异姓诸侯为舅氏。这里秦康公称将要成为国君的公子雍为舅氏也是正常的。

权舆

於我乎夏屋渠渠。今也每食无余。于嗟乎不承权舆!(一章)

於我乎每食四簋。今也每食不饱。于嗟乎不承权舆!(二章)

《序》:"刺康公也。"《副序》:"忘先君之旧臣与贤者,有始而无终也。"

显而易见,周余民发出《无衣》的呼吁,没有得到任何效果。旧周贵族们最后只能哀叹其衰败和没落。

权舆,应直解为威权、权柄、权力(此说是洪东流先生提出的,见《诗经疑难新解》)。权之舆,犹如说挤上秦国政权这班车。对一个旧周贵族来说,权柄的失落,也就是社会地位,甚至是人格的失落。

高亨解"於我乎"为"呜呼我",极好。诗文浅白,其他不费什么解释了。

《秦风》总说

季札对《秦风》的评论："此之谓夏声，夫能夏则大。大之至也，其周之旧乎？"

关中语音和曲调，就是"夏声"。渭水盆地本来是虞夏族居住的地方。周文王（豳周）和虞夏族的有莘氏（朝邑）合并，又联合姜姓羌族的力量，灭了崇国夏后氏（西安），在渭水流域建立了西周王朝。因此，周人往往自称为夏，周人说的关中方言也就是夏声，亦即《论语·述而》"子所雅言，诗、书、执礼，皆雅言也"的"雅言"（虞夏话）。季札说秦风是夏声，等于说秦风是关中周余民的诗，不是秦人的诗作。

"能夏则大"。在季札看来，秦人入据关中，只有学习和吸收周夏文明，才能够使自已脱离落后的状态，发展强大。"大之至也，其周之旧乎？"这正是周人以一个小邦，学习和吸收了虞夏文明，发展成王朝所走过的道路。

当然，秦国最终发展成秦王朝所走的道路，同周人发展的道路无法相比较。春秋中期，人们对历史发展的道路和规律，还不可能提出什么成熟的见解。唯一可以作为历史发展观的参照系，只是夏、商、周三代的更迭，以及"高岸为谷，深谷为陵"之类的发展观。季札从没有到过秦国，却能够从秦诗看出秦人固有的野蛮文化同周夏文明的冲突，构成秦人发展的重大、甚至是基本的障碍，确实是有独到的眼光的。

事实是，秦人占领关中之后，秦穆公虽曾显现出一代霸主的气度，不拘一格地使用人才，但死后以周族子车氏三良殉葬一事（见《黄鸟》），造成了秦人与周余民之间的感情伤害。秦、周两族风俗、文化的隔阂无法消除，周余民始终被排除在秦国政权之外

(见《权舆》),而终春秋之世,秦人也无法摆脱经济落后,政治上边缘化的状态。季札的评论,不能不说是切中要害的。

"此之谓夏声也",明白指出,《秦风》不是秦声,不是秦人的作品,而是关中周余民的作品。这一点非常重要,汉儒意识不到,搔不着痒处是不足为奇的。秦康公在位 12 年(公元前 620 年—前 609 年),秦诗大约止于康公前期。

《毛诗》将秦风编排在魏、唐二风之后,看来是汉儒贬抑秦人的偏见。《毛诗》的祖本,先秦风然后魏、唐,与当时的地缘观念一致。中国历史从来都称"秦、晋",没有称"晋、秦"的,到今天仍然如此。秦晋、齐鲁指向中心就是中原。

魏 风

魏的来历，在春秋以前说不清楚。《史记·魏世家》始于鲁闵公二年，公元前660年，晋献公灭魏，以封毕万，但这已经是周惠王时候的事了。据郑玄《诗谱》的说法，魏诗都是平王、桓王时候的诗，《魏风》似乎同毕万的魏不相干了。那么，毕万受晋封之前的魏，是什么一种情况呢？是否只是个地名？这是问题之一。

毕万是武王的兄弟毕公高的后裔，是西周的老牌贵族，封于毕，毕原在咸阳原的东部，是豳周的一部分。按理，毕万是有国的，而且称毕万，只能是毕公之族本支的宗族主。我们知道"毕万仕于晋"是鲁闵公元年的事（他为此用《周易》占了一卦，《左传》有记录）。那么，在平王东迁到受封于魏这一段时间里，毕万在哪里？

上古时代的"封国"，大体上有两种情况。一种是王或诸侯征服了一个地方，把自己的亲族"封"到该地去统治。周初的分封就是这样。还有一种是，小族、小国归附大国，向大国朝贡，大国就把小国本来的国土"封"给他。这种"封"，实际只是大国对小国的承认，对小国来说是一种安全的保障，土地和权力没有发生任何变动。《周易·大有》古公朝见武乙，《周易·观》王季朝见武乙，都受了封，便是这种情况。即是说，小国带着自己的土地归附大国，而求得大国的保护，甚至容许小国向邻近地区扩张。

毕万入晋，第二年就受封于魏，很可能就属于第二种封的情况。即是说，入晋之前，毕万之族本来就在魏地，他们是在平王东迁的移民浪潮中从关中的毕原迁过去的。在迁徙途中，大概从郃阳以东渡过黄河，就留在那儿，不再往东。

葛屦

纠纠葛屦，可以履霜。掺掺女手，可以缝裳。要之襋之，好人服之。（一章）

好人提提，宛然左辟，佩其象揥。维是褊心，是以为刺。（二章）

《序》："刺褊也。"《副序》："魏地狭隘，其民机巧趋利，其君俭啬褊急，而无德以将之。"

诗文本来就说得很明白："维是褊心，是以为刺"。但问题在于"褊"是什么意思？为什么处在褊的状态？褊到什么程度？

褊字的本义是衣服狭小，演绎一下就是捉襟见肘，再演绎一下，可以解释为匮乏。由于物质匮乏，就要节俭过日子。本来编织葛屦，缝制衣服，有专门服役之人来作，现在都得夫人、女眷来动手。下霜了还不能换上皮毛的鞋，衣服领子和腰身也要量准尺寸，以免浪费布料。穿衣屦的男人们，也不苛求，有衣、屦穿就行，都成了好人了！

不苛求的人们非但不挑剔，甚至还觉得十分过意不去似的，扭扭捏捏地别上他的象牙发簪（宛然左辟，不好意思地扭过头去）。

为什么会困窘到这种捉襟见肘的境地？在这逃亡的日子里，要如往常一样地讲究就太没有心肝了！

汾沮洳

彼汾沮洳，言采其莫。彼其之子，美无度。美无度，殊异乎公路。（一章）

彼汾一方，言采其桑。彼其之子，美如英。美如英，殊

异乎公行。(二章)

彼汾一曲,言采其藚。彼其之子,美如玉。美如玉,殊异乎公族。(三章)

《序》:“刺俭也。”《副序》:“其君俭以能勤,刺不得礼也。”

毕公之族东迁的路线,可能不是经由渭水河谷平原奔向河南,这条路上难民(包括周平王)太拥挤了,水泄不通,前进极慢(见《王风·君子于役》),而是沿着渭北高地的南沿向东,在郃阳一带渡过黄河进入山西。因此,他们能够占领的只是黄河以东,涑水以北、汾水以南的低湿沼泽地带。“汾沮洳”、“汾一方”、“汾一曲”,汾水从北向南,到新绛作90°转向西流,经河津流入黄河,所以新绛南就是“汾曲”的所在,指的都是这里。

序说“其君俭以能勤”,说对了。湿地人口密度低,资源利用和开发程度也低,穷地方只能过穷日子。“言采其莫”、“采藚”是靠摘野菜度日,“采桑”是解决衣着,其字表示“自己的”。显然,这些劳动,国君毕万身体力行。

“彼其之子,美无度,殊异乎公路!”这个人啊,真是个“好样的”!以“国君”的身份,有谁能像他这样子干。这里的公路、公行、公族,不是官名。是指“处在公地位的这类(路、行、族)人”。

园有桃

园有桃,其实之殽。心之忧矣,我歌且谣。不知我者,谓我士也骄。彼人是哉,子曰何其?心之忧矣,其谁知之?其谁知之?盖亦勿思。(一章)

园有棘,其实之食。心之忧矣,聊以行国。不知我者,

谓我士也罔极。彼人是哉，子曰何其？心之忧矣，其谁知之？其谁知之？盖亦勿思。（二章）

《序》："刺时也。"《副序》："大夫忧其君，国小而迫，而俭以啬，不能用其民，而无德教，日以侵削，故作是诗也。"

要开发"汾沮洳"这种低湿沼泽地，以当时的物质和技术条件，差不多是大禹式的功业。人类从居住在海拔一二千公尺以上的山洞，逐渐降落到五六百公尺的高地和丘陵，中间就经历了好多万年的历史。再下降到将沼泽地改造为适于农耕，并且具备最起码的卫生条件（疫病周期缩短到自然消失）的"平原"，又经历了好多千年的历史。我们所引以自豪的五千年古国文明，严格地说就是在创造"平原"的运动中发展起来的"文明"。明白了这一点，我们就容易理解毕魏移民族群，要想把汾沮洳这样的低湿地改造成具有西周文明生活的"平原"所面临的困难了。

以桃、枣为肴食，只说明沼泽地带资源短缺的状态。要克服这种状态，要将这块不毛的沼泽地改造成有文明的平原，也正是毕万苦心焦虑，到处找族人们商量探讨的主题（聊以行国）。有人说我心高气傲（士也骄），也有人讥笑我不知天高地厚（士也罔极）！他说得不错啊！你以为如何？谁能明白我的心思啊！

陟岵

陟彼岵兮，瞻望父兮。父曰：嗟！予子行役，夙夜无已。上慎旃哉，犹来无止。（一章）

陟彼屺兮，瞻望母兮。母曰：嗟！予季行役，夙夜无寐。上慎旃哉，犹来无弃。（二章）

陟彼冈兮，瞻望兄弟。兄曰：嗟！予弟行役，夙夜必

偕。上慎旃哉，犹来无死。（三章）

《序》："孝子行役，思念父母也。"《副序》："国迫而数侵削，役乎大国，父母兄弟离散，而作是诗也。"

诗序在给学童讲童话故事，上德育课。岵、屺、冈属于丘陵高地。低湿沼泽地，看来在短期内不可能有什么出路。《园有桃》二章说到"聊以行国"，就是要四面考察，了解情况，也向附近当地居民请教，以寻找出路。《陟岵》讲的就是访问丘陵高地的居民。汾水与涑水之间是一个相当广阔的丘陵高地，即现今万荣县所在的高原地带。这是一次非常奇特的访问。

行役"夙夜无已"，"夙夜无寐"，访问和活动都是在夜间进行的。接头的老年人对来访者以子、季相称，其他人则以兄弟相称，态度诚恳热忱。"上慎旃哉"！叮咛嘱咐，千万要小心谨慎。老大娘说，以后还要再来（犹来无弃）！老大爷说，来了不要停留（犹来无止）！兄弟们嘱咐，"夙夜必偕"，来时一定要带随从，不要冒生命危险，"犹来无死！"因为当地的统治者暴虐残忍，千万小心。

毕万亲自登上高地，冒着极大的风险同当地居民接头，摸情况，并且取得了当地父老乡亲们的同情与支持。他干的是地下活动，或者说阴谋活动，目的在于怎样才能带领族人走出"汾沮洳"，谋一条生路。

十亩之间

十亩之间兮，桑者闲闲兮，行与子还兮。（一章）

十亩之间兮，桑者泄泄兮，行与子逝兮。（二章）

《序》："刺时也。"《副序》："言其国削小，民无所居焉。"

夜间接头完毕，天色已亮。趁着妇女们成群出村去采桑忙乱热闹（闲闲、泄泄），当地父老兄弟们护送、掩护他（行与子）穿过居民区撤退（还、逝）。

伐檀

坎坎伐檀兮，寘之河之干兮，河水清且涟猗。不稼不穑，胡取禾三百廛兮？不狩不猎，胡瞻尔庭有悬貆兮？彼君子兮，不素餐兮！（一章）

坎坎伐辐兮，寘之河之侧兮，河水清且直猗。不稼不穑，胡取禾三百亿兮？不狩不猎，胡瞻尔庭有县特兮。彼君子兮，不素食兮！（二章）

坎坎伐轮兮，寘之河之漘兮，河水清且沦猗。不稼不穑，胡取禾三百囷兮？不狩不猎，胡瞻尔庭有悬鹑兮？彼君子兮，不素飧兮！（三章）

《序》："刺贪也。"《副序》："在位贪鄙，无功而受禄，君子不得进仕尔。"

诗序念念不忘的是"君臣之道"，君圣臣贤，他便可以"进仕"了。《伐檀》和下一篇《硕鼠》，都是高地父老兄弟们向毕万诉说他们的疾苦，同时也把西、东周之际的山西高地居民的社会生活留下了一份社会调查的记录。

汾、涑之间的丘陵高地居民的生产活动主要是农耕与蚕桑、狩猎、伐木和木材加工的混合经济。生产规模都不大，可能是受到地貌和地形以及人口数量的限制。农耕与蚕桑，由于生产力低，可能仅供自给，缺口和富余都不会太大。狩猎的业余性质可能占主导地位。木材和木作，则面向平原地区成为重要的经济成分，当然也是经济交换的手段，输出木材和木作制品，以换取各种生活用品和生产工具，特别是金属制品。木制的车轮看来是平原地区最需要的大宗商品，特别是东迁移民浪潮会创造出可观的需求（人流推动了物流）。但另一方面，平原和高地的经济联系的加强，必然增强高地对平原的政治和权力的依赖，也增强了平原对高地的掠夺和剥削。《伐檀》诗提供的社会人类学信息是十分珍贵的。

此诗每章的头三句，是高地居民（对毕万）自述从事伐木（伐檀）、木作（伐辐、伐轮）的作业生涯。“彼君子”是高地居民的君主（大概居住在山下平原），他们不稼不穑，不狩不猎，却过的是富裕生活（不素餐）。他们吃的粮食野味，穿的毛皮，全是从我们这里取走的！

诗人的语气完全是对话式的，“彼君子”是不在场的第三者，说话的是《陟岵》的父老兄弟，听受者就是夙夜来访的毕万及其随从。

硕鼠

硕鼠硕鼠，无食我黍。三岁贯女，莫我肯顾。逝将去女，适彼乐土。乐土乐土，爰得我所。(一章)

硕鼠硕鼠，无食我麦。三岁贯女，莫我肯德。逝将去女，适彼乐国。乐国乐国，爰得我直。(二章)

硕鼠硕鼠，无食我苗。三岁贯女，莫我肯劳。逝将去女，适彼乐郊。乐郊乐郊，谁之永号。(三章)

《序》：“刺重敛也。”《副序》：“国人刺其君重敛，蚕食于民，不修其政，贪而畏人，若大鼠也。”

这只硕鼠，是盘踞在涑水流域的硕大而贪婪，被田里庄稼

(黍、麦、苗)养肥了的大田鼠。这种大田鼠,并不“畏人”。这是比《伐檀》“彼君子兮”高一级的地区统治者。它不仅是丘陵高地人民的灾难的制造者,更是涑水盆地人民的灾难的根源。当地人民恨之入骨,人人心中都考虑着、计算着怎样逃亡(逝将去女,适彼乐土)。这里最需要的,也是当地人民渴望的,是一支解民倒悬的吊民伐罪之师,而这正是毕万夜访高地,从父老、弟兄们那儿获得的最有价值的情报。

涑水盆地,也就是河东地区,是一个开发极早的比较富庶的广阔河谷平原,同时也是黄河中游最早的农业(我黍、我麦、我苗)开发区之一。这里本来是虞舜之族的地盘,所以舜的古迹和传说特别丰富。严格地说,这里才是魏国的地望。毕万是借了晋国的力量,征服了河东,数代之后定都于安邑,成为战国七雄之一的魏国。

《魏风》总说

季札评论说:“美哉! 沨沨乎,大而婉,险而易行,以德辅此,则明主也”。沨沨,是一种“大而婉”的风声或水声,声音宏大而不暴急。大是远大,婉的反面就是暴躁。季札赞美魏毕万的思虑,远大而深入细密。身处“汾沮洳”之地,眼看是没有出路的。总不能永远过“园有桃”、“葛屦”的穷日子。要走出这块低湿、不毛、甚至疫病灾危之地,他深入山村调查,了解到要求得全族的生存,只有占领涑水盆地,除此以外,没有第二条路,这是一条“险而易行”的路。走这条路,需要的是寻找到一定的外力帮助,“辅之以德(德者,得也)”,他(毕万)将是一位有为的君主(则明主也)。

外力的帮助从何而来? 下面《唐风》会告诉你,这就是:毕万入晋。

唐 风

唐，晋国的古称。西周初年，成王封其弟叔虞于唐，唐地在山西翼城（浍河上游）。唐叔虞去世，他的儿子燮父继位就正式改为晋，不再称唐。从那个时候起，晋的统治者称晋侯，爵位比公低一级。公元前770年犬戎灭周，晋文侯便是出兵勤王并护送周平王东迁的东方诸侯之一。

公元前745年，晋文侯去世，儿子昭侯继位，同时封自己的亲叔父（文侯姬仇之弟成师）于曲沃（浍河中游），称为曲沃桓叔。作为晋国侯族的一个小宗分支，对内是晋臣，对外，特别是对东周王朝，曲沃是没有名分和地位的。

曲沃这一支处心积虑要篡夺翼城的晋侯国政权却是十分明显的。从公元前745年到公元前678年，晋国经历了昭侯（在位6年）、孝侯（16年）、鄂侯（6年）、哀侯（8年）、小子侯（3年）、滑侯（28年）六个世代，曲沃则经历了桓叔、庄伯和曲沃武公三个世代，而曲沃每一代都伐翼弑晋君（桓叔指使晋潘父杀昭侯，庄伯伐翼杀孝侯，曲沃武公先后杀哀侯、小子侯，最后灭滑侯），周釐王受厚赂正式命曲沃武公为晋君，称公而列为诸侯，是为晋武公。从此晋君都称公，两年之后（前676年），晋武公去世，传位给晋献公。

曲沃武公灭晋，晋既已被灭，便不可能再有晋诗。《诗经》的编者将曲沃篡晋的诗命为《唐风》，以别于正统的晋，而诗的作者可能是关中移民诗人。

蟋蟀

蟋蟀在堂，岁聿其莫。今我不乐，日月其除。无已大

康，职思其居。好乐无荒，良士瞿瞿。（一章）

蟋蟀在堂，岁聿其逝。今我不乐，日月其迈。无已大康，职思其外。好乐无荒，良士蹶蹶。（二章）

蟋蟀在堂，役车其休。今我不乐，日月其慆。无已大康，职思其忧。好乐无荒，良士休休。（三章）

《序》："刺晋僖公也。"《副序》："俭不中礼，故作是诗以闵之，欲其及时以礼自娱乐也。"

晋僖侯与西周共和同时，《唐风》始于平王东迁之后，晋文侯（公元前780—前746年）死，昭侯立，曲沃桓叔始封。《唐风》排在《魏风》之后，诗中"今我不乐"，指的当是曲沃武公。

《豳风·七月》"七月（蟋蟀）在野，八月在宇，九月在户，十月蟋蟀入我床下"。"蟋蟀在堂"，当夏历九十月间。周俗在夏历十一月（冬至之月）过新年的日子快到了（岁聿其暮）。

日子一天一天地过去（日月其除），正常情况下，这时候所有出公差的人都回自己的家（役车其休），喜气洋洋地准备庆祝新年了。但我却没有快乐的心情（今我不乐）。心中经常想的（职思，《尔雅》"职，常也"）和忧虑是自己当前的处境（其居、其外、其忧），也没有条件大办丰盛的年节（无已大康）。只顾欢乐而不事开拓（好乐无荒），荒，是《周颂·天作》"天作高山，大王荒之"的荒。有为之士（良士），怎能安心？瞿瞿、蹶蹶，都是警惕、不安心的意思。休，是个否定词，休妻（离婚）的休，不要的意思，休休，强调否定的意义。一个有为之士，绝不能"好乐无荒"。

桓叔一支，本来居于翼城，虽说被封（迁）于曲沃，形同放逐，十分不满。"无已大康，职思其居；职思其外；职思其忧"，不但物质条件不如在翼城，连过新年的排场都大不如前；而且在晋国内部、在诸侯国之间也失去了名分、地位，因而感到十分压抑。这就是《古诗十九首之十二·东城高且长》所说的“《蟋蟀》伤局促”的“局促”之义。

山有枢

山有枢，隰有榆。子有衣裳，弗曳弗娄。子有车马，弗驰弗驱。宛其死矣，他人是愉。（一章）

山有栲，隰有杻。子有廷内，弗洒弗扫。子有钟鼓，弗鼓弗考。宛其死矣，他人是保。（二章）

山有漆，隰有栗。子有酒食，何不日鼓瑟？且以喜乐，且以永日。宛其死矣，他人入室。（三章）

《序》：“刺晋昭公（当做昭侯）也。”《副序》：“不能修道以正其国，有财而不能用，有钟鼓不能以自乐，有朝廷不能洒扫，政荒民散，将以危亡。四邻谋取其国家而不知，国人作诗以刺之也。”

诗序的说法不错。此诗讲的是《蟋蟀》的对立面，翼城晋侯大宗本支。曲沃桓叔之族由于受压抑而锐意进取，而翼晋之族却无所用心、没有作为，眼看着“政荒民散，将以危亡”。衣裳、车马、廷内、钟鼓、琴瑟、酒食等，都是诸侯国应有之器（治国的手段），国君运用这些“器”以行治国之“道”。翼城好几代晋君，有其器而无其道，空有其国，不亡何待？序说基本意思是对的。

屈万里取宋人王质之说“此劝友人及时行乐之诗”；程俊英认为“这是一首讽刺守财奴、宣扬及时行乐的诗”。朱熹则说“此诗盖以答前篇之意而解其忧”。都不得其旨。诗只能一篇一篇地读，但《诗经》却不能一篇一篇孤立地去理解。

扬之水

扬之水，白石凿凿。素衣朱襮，从子于沃。既见君子，云何不乐？（一章）

扬之水，白石皓皓。素衣朱绣，从子于鹄。既见君子，云何其忧？（二章）

扬之水，白石粼粼。我闻有命，不敢以告人。（三章）

《序》："刺晋昭公也。"《副序》："昭公分国以封沃，沃盛强，昭公微弱，国人将叛而归沃也。"

风诗中，有 3 篇《扬之水》，一在《王风》，一在《郑风》，此篇是第三。前两篇都以离散（不流束薪）取义。本篇的背景虽是翼晋（翼城）与沃晋（曲沃）之间的分裂，但讲的却是聚合，曲沃武公招纳移民族群，汇合成一股激荡的洪流（扬之水），冲破一切阻力，以夺取翼城晋国的政权。

诗中的沃、鹄都指曲沃。鹄，读皋，与沃都有沼泽义（马瑞辰说）。"从子于沃"，"从子于鹄（皋）"，是说移民族群的首脑人物们在曲沃武公（诗文的"子"、"君子"都指曲沃武）处聚会。"既见君子，云何其忧"？移民首领们都接受曲沃的领导，尊武公为主公，无不高兴地表示（云），"还有什么怀疑和不放心的"？"何其忧"，当读"其何忧"？并且都异口同声表示，对此保守机密（我闻有命，不敢以告人）。"扬之水，白石凿凿"，有指白石为誓的意味。为了颠覆翼城晋国，曲沃武公招纳了一些移民族群的头领，结成了一个政治阴谋集团（不敢以告人）。

这里的"扬之水"是一条纲，总括下面《椒聊》、《绸缪》，喻意就是曲沃（唐）会合众多关中先后移民族群，形成一股强大的力量，实行篡晋。

椒聊

椒聊之实，蕃衍盈升。彼其之子，硕大无朋。椒聊且，远条且！（一章）

椒聊之实，蕃衍盈匊。彼其之子，硕大且笃。椒聊且，远条且！（二章）

《序》："刺晋昭公也。"《副序》："君子见沃之盛强，能修其政，知其蕃衍盛大，子孙将有晋国焉。"

方玉润《诗经原始》说"忧曲沃盛而晋微也"，基本上对。但诗文没有"忧"的表示，却有惊叹的意思。那家伙（彼其之子），阴谋越搞越厉害（笃），势力也越来越大。这个集团就像花椒树（椒）那样，枝条纠结（聊，枓也），果实一抓就是一大把（盈掬、盈升）。移民诗人惊叹其势力伸张得又快又远（远条且），这个阴谋集团当然包括了《魏风》的毕万之族。

绸缪

绸缪束薪，三星在天。今夕何夕？见此良人。子兮子兮，如此良人何？（一章）

绸缪束刍，三星在隅。今夕何夕？见此邂逅。子兮子兮，如此邂逅何？（二章）

绸缪束楚，三星在户。今夕何夕？见此粲者。子兮子兮，如此粲者何？（三章）

《序》："刺晋乱也。"《副序》："国乱，则昏姻不得其时焉"。

这篇诗讲晋之乱，刺不刺，不必去管他。至于“婚姻不得时”是汉儒“思有邪”，想歪了。

什么地方想歪了？首先，“绸缪”，字从糸，本义是丝或丝织物互相缠绕、束缚，引申为情爱（男女情意缠绵）、感情或有约束力的义务，都得称绸缪。其次，《诗经》中的“良人”都不指妇人的“老公”，《秦风·黄鸟》“歼我良人”指的是给秦穆公殉葬的子车氏三良，他们都是良人、有为之人（《蟋蟀》的良士，即有为之士），与他们的夫人无关。而且，一章讲“良人”，二章讲“邂逅”，偶然遇合，三章讲“粲者”美男子，都情意缠绵地在三更半夜像柴草似地捆在一起，说这是“思无邪”，恐怕只有鬼才相信！

《绸缪》讲的是，为了“乱晋，”曲沃武公同移民族群的首脑或代表人物，筹谋（绸缪，同音同义。成语“未雨绸缪”的绸缪，就是下雨之前先筹谋把房顶的茅草捆扎好，以防漏雨）了一整夜，从三星在天开始协商，到三星在隅，直到天亮，最后才达成互相有约束力的协议，统一了阵线（绸缪束薪、束刍、束楚）。大概曲沃方面对未来政权的组织、权力分配，作出了相当重要的让步，移民领袖们表示十分满意。一章，移民称曲沃武公为良人，有“开明的好人”的意思。二章认为这是难逢的机遇（邂逅）。三章赞美曲沃武公的“魅力非凡（粲者）”。“子兮子兮，如此粲者何！”如此魅力，能不令人心折吗？东迁到山西的移民族群都团结在曲沃周围了。形成了“扬之水”似的洪流，凿凿白石，可以为证。

附带说一句，后来晋国各重要家族（六卿）轮流执国政的原则，有可能就是这次协商会议确定下来的。总之曲沃“唐”室和一些重要移民族群的政治命运，联结（绸缪）在一起了，目的在篡夺翼城晋室的政权。本篇诗旨在刺“乱晋”，不是刺“晋乱”。

杕杜

有杕之杜，其叶湑湑。独行踽踽。岂无他人，不如我同父？嗟行之人，胡不比焉？人无兄弟，胡不佽焉？（一章）

有杕之杜，其叶菁菁。独行睘睘。岂无他人，不如我同姓？嗟行之人，胡不比焉？人无兄弟，胡不佽焉？（二章）

《序》："刺时也。"《副序》："君不能亲其宗族，骨肉离散，独居而无兄弟，将为曲沃所并尔。"

《扬之水》、《椒聊》、《绸缪》的结果就是翼城晋室政权完全被孤立，就像孤零零的一株结着苦涩小果的野棠梨，没有任何依凭，只好任由曲沃晋室的宰割吞并了。

"独行踽踽"是无所亲，"独行睘睘"是无可依靠。"岂无他人，不如我同父、同姓"？世间上，难道除了像我兄弟、亲族这类人之外，就没有其他人了？"行之人"，是行走、流动、迁徙的人，这里指"移民们"，为什么不辨别善恶、是非（"胡不比焉"？比，取比较，比照义），"胡不佽焉？"不来帮助我这个没有兄弟的人，而去帮助他呢？比与佽有一定的逻辑关系，有比较才能决定被帮助的对象。

显而易见，功利主义战胜了以血缘为基础的伦理道德。

羔裘

羔裘豹袪，自我人居居。岂无他人，维子之故。（一章）

羔裘豹褎，自我人究究。岂无他人，维子之故。（二章）

《序》："刺时也。"《副序》："晋人刺其在位，不恤其民也。"

朱熹说“此诗不知所谓，不敢强解”。只因他孤立地一篇一篇读“诗”，就诗论诗，而不是读《诗经》，“经”是纺织品的贯串前后、上下“纬”的纵向线索，没有它就成不了幅。在读诗的问题上，朱熹的反历史主义是明显的缺失之一。至于他对男女淫奔的偏见，就不必细论了。

风诗有 3 篇《羔裘》，一篇在《郑风》，这是第二篇，还有一篇在《桧风》。3 篇《羔裘》都描写官僚大夫。

本篇讲翼晋的大夫，只会穿着袖口镶着豹皮的华美羔裘，自我欣赏（居居、究究地以富贵骄人）。他们口里还说是为了晋君才留在公庭，否则早就改换门庭了。总之，这是一批衣架饭囊式的废料，尽是亡国之臣。

鸨羽

肃肃鸨羽，集于苞栩。王事靡盬，不能蓺稷黍。父母何怙？悠悠苍天，曷其有所！（一章）

肃肃鸨翼，集于苞棘。王事靡盬，不能蓺黍稷。父母何食？悠悠苍天，曷其有极！（二章）

肃肃鸨行，集于苞桑。王事靡盬，不能蓺稻粱。父母何尝？悠悠苍天，曷其有常！（三章）

《序》：“刺时也”，《副序》：“昭公之后，大乱五世。君子下从征役，不得养其父母，而作是诗也。”

翼晋君主都称侯，故昭公应作昭侯，除此之外，诗序的说法是对的。

鸨羽、鸨翼、鸨行，集于树木林地，象征调集人民，长期抗御曲沃不断地杀伐和频繁搔扰（“王事靡盬”的王，指翼城晋君）。这些

“无所、无极、无常”的警报和征集，令举国上下都无法正常生活，无法进行有序生产，也就“不得养其父母”。

曲沃杀伐造成翼城晋国的五世之乱，依次是曲沃桓叔杀晋昭侯；曲沃庄伯弑晋孝侯，晋人立鄂侯；鄂侯卒，哀侯立，曲沃武公虏哀侯，晋人立哀侯之子为小子侯；武公杀小子侯，晋人复立哀侯之弟缗。最后武公灭晋之前，曲沃派去占领翼城的军队，都被晋人打退。这些变乱，发生在公元前739—前678年。

无衣

岂曰无衣七兮？不如子之衣，安且吉兮。（一章）
岂曰无衣六兮？不如子之衣，安且燠兮。（二章）

《序》：“美晋武公也。”《副序》：“武公始并晋国，其大夫请命于天子之使，而作是诗也”。

这篇诗虽然只有短短的几句话，却相当重要，因为诗人说出了当时社会的一个真实的重要思想，至于作者是不是武公的大夫，倒无所谓。

诗人说得很明白，武公并晋之后，把晋国的宝器献给周僖王求封，问题不在于天子封爵时赐给的衣七、衣六（指公服、侯服），问题在于朝服穿起来，令人“安且吉”、“安且燠”。曲沃处心积虑吞并翼城，最后虽然成为现实，一直都遭晋人的反对和抗拒。为了能够切实进行统治，取得王朝天子的承认，也就取得了一件合法的外衣。正是这件合法的外衣让篡逆者“安且吉”、“安且燠”，因为面对天子之命，人民不顺服也得顺服，别无选择了。另一方面，对衰微的周室，也提供了一个继续存活下去的理由，因为周王还在一定程度上掌握着“合法性”这张牌。齐桓、管仲“尊周室”的原因正在于此。

有杕之杜

有杕之杜，生于道左。彼君子兮，噬肯适我。中心好之，曷饮食之？（一章）

有杕之杜，生于道周。彼君子兮，噬肯来遊。中心乐之，曷饮食之？（二章）

《序》："刺晋武也。"《副序》："武公寡特，兼其宗族，而不求贤以自辅焉。"

序说与诗旨相反。有，指示冠词。那株孤零零地生长在道左（和道周）的野棠梨（杕杜）。这是指那些还游离在唐晋（合并之后的晋国）之外的移民族群。"彼君子兮，噬肯适我"，那位君子（移民首领）肯定（噬、实，音同）想参加我们的政权。我也真希望他能来，何不设宴招待他？

曲沃并吞晋国，得到周王朝的承认，声势大盛，一些游离在"扬之水"集团之外的移民族群，纷纷参加晋国政权，唐晋开始成为大国。

葛生

葛生蒙楚，蔹蔓于野。予美亡此，谁与？独处！（一章）
葛生蒙棘，蔹蔓于域。予美亡此，谁与？独息！（二章）
角枕粲兮，锦衾烂兮。予美亡此，谁与？独旦！（三章）
夏之日，冬之夜，百岁之后，归于其居。（四章）
冬之夜，夏之日，百岁之后，归于其室。（五章）

《序》:“刺晋献公也。”《副序》:“好攻战,则国人多丧矣。”

序说可取。晋武公受封,不到两年就去世了,儿子诡诸继位,即晋献公(公元前676—前651年)。献公在位期间,战争频繁,有人统计过,23年中凡11战(姚际恒《通论》引用)。总的来说,诗《序》谬论极多,但也有很发人深思的。《葛生》的序,叫我们应从宏观的角度看,“好攻战”不是指某一次战争,而是献公时期所有的战争。春秋初叶晋国形成时期的战争,主要是两类,一类是攻灭华夏族国的战争,如《左传》所载的:晋侯作二军以灭耿、霍、魏;晋师灭下阳、围上阳灭虢、执虞公;另一类是对付戎狄的战争如:伐骊戎(取骊姬之役);使太子申生伐东山皋落氏;晋里克败狄于采桑等。晋的扩张(迁都于绛),始于献公时期,而春秋另一个移民大浪潮:狄族(山西土著民族,也就是唐、虞时代的三苗)大规模进入中原,也基本上始于这一时期。这一切,都不是某一个君主的恶行,而是宏观的历史必然。序的看法,当然比朱熹夫子“妇人以其夫久从征役而不归”,只凭直觉,就诗论诗,高明得多了。

葛生,葛之生也。“葛生蒙楚(蒙棘),蔹蔓于野(于域)”,葛、蔹这些蔓生植物的生长,必定要向各种地域延伸,犹如新建诸侯国的扩张,是历史的必然。“予美亡此”,这就是我所爱的人一去不归的原因。亡此,亡于此,亡不必是死难,去而没有音讯也是亡。“谁与?独处!”我只能孤独无伴地生活!每夜独自守着角枕锦衾到天亮!“夏之日,冬之夜”,“冬之夜,夏之日”,年复一年,就这样从夏到冬,又从冬到夏,只有魂归离恨之天,才能再相聚了啊!这是一篇令人肝肠寸断的诗。

采苓

采苓采苓,首阳之颠。人之为言,苟亦无信。舍旃舍

旃，苟亦无然！人之为言，胡得焉？（一章）

采苦采苦，首阳之下。人之为言，苟亦无与。舍旃舍旃，苟亦无然！人之为言，胡得焉？（二章）

采葑采葑，首阳之东。人之为言，苟亦无从。舍旃舍旃，苟亦无然！人之为言，胡得焉？（三章）

《序》："刺晋献公也。"《副序》："献公好听谗焉。"

这诗刺听谗，很少有不同意的。但方玉润提出，诗人没有明说，怎么知道他在讲骊姬向晋献公进谗的事呢？所以程俊英也说："的确，从诗中看不出具体背景，毛序恐怕是牵附其事。"其实，这个问题，不难回答。

这是《唐风》的第12篇，前面11篇诗就是它的背景；而十五国风则是《唐风》的背景；《诗》三百篇则是十五国风的背景；当然，西周灭亡到春秋的历史也就是《诗经》的背景。倘若你不看题目"马嵬"，只读诗文，你怎么知道李义山的"海外徒闻更九洲"讲的是唐明皇同杨贵妃的故事呢？

《诗经》是一个整体，不是"周诗三百首"的选集。旧时代学人，往往遍注三百篇诗，但不注《诗经》，就像许多《易》学大师，讲解了六十四卦，每卦都讲得很精彩，很玄妙，深不可测，但没有讲《周易》，最终支离破碎，成了不成片段的七宝楼台，道理是一样的。

骊姬向晋献公进谗，是晋国有名的故事，不须细说。她进谗目的在于除掉非她所生的晋献公前妻的儿子，即太子申生、公子重耳和夷吾，为自己的儿子奚齐和卓子争继承权扫清道路。她进谗的手段十分高明。第一步假装识大体，劝献公重视太子申生的培养和地位，因而取得献公的信任。第二步在申生献给晋献公的胙肉中下毒，造成悖逆大案，太子申生被迫自杀。第三步诬陷重耳、夷吾事先与太子申生串通，迫两位公子逃亡国外，为奚齐、卓子取得君位继承权让路。骊姬的阴谋，在当时有目共睹，尤其是在参加晋国政权的移民大族中，大家都心知肚明。像追随重耳出亡的狐偃、赵衰等精英人物，想骗过他们是不可能的。移民诗人吟咏一件众人皆知但又高度忌讳的重大政治事件，画龙而不点睛，这才是诗人艺术的高超之处，否则，欣赏什么呢？“胭脂泪，相留醉，几时重？自是人生长恨水长东！”又有哪个字讲到赵宋灭了南唐呢？能怪李后主作《相见欢》不交代具体背景吗？

苓，甘草，是生长在干旱草原的植物。话说上首阳山顶去采苓，有谁能相信？苦，即苦荼，是水生的野菜，在首阳山坡下能找得到吗？葑，是蔓菁，田圃里普遍栽种，谁还到首阳东麓去采葑？

“人之为（读伪）言”，这些骗人的鬼话，居然还有人相信（“信”指献公相信骊姬为太子说的好话）；居然还有人站在她的一边（“与”，指献公照骊姬所设的圈套对待太子申生）；居然还听由她进一步陷害别人（“从，读纵”，指纵容骊姬更进而诬陷重耳、夷吾）。不听她的（舍旃，舍之），也没有什么了不得的。这样，“人之伪言，胡得焉？”谎言还能得逞吗？诗人想说的就是这些。

《唐风》总说

《唐风》讲曲沃篡晋依靠的是移民族群的力量，周僖王对既成事实给予承认，晋献公大事扩张。这些都是公元前651年以前的诗作。

关于《唐风》，季札的评论是：“思深哉！其有陶唐氏之遗民乎？不然，何忧之远也？非令德之后，谁能若是？”这几句话，骤然听起来,令人摸不着头脑。季札到底想说什么?他认为《唐风》12篇诗作者们的目光志向很深很远,不可泛泛视之。难道是陶唐盛世遗民的作品?若非他们的祖先曾经有大功于人民(令德之后),建立过大事业,见过大世面,他们怎能写得出这样"思深忧远"的作品?至于"有陶唐氏"云云,只是衬托而已。他赞美这些篡逆者"思深忧远",这才是主要的。

《国风》到了秦、魏、唐,移民族群与原地诸侯的政治关系,由"扬之水,不流束薪"的模式转变为"扬之水,绸缪束薪"的聚合模式。秦、晋与卫、王、郑的历史进程是完全不同的。至于齐、鲁(豳),关中移民族群被融合了。

《国风》的编排次序,首先是"二南",这是正统派。其次是卫、王、郑,主要是宗法崩溃,"王纲解纽"。然后是齐、鲁和秦、晋,地缘上分别是从东向西,又从西向东,这两个方向,是争夺黄河中、下游的方向,也是一种人文地缘向心运动的方向。后世讲地理、人文地缘,总是说"齐鲁","秦晋",从没有人说"鲁齐"、"晋秦",这个话语习惯,大概就是这样形成的。

陈、桧、曹,无论从地理区划或人文地缘看,都只是黄河中、下游的边缘力量,难以在动荡的春秋格局中起什么作用。

陈　风

陈国的政治中心在现今河南淮阳县，传说这里是太皞伏羲氏之墟，据《史记·陈杞世家》陈是虞舜的后裔，周武王灭殷之后所封之国。

虞舜是一个很古老的民族，可能是唐尧族的一个分支。尧居平阳，在山西汾水流域的中游地区生活，襄汾考古遗址可能就是唐尧族的遗迹。虞舜族从唐尧族分出来之后，生活在晋南涑水流域的中下游、中条山以西地区，所有关于舜的活动地点，基本上都在这里。随着人口的扩张和迁徙，虞舜族的势力伸张到渭水盆地的东部，另外一支则从中条山以东沿沁水南下进入河南的伊洛流域，成为夏禹族。虞和禹都以虎为族徽族名。禹、虞同音，虞是仰天大吼的虎，禹是大写的虫，大虫就是老虎，而古史往往虞夏连称，战国作家所写的远古史，就称为《虞夏书》。

虞夏人同周人的关系很深。周文王就是通过分化虞夏族的夏后和有莘，同有莘合并，才占领渭水盆地，武王则由此进入中原灭殷，建立周王朝。周人以关中方言为"官话"，这种官方语言就叫做"雅言"。"雅"的反切，也就是虞夏两个字"切音"的结果（现代人称为"拼音"，古代人称为"反切"）。《大雅》、《小雅》就是用关中方言写作，用虞夏语音协韵和吟唱的诗篇。

然而讲"雅"言的并不局限于关中地区，因为我们从语言学的角度去思考的话，中国上古时代应该存在一个"虞夏语系"，关中方言只是其中的一个分支。另一方面从夏禹族在河南活动的情况看，在上古时代河洛、伊洛、汝颍地区都是这一语系的地域范围。黄河北岸不清楚，但黄河南岸就应包括周、郑、许、陈等，有可能东面延伸到安徽，而东北面直到商丘（宋人迁去之前），甚至更远。陈国之封，就在"虞夏语系"圈内。但有意思的是，语系圈与文化圈并不叠合，其间关系怎样，等等，问题十分庞大而复杂。《陈风》将是一个极好的个案，或许是又一个美妙的潘多拉盒子，谁知道呢？

下面我们来读《陈风》的10篇诗。

宛丘

子之汤兮，宛丘之上兮，洵有情兮，而无望兮。（一章）
坎其击鼓，宛丘之下。无冬无夏，值其鹭羽。（二章）
坎其击缶，宛丘之道。无冬无夏，值其鹭翿。（三章）

《序》："刺幽公也。"《副序》："淫荒昏乱，游荡无度焉"。

《序》说不可取。幽公相当于西周共和时期，而此诗当作于周平王东迁初期，大约陈平公（公元前777一前755年）的中后期。诗人描述西周虞舜旧族东迁移民，初到陈国，对当地民俗不习惯，既觉得新奇，又要谨慎的心态。没有刺谁的意思。

"子之汤兮"，汤，即荡字，游玩。子，游伴。到了一个新地方，总要参观游玩，看看风物人情。淮阳城南路东的宛丘，是个名胜，自然非去游玩不可。"洵有情兮"指当地的人，大都热情奔放，但与男女爱情无关。

无望，屈万里说"即周易之无妄"，十分高明。《说文》："妄，乱也"。《周易·无妄》之卦，讲的是关中大旱，初即位的周文王组织抗旱救灾，有条不紊，毫不慌乱（说见拙著《周易：追寻失落的文明》p139）。"而无望（妄）兮"，（对方热情洋溢）你可不要乱来啊！尤其是不要想入非非！

二章、三章讲当地居民爱好音乐和舞蹈，动不动就敲盆打鼓，在宛丘之下，大路之旁，就拿着羽毛或羽扇，婆娑起舞。关中风俗，跳舞是重要礼仪，拊缶而歌则是发泄胸中郁闷（考槃）。民风相异如此，不可不慎，否则要惹乱子的！

东门之枌

东门之枌，宛丘之栩。子仲之子，婆娑其下。（一章）
榖旦于差，南方之原。不绩其麻，市也婆娑。（二章）
榖旦于逝，越以鬷迈。视尔如荍，贻我握椒。（三章）

《序》："疾乱也。"《副序》："幽公淫荒，风化之所行，男女弃其旧业，亟会于道路，歌舞于市井尔。"

诗人记录陈地巫、觋之风盛行的风俗。

陈邑（淮阳）东门的枌树（白榆）下，宛丘的栩树（栎）下，这些有名的公共场所，子仲氏之子经常在那儿跳神。诗人点名"子仲之子"说明这是陈国的有名有氏的家族成员，子指男性或女性均可，解为男觋，没有问题。二章讲另一位跳神的有名人物"南方之原"则明显是女巫，因为她是挑选了吉利的日子（榖旦，吉日；于差，精心挑选），放下绩麻（主要是妇女的作业）的日常工作，到市集上跳神。南方之原，是南方土著的原姓家族成员。

三章讲的是巫术跳神的受众及其效应。受众观看跳神表演，接受巫术的感应往往会令人产生亢奋、迷醉的心理或精神状态，"视尔如荍"，荍，锦葵，花色红紫，形容人的面红耳热，指的就是看过了跳神表演之后（榖旦于逝，逝就是表演完毕）产生的这种兴奋状态。她（受众女）将一把胡椒或花椒放在我（受众男）手里，"越以鬷迈"，我们便一起向往常聚会的地方走去。

这是一篇活泼细腻的杰出诗作，同时又是一篇极有价值的原始宗教学调查报告。

衡门

衡门之下，可以栖迟。泌之洋洋，可以乐饥。（一章）
岂其食鱼，必河之鲂？岂其取妻，必齐之姜？（二章）
岂其食鱼，必河之鲤？岂其取妻，必宋之子？（三章）

《序》："诱僖公也。"《副序》："愿而无立志，故作是诗以诱掖其君也。"

衡门，如果单从字面解，就是横门。《毛传》说："横木为门，言浅陋也。"横木为门，是实在的，只是一座木结构的门，门的宽度（横、衡）比高度大，而且是独立的一座门。言浅陋也，却不一定。那么，这是一座什么门？这是一种标志性的门，立在上山的山路口，就是山门，立在通向寨子的路口，就是寨门，而在市镇内也往往在通衢要道口，设立人们称为"牌楼"之类的木结构的门，作为城区的标界物。这里的"衡门"应是陈邑（古淮阳城）城内通衢要道口的一座木结构的标界性的牌坊，就像老北京的西单牌楼、东四牌楼一类的"门"。

虞舜族的移民来到淮阳，经过对当地人民的风俗习惯考察、了解和评估，认为各方面条件都还不错，"衡门之下，可以栖迟"，他们就决定聚居在陈邑的衡门区的周围，不再三心二意地再寻找更合适的生活环境了。食鱼、取妻，说的只是族群生活需要解决的重大问题，就地都能解决，又何必弃此他求？

东门之池

东门之池，可以沤麻。彼美淑姬，可与晤歌。（一章）

东门之池，可以沤纻。彼美淑姬，可与晤语。（二章）

东门之池，可以沤菅。彼美淑姬，可与晤言。（三章）

东门之杨

东门之杨，其叶牂牂。昏以为期，明星煌煌。（一章）

东门之杨，其叶肺肺。昏以为期，明星晢晢。（二章）

《序》："《东门之池》、《东门之杨》，刺时也。"《副序》："《东门之池》，疾其君子淫昏，而思贤女以配君子也。""《东门之杨》，婚姻失时，男女多违，亲迎女犹有不至者也。"

《东门之池》、《东门之杨》两篇诗的内容相连接，又都是《衡门》的续篇。既然重大生活问题都可以就地解决，取妻的对象，何必非齐姜、宋子不可？其实不用远求，就在近旁的东门内的沤麻池畔，就经常可以遇到美丽活泼的姑娘，她们不会拒绝同你谈笑厮混（晤语、晤言），给你唱歌（晤歌）。等到产生了感情，人约黄昏后的事（东门之杨），便水到渠成了。

从《宛丘》开始，到本篇都是描写移民族群初到陈邑的实际生活，主导思想是如何适应新的环境，入乡随俗。用正统儒家意识来看，大概应该是"以夷变夏"吧！

以上诗篇都作于陈平公时期。

墓门

墓门有棘，斧以斯之。夫也不良，国人知之。知而不已，谁昔言矣。（一章）

墓门有梅，有鸮萃止。夫也不良，歌以讯之。讯予不顾，颠倒思予。（二章）

《序》"刺陈佗也。"《副序》:"陈佗无良师傅,以至于不义,恶加于万民焉。"

移民诗人评述陈佗篡位的事件。陈国世系从陈平公起进入春秋,平公八年,周平王东迁。平公在位23年,传位于陈文公在位10年;传位给陈桓公在位38年,去世时是公元前707年。陈佗是文公的儿子、桓公的弟弟。桓公病重,逝世之前,陈佗杀了桓公的太子陈免,夺取了政权,陈国大乱。大概前后不到一年,就被陈佗的母家蔡国(蔡桓侯)出兵平乱,杀了陈佗,立陈免的弟弟陈跃,是为陈厉公。史书对这一事件的记载,细节略有出入,但事件经过大要如上述。

"墓门",说法不一,有说是陈邑城门,有说是墓道之门,也有说是虚指(兴也,借题发挥)。墓门是城门(胡承珙《毛诗后笺》)的说法不可取,试问,称为墓门的城门,你会从这门进进出出吗?我看这是指陈桓公(陈鲍)病且死,快要进入的墓门。

陈桓公临死,进坟墓之前,本应先处理好后事。"墓门有棘",就该用斧子将它砍除(斧以斯之,斯:读"析",以斤伐木)。但他没有清除墓门之棘。"夫也不良",那条汉子不是个好东西,谁个不知?却放任他不管(知而不已),那是谁的过错?(按:昔字有两种读法。一读 xī,如惜;一读 cuò,如措、错。"谁昔然矣"当读 cuò。)

二章:陈鲍墓门的梅树上,还蹲着一只恶鸟猫头鹰。"夫也不良,歌以讯之",此人不好,早就有人委婉地发出过警告(以歌代言,是间接地说,因为有疏不间亲的顾虑)。讯予不顾(不顾予讯),你把我的话当耳边风。颠倒思予,现在想我的话也没有用了。提出过警告或劝谏的人,应是移民族群的头面人物。

防有鹊巢

防有鹊巢,邛有旨苕。谁侜予美?心焉忉忉。(一章)

中唐有甓,邛有旨鹝。谁侜予美? 心焉惕惕。(二章)

《序》:"优谗贼也。"《副序》:"宣公多信谗,君子忧惧焉。"

这篇诗,马瑞辰《传笺通释》的讲法比较可取,试申其义。

鹊巢,就是《召南》"维鹊有巢,维鸠居之"的鹊巢,指封君或诸侯的爵位及其权力,这里指陈国的君位。防,堤防,河堤。鹊巢不在树上而筑在河堤上,反常的事。

苕是水草,鹝是绶草,都是湿地植被。邛,丘也。邛有旨苕、邛有旨鹝,高地上长着肥美(旨)的苕、鹝。又是反常的事。

《尔雅》"庙中路谓之唐",中唐就是居中的大路。甓,砖瓦。庙堂前居中的大通道堆着砖瓦,而没有人管,更是不可能的事。

"谁侜予美?"美,不要解为美女、美人。这句话应读"谁美侜予",美是动词,赞美,称美。侜,诳骗。谁能用赞美上述的反常事来骗我(侜予)呢? 把坏事说成好事,骗不了我,却令我忉忉、惕惕地忧心焦虑!

陈佗杀桓公的儿子(太子免)而自立,蔡人杀陈佗而立陈免之弟陈跃为陈厉公。厉公在位7年之后,其弟陈林、陈杵臼与蔡人共杀厉公而立林,是为陈庄公。这一连串像走马灯式的弑立,说明这个营于堤上的鹊巢无法稳定,又怎能令移民族群放心得下,莫非又得重新踏上征途,寻找安身立命之所?

月出

月出皎兮,佼人僚兮。舒窈纠兮,劳心悄兮。(一章)
月出皓兮,佼人懰兮。舒懮受兮,劳心慅兮。(二章)
月出照兮,佼人燎兮。舒夭绍兮,劳心惨兮。(三章)

《序》:“刺好色也。”《副序》:“在位不好德,而说美色焉。”

《序》说近似。这篇诗讲的是陈厉公的风流冤孽和悲惨的结局。《史记·陈世家》“厉公取蔡女,蔡女与蔡人乱,厉公数如蔡淫”。“(厉公陈跃之弟)林、杵臼共令蔡人诱厉公以好女,与蔡人共杀厉公”。

诗中的佼人,指美人计中的“好女”,当然不止一位。在皎洁月光之下,有僚而窈窕的,有懰(俏丽)而懮受(举止从容)的,更有燎而夭绍(身段柔软)的。而厉公的享受也就由俏而慅、而惨了!

株林

胡为乎株林? 从夏南! 匪适株林,从夏南! (一章)
驾我乘马,说于株野。乘我乘驹,朝食于株。(二章)

《序》:“刺灵公也。”《副序》:“淫乎夏姬,驱驰而往,朝夕不休息焉”。

到株林去干什么? 诗文指明了“从夏南”,而且陈灵公这段丑闻,言之有据,所以对《序》说历来没有异议,连力主废《序》的朱熹也不例外。

前面说过,陈厉公死于淫乱,继位的是他的弟弟陈林,即庄公在位 7 年。继位的是历公最小的弟弟陈杵臼,即宣公。宣公在位 45 年,再传两世(穆公和共公)才到灵公。陈灵公在位 15 年,他被夏徵舒射死是在公元前 599 年。

诗中的夏南,就是夏徵舒,子南是他的字。他的父亲御叔是陈国贵族公子夏的儿子,因此,夏南妫姓,夏是他的氏。他的母亲夏姬是郑穆公的女儿，姬姓而嫁给夏氏，所以称夏姬。株，是夏氏之邑。陈灵公和孔宁、仪行父两位大夫都同夏姬通奸，而且不相避讳。

《株林》讲的就是他们君臣三人，公然一起到株林夏家与夏姬饮酒行乐的事。每章诗的前两句讲灵公，后两句讲二大夫。他们的无耻丑行，诗人也就不多说了。

株邑，马瑞辰说在今河南柘城县，程俊英说在今河南西华县西南。

泽陂

彼泽之陂，有蒲与荷。有美一人，伤如之何！寤寐无为，涕泗滂沱。（一章）

彼泽之陂，有蒲与蕑。有美一人，硕大且卷。寤寐无为，中心悁悁。（二章）

彼泽之陂，有蒲菡萏。有美一人，硕大且俨。寤寐无为，辗转伏枕。（三章）

《序》："刺时也。"《副序》："言灵公君臣淫于其国，男女相说，忧思感伤焉。"

《株林》讲灵公、孔宁、仪行父三个人的无耻行为，《泽陂》讲夏姬。

诗每章的前四句描写夏姬之美。丰容（俨）盛鬋（鬈），风姿绰约有如泽陂蒲草丛中的荷、蕑、菡萏。后二句说她情欲旺盛，难以满足。"寤寐无为"，上了床什么事都不干，就"涕泗滂沱"、"中心悁悁"、"辗转伏枕"，闹得慌。你说能拿她怎么办呢（伤如之何）？对这样一个大美人，曾引起许多议论，陈子展作了一些考证（见

《诗三百题解》p524)，她的风流事确实不少，无关宏旨，这里就不多说了。

《陈风》总说

季札评论："国无主，其能久乎？"直话直说，不费解释。鲁哀公十七年，即公元前479年，楚惠王灭陈。

桧 风

桧国是一个很古老的小国，妘姓氏族，属于南方祝融八姓之一。何时立国以及传国世系都无可考。《汉书・地理志》说“桧国在豫州外方之北，荥播之南，溱洧之间”，今河南密县东北五十里接新郑县界有郐城。桧与荥阳附近的东虢相邻。

《国语・郑语》说，周幽王时期，内部矛盾激烈，时局动荡。郑桓公为司徒，问于史伯：“王室多故，余惧及焉。其何所可以逃死?”史伯向他建议：“其济洛河颍之间乎。是其子男之国，虢桧为大。虢叔恃势，桧仲恃险，是皆有骄侈怠慢之心，而加之以贪冒。君若以周难之故，寄孥与贿焉，不敢不许。周乱而弊，是骄而贪，必将背君。君若以成周之众，奉辞伐罪，无不克矣。若克二邑，邬、弊、补、舟、依、柔、历、华（共八邑），君之土也”。桓公依计而行，于幽王九年寄贿，十一年死难。平王东迁，桓公之子武公出了大力。及至虢桧负约，武公即以王命兴师灭之，兼十邑而有之，郑以是壮大。整个经过，恰如史伯所说。

羔裘

羔裘逍遥，狐裘以朝。岂不尔思？劳心忉忉。（一章）
羔裘翱翔，狐裘在堂。岂不尔思？我心忧伤。（二章）
羔裘如膏，日出有曜。岂不尔思？中心是悼。（三章）

《序》：“大夫以道去其君也。”《副序》：“国小而迫，君不用道，好洁其衣服，逍遥游燕，而不能自强于政治，故作是诗也。”

方玉润《诗经原始》说这篇诗“伤桧君贪冒，不知危在旦夕也”，不错。《国语》说：“虢叔恃势，桧仲恃险，是皆有骄侈怠慢之心。”虢叔所恃的势，是周王朝的老牌贵族，社会地位崇高。桧仲所恃的“险”，只是行险侥幸。

“羔裘”指桧大夫，“狐裘”指国君桧仲。“羔裘逍遥、翱翔、如膏”，大夫们除了穿戴整齐之外，无所事事。这是因为那穿着狐裘坐朝的国君徒有其表。“狐裘”除了“以朝、在堂”之外，没有任何举措，没事人一个。

“岂不尔思？我心忧伤”，“我”是大夫们自述，“尔”指桧仲。郑伯寄存财物是件大事，大夫们和桧仲当然都不会忘记。但只要一想起这件事，大夫们便“劳心忉忉”，心里盘算，如何应付；“我心忧伤”，心中充满忧虑；“中心是悼”，悼，恐惧战栗，提心吊胆地过日子。

诗人借大夫们（羔裘）的满怀心事，衬托出“桧仲恃险而骄侈怠慢”。事情的结局，就如《郑语》史伯所说过的，不差毫厘，我们都知道了。

素冠

庶见素冠兮，棘人栾栾兮，劳心慱慱兮。（一章）
庶见素衣兮，我心伤悲兮，聊与子同归兮。（二章）
庶见素韠兮，我心蕴结兮，聊与子如一兮。（三章）

《序》：“刺不能三年也。”

《序》说也对也不对。不能3年，指桧仲夫人不能守3年之丧，这说对了；但妻应为夫守3年之丧是汉代人的见解，春秋初年并没有这种制度。

素冠、素衣、素韠，是男子吊丧时的穿戴，不是丧服。这位吊丧的男子是郑武公，而死者是郑灭桧之役中死难的桧仲，丧主是桧仲夫人叔妘。《国语·周语中》富辰谏周襄王以狄女为后，曾说："郐(之亡也)由叔妘，"韦昭注引《公羊传》："先郑伯有善乎郐公者，通于夫人，以取其国"。即是说，郑武公在灭桧之前就与桧仲夫人(叔妘)有奸情。桧仲之丧，郑武与叔妘借吊丧的机会，自然又再会面了。

棘人，马瑞辰说是女子自谓。棘，瘠同音，是肥硕的反面。当时妇女以肥硕为美，"硕人"就是美人。女子自称"棘人"，当是自谦之辞，犹如自称"贱妾"。一章，叔妘自称棘人，即二三章的我。恋恋(栾、恋字通)、慱慱、伤悲、蕴结，都是叔妘讲自己的心绪。"聊与子同归"、"聊与子如一"，叔妘向郑武提出了进他家门的要求，"你不如这就带我回家，我们从此不再分开"。

无论从哪一个朝代的律法看，这案发生在寻常百姓身上，就是一个奸夫淫妇谋杀亲夫的刑事大案，汉儒认为可议的只是，"不能为亲夫守三年之孝"！朱熹《诗集传》也说："祥冠，祥则冠之、禫则除之。今人皆不能行三年之丧矣，安得见此服乎？当时贤者庶几见之，至于忧劳也"。汉儒、宋儒，同一个鼻孔出气，不知道照天理人欲，又该怎样说？其实都无所谓，重要的只是，郑武、桧仲、叔妘都是统治阶层，只能议"礼"，不可论"刑"，无论汉、宋，这是一致的。

隰有苌楚

隰有苌楚，猗傩其枝。夭之沃沃，乐子之无知。(一章)
隰有苌楚，猗傩其华。夭之沃沃，乐子之无家。(二章)
隰有苌楚，猗傩其实。夭之沃沃，乐子之无室。(三章)

《序》:"疾恣也。"《副序》:"国人疾其君之淫恣,而思无情欲者也。"

《隰有苌楚》,郑武公同意将新寡的叔妘(前桧夫人)娶进家门。

苌楚,蔓生植物,旧解称阳桃,程俊英说是猕猴桃,极有可能是对的。猗傩即婀娜,沃沃本义为肥美,这里虽然讲猕猴桃的枝条柔软,花美果肥,实际上是形容叔妘的温柔和妩媚。

"无知",固然不能解为没有情欲,也不能解做不识愁苦。知,治,是管辖,或被管辖,即知县、知府、知事的知,也就是《周易·临·六五》"知临(临民而治),大君之宜"的知。"乐子之无知",现在可好了,没有人管着你了。"无家"、"无室",也无家室之累了。一句话,你自由了,就跟了我吧!

朱熹说:"政烦赋重,人不堪其苦,叹其不如草木之无知而无忧也。"完全是信口开河,序说高明多了。

匪风

匪风发兮,匪车偈兮。顾瞻周道,中心怛兮。(一章)
匪风飘兮,匪车嘌兮。顾瞻周道,中心吊兮。(二章)
谁能亨鱼,溉之釜鬵?谁将西归,怀之好音!(三章)

《序》:"思周道也。"《副序》:"国小政乱,忧及祸难,而思周道焉。"

《序》说得灵活,不能算错。方玉润说:"伤周道不能复桧也。"这近乎冬烘老儒生的空议论了。郑《笺》"周道,周之政令也",不错。郑武公灭桧、灭虢,本来就是打着周天子(平王)的旗号,甚至还借用了周王的兵力进行的。《郑语》史伯说得很清楚:“以成周之众,奉辞伐罪。”即是奉王命,以王师旗号行讨伐。

彼车、彼风,讲的是郑武矫王命,王师的声势,偈、嘌是声,发、飘是势。“中心怛兮”、“吊兮”,怛,训恐惧,或令人恐惧;吊,就是提心吊胆的吊。一、二两章都是说,郑武手里拿着周道(王命)行征伐,其声势令人震惊。

三章的讽刺意味就十分浓厚了。是谁亨鱼(即烹鱼,古亨、烹字通)? 是郑武。洗锅、涮锅的是谁? 周平王! 班师西归成周(虢、桧在洛阳之东)的时候,还不会忘记(怀,不忘记)报上大大的功劳吧!

《桧风》总说

《桧风》4 篇诗,讲郑伯灭桧的事,十分清楚,朱熹的反历史主义没有道理。吴季札对这 4 篇诗没有评论,可能是因为桧国太小,无足轻重。但从历史社会意识来看,是有它的重要意义的。挟天子以令诸侯的事,不始于齐桓的“尊周室”,真正的始作俑者,开此风的是郑桓、郑武两代郑伯。

这 4 篇诗的作者,可能是郑国的移民诗人,应附入《郑风》。按郑玄所作《诗谱》的次序,《桧风》排在卫、郑之间,不无道理。这或许也是季札不予置评的理由之一吧!

曹 风

曹邑在今山东省定陶县，是周武王之弟叔振铎的封国。鲁哀公八年（公元前 565 年）为宋所灭，这已是春秋末期的事了。郑玄《诗谱》说："其民犹有先王遗风，重厚多君子，务稼穑，薄衣食，以致畜积。夹于鲁卫之间，又寡于患难，末时富而无教，乃更骄侈。"曹虽小国，平王东迁时，可能收容了一部分关中周族的移民。曹诗共 4 篇。

蜉蝣

蜉蝣之羽，衣裳楚楚。心之忧矣，于我归处。（一章）
蜉蝣之翼，采采衣服。心之忧矣，于我归息。（二章）
蜉蝣掘阅，麻衣如雪。心之忧矣，于我归说。（三章）

《序》："刺奢也。"《副序》："昭公国小而迫，无法以自守，好奢而任小人，将无所依焉。"

蜉蝣，是一种水生小昆虫，卵及幼虫在水中生活时间比较长（一年或更长），成虫有翅，成群在水边飞行，生活时间只有一两天，或更短，交尾后产卵水中便死去，因而有朝生暮死的说法。

移民初到曹邑（定陶），观察当地情形及民间风俗而作此诗。以蜉蝣比喻曹国，言其弱小。曹国虽然不能说富裕，当地人包括贵族，只穿麻而不能穿丝绸，外表光鲜整洁，没有露出贫穷困乏的形迹。三章"蜉蝣掘阅"。掘阅，当地方言可能是个绵联词，与"麻衣如雪"，衣裳楚楚、采采并举，掘阅当是赞美蜉蝣的羽翼的光鲜之词。

由于曹国弱小,令人担忧。为今之计,也只好先住下来(处,息,说、通税)再说。

《汉志》所说的曹人遗风,与诗人描写的曹国民风基本上是相符合的。此诗当系曹惠公后期(惠公去世在公元前760年,东迁在前770年)的作品。

候人

彼候人兮,何戈与祋。彼其之子,三百赤芾。(一章)
维鹈在梁,不濡其翼。彼其之子,不称其服。(二章)
维鹈在梁,不濡其咮。彼其之子,不遂其媾。(三章)
荟兮蔚兮,南山朝隮。婉兮娈兮,季女斯饥。(四章)

《序》:"刺近小人也。"《副序》:"共公远君子而好近小人焉。"

候人,是道路迎送宾客官吏,是个品秩不高的文官,其职责本来只管送往迎来,不是武装人员。但曹国的候人之官,却荷戈与祋(殳),带着武器上班。"彼其之子,三百赤芾",你别小看这个小官(之子),他抵得上三百名穿赤芾的大夫。

梁,筑在水中用以捕鱼的土坝。你看他的模样,就像一只站在鱼梁上的鹈鹕,翅膀不沾一点水,洁净光鲜。说老实话,他的服式同他的地位不相称。这个"不相称",是因为他衣裳楚楚,麻衣如雪,却荷戈与祋,文不文,武不武,模样滑稽。

这只站在鱼梁上的鹈鹕,它的大嘴不湿水。执勤就专心执勤,绝不想着怎样同女孩子胡搞(媾,交媾)的事。

晨早远望曹邑南山,彩霞满天(荟兮蔚兮)。那位对他(候人)情意绵绵的姑娘,有饥荒好打了。

这是移民诗人眼里的，春秋初年曹国的本来面貌，政简民易，人民忠厚朴实。

鸤鸠

鸤鸠在桑，其子七兮。淑人君子，其仪一兮。其仪一兮，心如结兮。（一章）

鸤鸠在桑，其子在梅。淑人君子，其带伊丝。其带伊丝，其弁伊骐。（二章）

鸤鸠在桑，其子在棘。淑人君子，其仪不忒。其仪不忒，正是四国。（三章）

鸤鸠在桑，其子在榛。淑人君子，正是国人。正是国人，胡不万年！（四章）

《序》："刺不一也。"《副序》："在位无君子，用心之不一也。"

鸤鸠，"其子七"与"淑人君子"，指曹国的上层统治者。君子指曹君；淑人指国君的近亲（兄弟、儿子），他们都或多或少地参与执政。国君与淑人之间"用心不一"，就容易发生弑立的事，"其仪一兮，心如结兮"，用心同一，就团结一致。这是诗人对现实时局的评论。

周平王东迁及移民浪潮发生在公元前770年，即曹惠公二十六年。10年之后，惠公去世，儿子石甫继位，君位还未坐稳就被其弟姬武弑而代立，就是曹穆公。穆公在位只3年便去世，儿子（名终生）继位，就是曹桓公。桓公在位时间长达55年，才传位给儿子射姑。因此，春秋前期，曹国发生最大的变乱，就是穆公的弑立，而诗人的议论也是针对这一事件而发。

曹，国弱民贫，上、下都不富裕，差不多可以说，“在贫穷面前，人人平等”。君子淑人争夺君位，争的什么？“其带伊丝，其弁伊骐”，争得来的只是一根腰间的丝带，和头上一顶皮帽（弁），如此而已。“其仪不忒”，除了君子（国君）的丝腰带与皮帽子之外，根本看不出他们（淑人君子）之间有什么区别（忒，更也）。

只要他们都用心正派，“正是四国”，他们简直可以作四方诸国的榜样。因为这是四方诸侯都办不到的。远的不说，曲沃篡晋，鲁隐公被杀，宋华父督弑宋殇公，跟着就是齐桓的兄弟争立，都先后发生在这个时期。

“正是国人，胡不万年！”一个国君能够让本邑的国人安定正常地生活，人民就自然祈望他能够长生久视。

春秋前期，曹国没有发生太大的动乱，惠、穆、桓、庄四世国君，除穆公篡弑只统治了 3 年外，惠公在位 36 年、桓公在位 55 年、庄公 31 年。大概到了僖、昭、共之世，曹国才逐渐卷入春秋齐宋晋卫的征伐争霸矛盾中，出现混乱的局面。因此，这篇诗可以肯定是桓、庄时期的作品。

下泉

冽彼下泉，浸彼苞稂。忾我寤叹，念彼周京。（一章）
冽彼下泉，浸彼苞萧。忾我寤叹，念彼周京。（二章）
冽彼下泉，浸彼苞蓍。忾我寤叹，念彼京师。（三章）
芃芃黍苗，阴雨膏之。四国有王，郇伯劳之。（四章）

《序》：“思治也。”《副序》：“曹人疾共公侵刻下民，不得其所，忧而思明王贤伯也。”

小国寡民，光有“淑人君子，正是国人”，是不足以独善其身的。在四方诸侯大国环伺的形势之下，国际间的秩序需要有王的中央权力来维持。西周王朝有“监、牧”的制度，监是定点定员，牧是流动的或临时派遣。前者如应侯（武王的儿子，封地在河南鲁山县东的应乡，以监督成周东南的诸侯国）。后者如《大雅·烝民》的仲山甫。据《毛传》，诗中的郇伯，曾是周王朝的牧。

郇伯，据《左传》僖公二十四年，富辰的说法是“文之昭也”，可能是文王18个儿子中最小的，封地郇在山西省临猗县西南，传世铜器金文写作“筍”。《今本竹书纪年》昭王六年，有“王锡郇伯命”的记载。诗四章说“四国有王，郇伯劳之”，就是说，让四方诸侯遵行王政，就要辛苦像郇侯这样的牧伯才行。

然而，现今曹国所面对的形势和过去完全不同了。曹庄公二十三年（公元前679年），齐桓公始霸。春秋霸权主义兴起，强凌弱，众暴寡的冷酷无情，给人的感觉犹如被冰冷泉水浸灌的野禾、野蒿，难以存活。曹国在齐、晋、宋之间，被伐，国君被俘、被囚的事不绝于书，一直到春秋之末，鲁哀公八年（公元前487年），宋景公灭曹，杀曹伯阳，曹绝祀。

昔日主政的王朝、京都今何在？到哪里去找当年为监督四方诸侯而辛劳的郇侯牧伯呢？“忾我寤叹”，想到这些，叫人怎能睡得着觉而不慨然长叹呢？移民群体投依曹国，感到前途越来越渺茫。

这篇《下泉》，大约作于晋文公伐曹、虏共公以归之后。

《曹风》总说

读者朋友们请注意，《史记》有《曹叔世家》，附在《管蔡世家》后面，而没有在30篇世家中单独列出，在《太史公自序》中也没有提及。

在吴季札观乐时，鲁太史所掌握的《诗经》版本，《曹风》被编在国风的最末。季札对曹诗不作评论。其实，《曹风》虽然只有 4 篇诗，而且基本上没有进入曹国历史的具体细节，但我们应当看到它们有一定的代表性。

这 4 篇诗，《蜉蝣》讲小国人民的朴实风俗，《候人》讲简陋的行政方式，《鸤鸠》讲贵族统治者之间相对质朴平和，内部矛盾尖锐对立的情况较少，《下泉》讲春秋中期大国霸权主义的兴起，小国难逃灭亡绝祀的命运。

春秋前期，像曹这样的小国数量不少，可能以三位数计算，它们的情况和历史命运，与曹国大同小异。因此，《曹风》实际上是春秋前期小国大历史的概括。

叁 诗心雕龙

十五国风，160篇诗，讲述了西周灭亡之际，陕西关中居民在西周王朝各级宗族率领下向峭山以东、黄河下游各主要诸侯国迁徙的历史过程。史称“周室东迁”或“平王东迁”。其实，《国风》明白告诉我们，周室、平王东迁只是一次大移民浪潮中很小的一部分，百六十篇诗中王风只占10篇，而且王朝政治的分量很轻，重要的是讲述二南、卫、郑、齐、鲁（豳）、秦、晋（魏、唐）、陈等国移民族群与受迁国的复杂关系的诗。

从政治角度看，二南与王风应归在一起，因为周、召二族最终入东周（召南的江汉之浒、周南的淮南之地都入楚），回归正统。但从地域角度看，秦人则进入渭水下游，王（包括二南）、卫、郑、曹、桧、晋、鲁都在黄河中下游，而齐、陈处其边缘。因此，黄河中下游是移民浪潮的重心所在，是十分明显的。

黄河是中华民族的母亲河，但真正孕育我们这个民族的是黄河中、下游。按照地理学界的共识，从源头起到宁夏青铜峡，位于青藏高原的这段黄河是流域的上游。流经黄土高原，包括鄂尔多斯高原和山陕黄土高原的黄河段是中游。河南省三门峡以下黄河进入华北大平原到出渤海口的河段是下游。这个地理学上的华北大平原（地质学上称为华北陆缘沉降盆地），北以燕山，南以伏牛山、大别山，东以鲁西山地，西以太行山为界。而大规模地将我们中国人带进这个大平原的正是春秋的大移民浪潮。

15个周夏族团的迁移，是这个移民浪潮的重要或主要组成部分，我们无法量化。而且移民决不是一次性的，后续还有较小规模的余波，陆续从关中泾洛下游渡黄河进入山西，或者从崤、函通道进入河南。这些资料零散，很难形成一个更完整、更确切的“春秋移民大浪潮”概念了。我们可以尝试的是，依据《诗经·国风》对春秋的移民社会进行一些探讨。

周夏族团从关中向黄河中下游的迁移，按照当时的标准，是从一个经济、文明发达地区向不发达的地区迁移。渭水中下游的关中地区是西周的政治经济的重心，周人在这里经营了两百多年，是当时农耕业最发达的地区，也是最先进的文化中心之一。

关中以东的黄河中下游，实际上只有河东（山西的汾涑流域）、河南（伊洛和汝颍流域）、河内（黄河北岸以东至太行山南麓），即所谓三河地区，称得上农耕经济区。河东开发最早，是虞舜族的居住地。河南很早就是虞夏族的地区，夏禹治水主要就在河南。河内本来是殷盘庚之族的发祥地，入周以后是卫国的所在地。这三个地区的经济发达程度是远不如关中地区的。除此以外，还有一些农耕的中心，如晋、鲁、邢、齐等，但规模和发达程度要小得多了。概括地说，到西周灭亡，黄河中下游的未开发的地域比重很大，甚至春秋中期，仍然是“地广人稀”；至于已开发地区则由于生产力的长期停滞，效率低下。

关中周夏族团逃亡进入黄河中下游，大致有两种情况。第一种情况，西周的强宗大族依赖血缘亲族关系，直接奔赴东方的诸侯国，如周南，邶鄘卫，齐、豳鲁、陈、曹等都是。第二种是没有诸侯亲族可依附，必须靠自己创立一个生存空间，另谋发展的族群，如召南、郑、魏、唐（从翼城迁曲沃）等。但不论哪一种情况，他们大体上都是由富裕安乐转变为贫穷困顿，由掌握威权降为寄人篱下，由“礼乐”文明世界走向粗鄙野蛮。不论翻开哪一国的风诗，你都会感到浓烈的失落感扑面而来。

旧诗学有过一个“正变说”（大概是郑玄提出来的），有人反对，有人赞成，评说不一。其实，这只是“美刺说”的经学表述而已。汉儒论诗，爱说“美”、“刺”，百六十篇风诗中，《毛诗》称美诗只有 17 篇，而刺诗竟达 78 篇。诗人美、刺，也不外乎对人与事的得和失、满意和不满意、喜好与憎恶的评判而已。诗人之所美就是正，诗人之所刺，就是变。而所谓“正”，即是西周王朝的正统；“变”即是西周王朝的变异或异端。汉儒论事，依据的是经学的标准，我们将在后面再讨论，暂且不谈。

诗人美正而刺变，是“人之常情”，未可厚非的。试问，当一个族群失去了他们的富裕安乐（正）的生活环境而突然要面对贫穷粗野（变），失去了作为王朝“礼乐文明”统治者的社会政治威权（正），而被迫依附于那些不发达的、近乎草莽的外服诸侯（变），情绪上能不发生抵触吗？这种由富到贫，由正到变，也就是从得到失，从贵到贱的巨大落差，深刻抵触（刺），《国风》诗中，可谓无处不在。

西周王朝虽说在黄河中下游地区建了不少外服诸侯国，但除了少数如鲁、卫等大国的农耕经济有一定的规模之外，齐（还有宋）的混合经济中农耕的比重不大，其他的中、小邑落式的诸侯国大概只能满足于自给。移民的大规模流入，人口密度的突然增加，自然马上就会产生一个生活空间和生活资源的再分配的问题。由于地广人稀，生活空间问题好解决，但在短促时期之内，生活资源就是个大问题。《王风·黍离》的“知我者谓我心忧，不知我者谓我何求”？当然不是无病呻吟。

新建的移民国，郑还处在“斩之蓬蒿藜藋”（《左传》昭公十六年)的阶段;魏人面对着“汾沮洳”,只能靠桃、枣度日。至于地处淮、汉的二南,尤其是召南,就是采集狩猎经济的回归,《采蘩》、《采蘋》,《驺虞》可以为证。

总而言之,移民浪潮向黄河中下游倾泻,第一个重大的后果就是迁移族群的贫困化,还在各种不同程度上导致移民接受国的贫困化。人口密度的增大,即使经济总量有所增长,但只要其增长速度,落后于人口增长速度,整个黄河中下游周夏国、族的贫困化是不可避免的。

在农业社会中,解决生活资源短缺最基本的办法是推广垦殖。然而在生产力低下的条件下,垦殖的过程总是局部的和缓慢的。这实际上是整个黄河中下游地区农业化的过程。采取生活资源再分配的办法,资源的短缺可以在短期内得到某种程度的缓解,但却激化了各个社会阶层的矛盾,直至彻底摧毁了原有的社会层级结构。这就是西周宗法社会的崩溃,而《国风》为我们作了最好的描述。

一、周人的封和建

周人的政治制度是由“封、建”和“宗法”两种规则相结合组成的。封和建不是一回事,不要说成“封建”。

“封”是周王把王室直接管辖的领土(王畿或畿内),划出一块,交给周王自己的血缘亲族同辈或长辈成员,或血亲小辈中立了事功的成员,作为领地,由领主经营管理。领主向王室缴纳贡、赋,军事上服从调遣并临时承担特定的政治义务,这些义务主要由王室确定,有一定的随意性。这种“封”(即封闭的)有确定的连续疆界,领地疆界内有邑、有村庄、有田、山川树木、道路、和血缘上不属于领主本族的当地劳动人口(庶人)。领地的封闭性质,除了王的威权之外，保障了它的不可侵犯性，同时也表明它是不可以逾越而随意扩展的，由此产生的政治经济实体，称为“邦”或“封邦”。邦的领主称“封君”或“邦君”。

“建”是王命在畿外建国，受命建国者称为“国君”，也就是设置外服诸侯。国的本字是國，本义是有城墙和武装人员守卫的邑，城墙之外的郊和野没有确定的界限，只要国君有实力，可以随意扩张和开发垦殖（没有封闭义），直至建立次一级的（规模更小）带或不带城墙的邑，称为“都（诸邑二字合写）”。分建的都，听命于一个始建的国邑，就是一个诸侯国，而所有国君都是开创西周的先公先王以及历代时王的直系血缘亲族。周初建国，就是在王畿周边设置军事和政治据点，既保卫王畿的安全，又是王朝向外扩张的出发点。因此，国的幅员和疆界都不确定。

宗法制度是为了保障“邦、国”结构而创设的，也只对“封君”和“国君”适用。宗法制度似乎很复杂，但原则只有三条。第一，只有受王封和建的封君和国君才能称“宗”，或者说建立宗族（立宗）。第二，这样建立的“宗”是按“嫡长继承”原则延续的，而宗的继替都必须经由时王确认才能生效。第三，每个宗的非嫡长子弟，都可以在王的政役中立功受王封赐而立宗，相对于本宗（大宗本支）来说是“小宗”。各小宗祭祀自己始封的“祖”，但在大宗主持之下，联合下级各宗，定期祭祀大宗本支的始封的“祖”。这样，大宗和各级小宗形成了一个垂直统属的“宗统”。这个宗统的世次级别体现为“昭穆”序列。这个序列是一个宗族不同世代受王封或建的序列。由于只有受王封或建才能立宗，因而“昭穆”是立宗之后才有资格参加的宗统序列。王朝所有的宗统序列，就是所谓的“周行”。例如，按直系王世，王季是“太王之昭”，文王、虢仲、虢叔是“王季之穆”，武王是“文之昭”，成王是“武之穆”，康王是“成之昭”，昭王是“康之穆”……。在一个宗统内，你只要一说是

"某人之昭或穆",马上就可以确定你在某宗统中排行的位置、地位(行)。

按照上述三条原则建立起来的宗法系统(周行),就是周王朝的政权系统。这首先是一个由领地构成的平面结构。王朝直接统治的土地划分为领地(邦),领地有确定的幅员和疆界,由受封的领主(邦君)管辖。其次,在领地结构之上建立一个垂直的宗族结构。每个邦的邦君都是一个宗族的宗主,由于所有受封的宗主都是周王族的血缘亲族,因而每个现行的宗主的血统最后都可以上溯到文王、武王、成王三世的始立的"宗"。文、武、成三世所立宗族的本支都是大宗,后世所立的宗都是他们的分支,而每个大宗的分支延续就成为该宗的宗统,都受大宗的统属。周王朝廷管理所有的大宗,而每个大宗统辖自己的各级分支小宗。这是王畿以内的政权层级设置情况。

王畿以外的诸侯国邑,只是一个军事设防的居民点。由于距离遥远,因而有一定的独立性,在地理区划上可以自由扩张,从始建的国邑以远,设置都邑,封、建国君自己的直系亲族,仿照王朝政治,按宗法建立自己的宗统。

"封、建"和"宗统"相结合,"封、建"是政区的划分,"宗统"是通过血缘亲疏(昭、穆)序列确定政权层级序列。这是周人所创立的中国第一个国家的政权组织形式。这种政治制度实施了两百多年,终于被春秋移民洪流完全摧垮了。代之而起的就是战国时期逐渐形成的"郡县制"。郡县结构取代了邦国结构,君臣关系取代宗统。

宗统是西周"王政"的基础。主管宗统的大臣就是组织和人事部的部长,在最早期的王朝官制是"作册"。凡是周王册命(封、建)仪式,必有作册在场,他是"太史寮"的重要成员之一,属于史官的行列。当然,西周的官制随着历史的发展而复杂化,人数也越来越膨胀，作册有时同内史重合，而且组成班子，由长官作册尹或内史尹领班，地位显赫，例如康王时就有“作册毕公”（毕公是老牌贵族，成王逝世时的顾命大臣之一）的记载。[①]

法则的设立，既是为了执行，也是为了“不执行”。一般地说，上述的宗法制度在王畿之内，在“封”的政体中执行、贯彻的情况会好一些，错误也易于纠正；在外服诸侯国中执行贯彻以及错误的纠正就难得多了。我在《齐风》的前言中提到西周中期齐国的变乱就说明，诸侯国的宗法结构远比畿内封邦的宗统结构脆弱。

西周制度的败坏，即宗法的败坏，大抵越到后期就越普遍，也越严重。虽然西周历史的研究，空白甚多，但从《诗经》的美、刺、正、变，也可以看到一些迹象。在汉代经学家的眼里，74 篇《小雅》诗中，美诗只有 4 篇，刺诗 45 篇；31 篇《大雅》诗中，美诗 7 篇，刺诗 6 篇。《风》、《雅》合计 265 篇诗中，美诗 28 篇，刺诗 129 篇，刺诗是美诗的四倍多[②]。关于《雅》诗，讨论起来有一定的困难，特别是《小雅》（今天还不能说完全读懂）。这里，只就《国风》作进一步讨论。

“周、召二南”，作为回归正统的典型，被认为起着典范作用的，主要是周南。而所谓正统，就是维护宗法、坚持礼乐文明与尊崇王权。

从宗法正统的角度看，《鼓钟》是一篇很重要的诗。流亡到淮水中游蒋国的周公之族，是直系继承周公旦的大宗本支。尽管第一代的继嗣者明保是周公旦的小儿子，而蒋国的国君是明保的哥哥，但蒋氏之族仍然是小宗。显然，长幼之序只在家族自然状态

① 请参阅：王国维《观堂集林（卷六）“释史”》；张亚初、刘雨著《西周金文官制研究》，第 34—36 页，“作册尹、作册”。《周礼》有“春官宗伯”，但这是战国时诸侯相王之后的作品，是搜集春秋官制合编的手册，不是西周官制的实录。

② 请参阅：朱东润《诗三百篇探故》，第 95 页，“诗心论发凡”。

之内适用，在王命封、建之下，政治的宗族大小之序取代了家族内部的年齿长幼之序。但这里问题还不那么简单，因为周公之族的流亡，是受周幽王贬抑的结果，而受命作尹为大宗则是康王时代的事。蒋族自愿居于小宗地位，发誓永不更改(《鼓钟》四章"以籥不僭")，多少表明了，时王(幽王)可以贬抑甚至免除大宗的政治、行政权力，剥夺其采邑和俸田(理论上保留封邑)，但在社会身份方面，仍然尊崇文、武、成等先王的成命。最明显的例证就是周公之族仍然使用文王的"辟雍"之乐祭祀大宗本支的始祖周公旦。换言之，物质上的贫富系于时王，而出身血缘的贵贱系于先公先王，贵贱之别就体现在"祭统"①上面。

捍卫了宗统，也就维护了礼乐文明。《鼓钟》、《关雎》都讲"礼乐文明"。"礼、乐"就是行什么礼，用什么乐(唱哪篇诗、跳什么舞)，"文明"就是按照社会政治身份不同、场合不同而有不同的明确规定。祭祖是吉礼，周公之族便当鼓钟。君子好逑是嘉礼，则"琴瑟友之"，"钟鼓乐之"。钟鼓是庙堂的音乐，诗句中乐字读yào，是在庙堂隆重庆祝的婚礼，不只是叫她快乐(读lè)，更重要的是彰显她的周公之族的宗主夫人的身份地位。

尊崇王权是回归正统的必要的一步，既是手段，也是目的。《汝坟》不避艰难险阻从淮南奔到雒邑，觐见蒙尘中(王室如燬)的天子，犹如见到父母一样，"父母孔迩"。由于"既见君子，不我遐弃"，公子、公姓、公族的地位都得到恢复了。《麟之趾》"吁嗟麟兮"，同现代人见了面说"恭喜发财!"差不多。

《周南》告诉我们，按宗法论，王朝世族的大宗本支，先于同族

① 本宗的始封君作为本宗的始祖受祭，而本宗始祖在同一血缘氏族中的世代(昭穆)次序地位是确定了的，不能向上逾越或任意变动。这样的祭祀系统就是"祭统"。祭统解决谁祭谁和怎样祭的问题。

的诸侯公族，大宗邦君先于诸侯国君。这些原则得到维护，只有周公之族一个实例。召公之族没有这个问题，因为江汉之浒的召南本来就是召伯的领地，召氏之族是大宗本支。其他亲族投靠召南（见《召南·草虫》），都是小宗，不可能挑战大宗的领导地位。

二、大泽龙蛇

关中王畿失陷，王室及周夏族群东迁，最直接的后果就是西周"封邦"领地结构的瓦解，而邦族迁移的洪流又对接受移民的国族的脆弱宗统结构，给予致命的冲击，最终导致整个宗法社会的崩溃，即古人所谓的"礼崩乐坏"。当然，这个社会政治结构的崩溃过程很长而且十分复杂，但《国风》给我们提供了一部精彩绝伦的"动画片"，在中华文化史上是绝无仅有的（或许只有《周易》可以比拟）。这部《国风》动画片所描绘的就是黄河中下游各式宗统破败和重新组合旋涡中的成功者和失败者的故事。成则为龙，败则为蛇，所以我称之为"大泽龙蛇"。

在宗法社会消亡的过程中，实际上十五国风就是15个典型或模式，而不同的模式的历史分量是不一样的。对这15个典型按历史分量，我们不妨作如下的排列："周、召二南"，"邶、鄘、卫"，"王、郑（附加桧）"，"魏、唐"。至于齐、鲁（豳），以及秦、陈、曹，相对而言，在春秋初期（至少在齐桓称霸以前）是边缘现象，不起主导作用。

《周南》体现的宗法正统，我们在前面已讨论过了。《卫风》反映的情况就大不一样了。逃亡到卫国的康叔之族的大宗本支居卫之北鄙（邶地大概在太行山东麓，安阳与邯郸之间）。《邶·柏舟》怨气冲天，说的是邶君在卫侯的朝廷中没有地位，"愠于群小"，由于失位"胡迭而微"。邶君以卫康叔大宗本支的身份，却不允许穿黄裳，只能披着杂色的绿衣，参加卫侯主持的祭祀典礼。按宗法论，上下贵贱全颠倒过来了。想想古代历史的人事变迁，不吃眼前亏，《绿衣》说“俾无訧兮”是上策。然而，就连远嫁的妹妹，临别也勉励我不要忘记历代祖先辉煌的历史（《燕燕》“先君之思，以勖寡人”）。抚今思昔，心思如何能平静？

其实，邶君要捍卫自己大宗本支的宗法地位，不无滑稽的意味。他的对手是卫武公，这是个历史上有争议的人物。按照《史记·卫世家》的说法，他是卫釐侯的小儿子。公元前812年（周宣王十六年）“釐侯卒，太子共伯余立为君。共伯弟和，有宠于釐侯，多予之赂。和以其赂赂士，以袭攻共伯于墓上。共伯入釐侯羡（羡，墓道），自杀。卫人因葬之釐侯旁，谥曰共伯，而立和为卫侯，是为武公。武公即位，修康叔之政，百姓和集。（卫武公）四十二年，犬戎杀周幽王，武公将兵往佐周平戎，甚有功。周平王命武公为公。五十五年卒，子庄公杨立”。卫武公杀兄代立，本来就没有把宗法当一回事，平王东迁，他又立了大功，爵位从侯升格为公，正是炙手可热的时候，寄人篱下的邶君要同寄主争大宗的地位，自然是愚不可及的事。

这场斗争持续下去，邶君卷入了卫公子州吁（卫武公之孙，庄公之子，弑其侄桓公而自立）之乱，为卫人所不容，只好再度逃亡，最终导致家国丧亡。诗人对这位毫无自知之明的邶君，比之为只懂得炫耀其美丽羽毛，“泄泄其羽”的“雄雉”，感慨地说“百尔君子，不知德行，不忮不求，何用不臧（何至于落得如此下场）？”（《雄雉》四章）

周初（成王、周公）所建立的宗法秩序，在王朝的严格监督之下，对维护王畿之内的“封邦”体系，曾经是有效的，它毕竟让王朝的统治持续了两百多年。但在“诸侯国”体系中，宗法秩序是十分脆弱的。真实而有代表性的情况是《鹑之奔奔》：

鹑之奔奔，鹊之彊彊，人之无良，我以为兄？

鹊之彊彊，鹑之奔奔，人之无良，我以为君？

诗中“我”字，可以读为“何”字（韩诗说）。为兄、为君，就是宗法规定的诸侯国大宗，“彊彊、奔奔，争斗恶貌也”（郑玄注《礼记·表记》）。事实是维护邦国体系的宗法制度，受到了普遍的挑战。挑战来自心中忿忿不平而性格好斗的“鹑”（人们喂养这种鸟，就是让它们打斗，博胜取乐），如卫国的邶君；也来自倔犟好胜的“鹊”，如卫之州吁、郑之叔段等。“人之无良，何以为兄？何以为君？”他有什么本事来当我们的宗主、国君？在诗人的心目中，邶诗、鄘诗中的一连串卫国君位之争，都只不过是鹑、鹊之争而已。难怪吴季子质疑：“是其卫风乎？（难道这就是康叔、卫武的卫风吗？）”这些鹑、鹊之流，与卫康叔、卫武公的才略是不可同日而语的。

然而，魏之毕万却不是一味好斗之鹑，曲沃（唐）之武公更不是只会喳喳乱叫的喜鹊。我们看《魏风·园有桃》“不知我者，谓我士也骄，谓我士也罔极”，“心之忧矣，其谁知之？盖亦勿思！”以及《唐风·蟋蟀》“好乐无荒，良士瞿瞿、良士蹶蹶、良士休休”，都是励志之士。无怪乎吴季子许之以“明主”以及“陶唐氏（尧帝）之遗民”、“令德之后”！然而不管你抱负有多大，志气有多高，单干独行，也是难以有为的。重要的是将魏、唐等的力量汇合在一起，形成一股激流，便可以无坚不摧。这股激流就是《唐风·扬之水》。

《扬之水》“从子于沃”，“从子于鹄（皋）”；《椒聊》“彼其之子，硕大无朋，硕大且笃”；《绸缪》“子兮子兮，如此良人何？如此邂逅何？如此粲者何？”毕万仕晋（唐灭翼城，代为晋），曾筮遇［屯（震下坎上）］之［比（坤下坎上）］，辛廖以《周易》占之，认为［比］合

[屯]固，安（坤，有土）而能杀（震，有威），“公侯之卦也”。毕万是移民群体领袖之佼佼者，曲沃还会合了相当数量的其他移民族群，这就形成了洪大而激流湍急的“激扬之水”，任何东西遇到这股激流，都会被冲击得四散分离，“不流束薪、不流束楚、不流束蒲”，犹如东迁的周、郑。王风、郑风都有《扬之水》，只不过他们是被激流冲击的束薪、束楚，而不是激流本身。

《左传》襄公二十九年，记晋国女叔侯的话说“虞、虢、焦、滑、霍、杨、韩、魏，皆姬姓也，晋以是大”。《唐风》的《杕杜》、《羔裘》、《鸨羽》、《有杕之杜》讲的都是女叔侯所说的“晋以是大”（八个姬姓移民族群入唐）是《唐风·绸缪》“绸缪束薪、束刍、束楚”，而成为《扬之水》的过程，而《无衣》则是争取东周王朝（周釐王）对既成事实的承认，唐于是代晋。

女叔侯还跟着说：“若非侵小，将何所取？武（公）、献（公）以下，兼国多矣”。按照《韩非子·难二》的说法，晋献公并国十七，服国三十八。攻伐频繁所造成的旷怨之思，都在《唐风·葛生》里面了。

诗人用《卫风·邶鄘卫》、《晋风·魏唐》的反差，雕画出大河上下还未十分开化的文化大泽中的蛇与龙。鹑、鹊的打斗，与海啸般激荡的洪流是无法互相比拟的。至于《王》、《郑》，在诗人眼里，也不过就是“扬之水”冲击之下的束薪、束蒲而已。真正形成“扬之水”激流的是曲沃之晋的崛起，魏唐之晋是大泽之龙，形成和确定春秋以后黄河中下游格局的主导力量是晋[①]。

宏观地看，春秋时代黄河中、下游的大格局只是晋、楚、齐、

---

① 《左传》中，晋国的分量奇重；而《国语》中，《晋语》竟达9篇。曾经有学者怀疑《左传》的作者是晋人，也有说是吴起的，都是无可稽考的事。这两部书正确地反映春秋的历史格局，却是应该肯定的。

秦，其余都近乎过眼云烟。是龙是蛇，诗人心中是有数的，延陵季子心中也是这个数。

三、次生性的移民运动

这里指的是夷、戎、狄民族的流亡迁徙。这种迁徙是次生性的，因为他们的迁徙都是被关中移民浪潮所激发，而其中相当大部分又同新晋在太行山以西崛起有关。由于戎狄迁徙大量发生时间稍后，因而在《国风》中的反映，十分有限。《鄘·载驰》讲的就是狄人灭卫的事。但从广义，或者说整个时代的意义而言，戎狄民族的大迁徙，应该是春秋整个移民浪潮的组成部分。也就是说，“扬之水”的概念应该包括戎狄民族大迁徙。

春秋时期的所谓戎、狄（也包括所谓蛮、夷）等族称是相对于黄河中下游的“诸夏（周、夏、姜、殷等国族）”而言的。在黄河中下游整个地理区域内的人口，只要不是“诸夏”族的群体，都是戎狄。这些戎狄，其实都是黄河中下游地区的原住民，在人口数量上比“诸夏”多，就地区整体而言，西周时期诸夏是少数民族。因此，各诸侯国内外，差不多到处都有“戎、狄”。黄河中下游地区外围，所有“非诸夏民族”的群体也都是戎狄（或蛮夷）①。

春秋时期的戎狄族迁徙运动包含两种情况。一是西方戎族和北方狄族侵入黄河中下游地区（当然也包括稍后期南方楚、吴、

---

① 关于夷狄问题，前辈学者蒙文通、吕思勉等都有专著。蒙文通著，巴蜀书社版《古族甄微》；吕思勉著《中国民族史》，版本相当多。虽然观点比较旧，但材料丰富扎实，都是很值得参阅的。另外，历史地理学家史念海的一篇文章“西周与春秋时期华族与非华族的杂居及其地理分布”，见史念海著《河山集·七集》，陕西师范大学出版社 1999 年版，第 438—496页。史先生所说的“华族”即我这里所说的“诸夏”，他所说的“非华族”，即戎狄民族。有关狄族迁徙问题，请参阅段连勤著《北狄族与中山国》，广西师范大学出版社 2007 年版。

越民族的入侵黄河下游);一是各诸侯国为了扩大土地占有而对原居住民地区进行大规模的军事入侵,实行"攘夷狄"的战略,实质是,对黄河中下游的土地分割或瓜分(当时称为"分野")。这个土地瓜分的过程,要到"三家分晋"才暂时告一段落。第一种情况(北狄南下和西戎东迁)是戎狄侵略诸夏,第二种情况(各诸侯国的"攘夷狄")是诸夏侵占戎狄原住民的土地,角色刚好倒转过来。

第一种情况中,北狄南下主要是燕北辽南地区的北方民族沿太行山东麓南下,很快就被燕国和齐国合力堵住了,没有形成大的移民运动。

西戎的东迁同秦、晋的崛起关系极大。公元前7世纪起,秦晋就展开了对西周旧王畿地区的长期的争夺。秦人沿渭水向东占领周原,晋人过黄河向西取泾北河西之地。秦晋这样一夹击,原来占领关中的戎人无法向北方撤退,除了从渭南沿黄河向东进入伊洛平原别无出路。三门峡的西虢出兵堵截,也没有堵住,结果河南豫东到处有戎,并且攻侵王、郑等东方地区,最后发生了公元前649年"扬、拒、泉、皋、伊洛之戎"伐周,王城失陷,秦晋救周的危机事件。从此东迁的西戎(统称陆浑之戎)就被分散迁移到伊洛平原以南,从东到西,直至江汉平原的广阔地带,逐渐融入当地居民中,最后被楚国攻占而成了楚人。

第二种情况,"攘夷狄"最强烈的是齐国和晋国。齐国逐步东侵薄姑、灭莱,最后占领整个胶东半岛,除了少部分东夷民族南迁徐、淮之外,大部分留在山东,成为齐国的人民。晋国的"攘夷狄"却造成了大规模的赤狄南迁和白狄东迁。

狄族本来就居住在陕西北部和山西北半部和西部,远古以来本是山西省的原住民,他们的前身就是尧舜和夏禹时代传说的"三苗"。传统的说法是虞夏族"窜三苗于三危",汉代经师们认为"三危"在甘肃的敦煌,这是瞎说。实际上他们并没有离开山西,只是被虞夏族驱逐到更高、寒、贫瘠(三危)的地区而已。

公元前8世纪末,曲沃代晋,迅速崛起,攻占汾、涑流域的土地。晋西、晋中的狄族受到挤压,被迫向晋东南(潞城、长治一带)迁移,而狄族也由此分裂为赤狄(赤,是南方的意思)、白狄(白,是北方,即陕北和晋西北)和散居的众狄(包括后来在鲁卫之间的长狄)等许多部分。公元前660年(晋献公十七年)伐灭邢、卫的是赤狄,他们是从晋东南南下绕过太行山沿着黄河向东、向北进入华北平原的。而另一部分赤狄则沿沁水南下,灭温,直接威胁洛阳。赤狄进入华北平原,实际上是晋献公的武功造成的。齐桓公极力在黄河东岸和南岸设防堵截,没有成功。将近一个世纪之内,赤狄始终在齐、鲁、宋、卫和周、郑之间,左冲右突,还一度左右了成周的政局(王子带之乱)。看来晋东南始终是赤狄的核心基地,而晋国先后陷入秦晋和晋楚战争,只有到了公元前6世纪初,晋人灭了晋东南赤狄诸部,赤狄才逐渐融入各自所在地区的诸夏住民。但差不多在同一个时期,开始了陕北和晋北白狄族的东迁。

白狄看来是为了避秦晋的战争以及"秦穆公霸西戎"而东迁的。但当晋国势力伸张到山西太原以北,他们受挤压自西向东穿越吕梁山,经昔阳地区穿越太行山进入河北平原,公元前506年,以白狄族鲜虞氏为核心结合了其他东迁部落遗民(仇由、肥、鼓等)在那里建立了一个中山国(现今河北省正定、定县、唐县、平山县一带)。而太行山区西部的白狄族部落地区全被晋人占领了,中山国则基本上维持到战国中期(公元前295年)为赵国所灭。

戎狄族的迁移运动,是关中大移民浪潮所引发的最直接的后果,这个移民运动应是整个春秋时期移民社会的一个重要组成部分,在很大程度上确定了黄河中下游地区农业化和民族融合的历史发展趋势。

四、黄河中下游的农业化

春秋的夷夏之辨，首先是农耕经济文化族群与游牧经济文化族群，两种族群的冲突。这两种经济与文化的冲突，从上古以来就贯穿在中国人类的历史中，此起彼伏，彼消此长，可以说从来就没有完全停止过。我在拙著《周易：追寻失落的文明》中就曾尝试论述过，夏商之争和殷周之争，实质都是游牧民族与农耕民族的冲突和争夺，因为周夏是农耕民族，殷商是游牧民族。历史地理学家史念海有一篇《论两周时期农牧业地区的分界线》的文章，讲的也是这个命题①。

春秋诸夏（包括从关中迁来的周、夏、姜族移民在内）是农耕民族，而东夷、西戎以及赤、白诸狄，都属于游牧或牧畜民族。诸夏中的晋、齐大规模地“攘夷狄”，占据了夷狄们的原住地和牧地，然后将这些土地开发垦殖为农田，启动了山西省和山东半岛两个地区农业化和构建一个新的农业社会的过程。

这里我们着重谈的是晋国农业化改革的情况。《左传·僖公十五年》（公元前645年）秦伐晋，晋惠公被秦师俘虏，释放回国之前，使郤乞朝国人以君命赏，“晋于是乎作爰田”。晋惠公为了回国能继续当晋国的国君，将农田耕地赏赐给国人，还发给了田地证书。这“爰田”，历来不得其解。《说文》“爰，引也”，爰、引义同。用做动词，《左传·昭公元年》“引其封疆”，杜预注“引，正也，正封界”。爰、引，用作名词，“爰”指标明田地的疆界（正）的田地证书。后世的法律调解、判决文书，就称为“爰书”，而有些行业的执照证书也称为“引”，如盐商的“盐引”。“爰田”就是有官方执照（引）为

① 史先生此文收入《黄土高原历史地理研究》，黄河水利出版社2001年版，第512—547页。在这篇文章中，史先生讨论的是《史记货殖列传》所提出的“龙门—碣石线”。

证(正)的农田耕地。有些史书写成“辕田”,那是写了白字,因为辕、爰同音。“爰田”就是“田引”。

《国语·晋语四(文公)》有一段经常被学者们引用的、很有名的话:

> ……胥籍狐箕栾郤柏先羊舌董韩,实掌近官;诸姬之良,掌其中官;异姓之能,掌其远官)公食贡,大夫食邑,士食田,庶人食力,工商食官,皂隶食职,官宰食加,政平物阜,财用不匮。

说的是春秋中期晋文公所创立和实施的权力分配体制。这里应该特别注意的是“士食田,庶人食力”。士食田,韦昭注“受公田也”。按照韦昭的看法,实际上是“受(授)田制”的起源,也就是“分田到士”。这是中国小农经济的开端,同时也是“士”作为一个新兴的社会阶层的经济基础,“士食田”解决士怎样从武士转化为知识分子这个根本性的问题。在宗法制度时代,士依附于宗,受宗族豢养,为宗族的存在服务的宗族基层成员。士人对宗族,是人身依附,没有任何独立性。士食田,表明士经济的独立,可以自营自养,还养活自己的亲属,即所谓“士有隶子弟”。经济的独立,导致思想的解放,士阶层将从自在走向自为,而“自为”的重要的一面就是对知识的追求。然而士阶层能够“自为”发展的条件就是“庶人食力”。即是说,“士食田”并没有使士变成农民,因为真正的农耕劳动力仍然是庶人,庶人是同田亩捆绑在一起“授”给士的,并且还发给“爰田”证书。“士食田,庶人食力”表明,士对宗的人身依附,转变为庶人对士的人身依附。

另一方面,在西周的领地宗统制度下,庶人是以村社为单位集体依附于宗族,但村社保存一定程度的自治。在“士食田”的制度下，村社对宗的集体依附转变为庶人对士的个体人身依附，将导致村社的自治权力缩减，田主（士）对个体劳动力的剥削加强。

“士食田，庶人食力”的武士受田制度是春秋中期社会的重大转折，最初可能只是晋制（也有可能是管仲改革齐制的发展），其后鲁、郑也起而仿效。郑子产的土地改革是分田到“舆人”（童书业认为是战士、甲士一类，他们有衣冠，子弟受教育，不是庶人。说见《春秋左传研究》，p131）。至于鲁宣公十五年“初税亩”，历来只说是“履亩而税”，看来也应该是建立在“士食田”的基础上的。

晋国诸多卿族的不平衡发展和互相争夺、杀灭，随着土地和权力向少数卿族集中，这种社会扩大开放的机制也跟着向下层，即向士、庶人、工、商阶层深化。一个很著名的例子就是晋的赵氏同范氏、中行氏的火并中，郑国介入而发生了赵郑之战（史称“铁之战”，铁是地名），战前赵鞅（简子）宣布并发了誓：

> 克敌者，上大夫受县，下大夫受郡，士田十万，庶人工、商遂，人臣隶、圉免。《左传·哀公二年（前571年）》

“作爰田”、“士食田”、“士田十万”，这三句话，分开来读，谁都讲不清，连起来看，很明白，说的是春秋中后期“士（非贵族地主）”阶层或阶级的独立和发展。他们本来是武士，成了小土地所有者之后仍然是武士，他们本人参加或不参加田地的耕作劳动，要看有没有战争或其他行役等情形而定。从事耕作的劳动力主体仍然是“食力”的庶人，而新的庶人劳动力来源便是狄族俘虏、来不及逃跑而投降的狄族小群落等原住民，他们成千成百家户地被赏赐给在“攘夷狄”战争中立了功的大夫。例如《左传·宣公十五（公元前594）年》就有晋景公赏桓子狄臣（赤狄）千室，并且说“吾获狄土，子之功也。微子，吾丧伯士矣”的记载。这就是“夷变夏”

的民族融合形式之一，最后他们中的大部分被分配到新兴的“食田”小地主“士”的手里了。

至于真正的小农经济的形成和确立则要等到魏文侯时期，李悝“尽地力之教”，给“食力”的庶民授田，也就是《周礼·地官司徒》在乡、遂制度中实行的按“夫”授田①。乡、遂行政可能早就有了（西周金文就有的），但五口之家按夫授田的小农经济的确立、则是战国才开始的。

赵简子所宣布的新政策，如果翻译成现在的白话，应该是："立了战功的上大夫受命治理一个县（县的行政和征收赋税），下大夫受命治理一个郡。已经准备好十万（亩）田赏赐给立战功的武士。庶人立了功，可以自由经营（遂，顺其志愿）工商业。立了功的人臣（县、郡地方的各级小吏），允许（免，免除禁令）在家中使用奴隶和仆从”。显而易见，这是一种新的开放政策，在加强社会层级之间的流动性的同时，推动了农、工、商业的快速发展。

从上面粗略的论述，我们可以看到，关中的移民浪潮在东方造成人口压力，产生了紧逼而强烈的土地需求。为了满足土地需求，移民族群与东方诸夏的宗族分支成员结成同盟，启动对诸夏原来的土地占有实行再分配，同时通过“攘夷狄”对夷狄族原住民的土地实行大规模的武力掠夺，造成了一个次生性的戎狄移民运动，其规模绝不小于关中移民的规模，而且一浪接一浪，几乎贯穿了整个春秋的中后期。对这个夷狄移民流，任何量化的企图，显然也是徒劳的。

从现存的历史资料看，失去了居住地的狄族，一部分被俘虏，

① 《周礼》成书时代，众说纷纭。我曾指出过，此书的内容的主旋律是“造都鄙”，这是春秋末期战国前期，为了建立“县、郡”行政区划制度而作的。《春官司徒》所讲的土地制度都是按庶人的“夫”授田，为了建立和发展小农经济而作的。这些都是战国前期的“大政”。《周礼》不是“周”礼，是十分明白的。

强迫转变为农耕劳动者。一部分流窜到东方其他各国，逐渐被征讨、分散平息下来而成为市、镇贫民，最后成为城镇工商业的劳动力，或者保持小股状态而成为杀人越货的“贼”。春秋时期，这种小股的“贼”，可以说不绝于书。白狄则在太行山东麓，建立了一个中山国。

重要的是，在关中移民和夷狄移民的冲击下，宗法社会崩溃和新的土地占有制度（士食田）的出现。这是中国古代社会生产关系的一次划时代的革命，它激发了社会生产力的大步向前发展，推动了黄河中下游的农业化和工商业发展的进程。

五、城镇工商业的兴起和发展

上引《晋语四》讲晋文公（公元前636一前628年）时期“工商食官”，即是说工商业“官办”，这无疑是西周工商业管理制度的延续。“工商食官”走向“工商自食”的自由经营，是大规模人口无序流动的必然结果。《卫风》的《氓》篇，《王风》的《大车》篇，就有极生动的描写。

《氓》是风诗名作，论者极多，特别是讲经济史的时候，无人不举“抱布贸丝”作为商业行为的证据，这是对的。当然也有点小争论，比如句中的“布”，到底是商品布匹，抑或是铜布货币，或者用布匹作为货币等等，难得有什么确切的结论。

《氓》诗作于卫文公初期，约公元前658一前650年之间，而赤狄灭卫、邢在公元前660年。诗中的流亡者“氓（亡民、外地人）”，实际上是被晋人夺去了土地而被迫东出太行山到处流窜的赤狄人，他没有随着大队北上伐邢而流落在卫邑（淇县），靠“抱布贸丝”为生。所谓抱布贸丝，是布帛和丝的交易，布帛和丝都是货物，也都不是货币。诗中的妇人是丝的生产者，氓不是布帛的生产者，他只是布帛和丝交换的中介，即经纪人，用现在流行的俗语来说，氓是一位原始的"倒爷"，他在倒腾布帛和丝，赚一点生活费。说他倒腾，带有贬义，就因为这不是官办的商业，也不是官方规范的自由经济行为，因为那时的卫邑，基本上处在政治真空状态(狄人已北上伐邢)。

这种商业活动，相对原始，还可能有一定的季节性(至少丝的生产如此)。氓和卫女的共同生活是失败的(说见本书前面《卫风·氓》诗的解读)，但"三岁食贫"的社会原因很复杂，里面牵涉到战争环境和不同种族的社会文化融合的困难的问题，经济不稳定因素不是唯一的原因。但"抱布贸丝"作为自发的民营工商业的一种形式，不会只是昙花一现，后无来者。

我在《王风》中已经解释过，《大车》说的是长途贩运的商业活动。汉代以来，这篇诗从来没有被人读懂过，埋没了两千多年！

用大车长途贩运货物的商业行为，并不新鲜，殷代商族人就这样干。但《大车》透露的信息却极其宝贵。据《国语·郑语》史伯的说法，狄族的鲜虞、潞、洛、泉、徐、蒲诸部都在成周(雒邑)之北。在晋献公的攻伐扫荡之下，狄人陆续南迁或南侵(灭温)流入河南，介入周人的社会生活，甚至干预王政(周襄王娶狄后，狄人介入了襄王弟叔带之乱)。说《大车》的车老板是狄人，不会令人惊讶，他贩运的"毳衣如菼、毳衣如璊"兽(羊)绒织品正是狄族的畜牧业制品。同狄族车老板商谈合作贩运的却是周人，很可能还是一位士或大夫，他们要订立分享收益(穀则异室)，共担风险(死则同穴)的契约，契约双方互相负责，指天誓日，完全与官府无关。

狄人南迁和东侵，主要流向城镇，畜牧民在农耕为主的乡村封闭社会是无法存活的。倒卖和贩运需要城镇市集，重要的是打破了"工商食官"而成为自由工商业的萌芽。但更重要的是，这种自由工商业的出现，促进了不同种族的融合。宏观地说，《氓》、《大车》都是民族融合失败或成功的例子。从远古到上古社会，婚姻和昏媾(《周易》"匪寇昏媾")被看做民族联盟、联合的最重要的手段,商汤娶于夏族有莘氏,古公亶父"爰及"姜女,周文王娶大姒等等,但都不能达到民族融合的目的,真正的融合了夷狄的华夏民族的形成是春秋到战国的事,而促成融合的重要因素之一是工商业的自由发展。工商业提供一个共同的物质利益基础,没有持续发展的实际物质利益的一致,融合是一句空话。

"毳"是毛毯,也称氈,将兽毛编织辗压成宽广的薄片,现在的呢绒就是精工细作的"毳",这是戎狄畜牧民族的工艺。周人不知道"毳"的工艺,更不知道用毛纺织,他们只知道丝、麻、葛和用整块带毛的皮裁制衣服,就像《召南·羔羊》所说的"羔羊之皮,羔羊之革,羔羊之缝"那样。

还有一篇《魏风·伐檀》讲木材制造业的事。"坎坎伐檀,伐辐,伐轮",造车是河东山民的专业。这些"山民"不是华夏族。他们本来就是河东地区的原住民,尧、舜、禹三代时期,虞夏族人从汾水中游进入河东,将原住民驱逐到山林、贫瘠、峻险的所谓"三危之地"而成了"山民",古文献称他们为"三苗",有时又被称为"山戎"。他们靠山吃山,搞木材和木材加工业。但木业的大发展是进入春秋以后的事,首先是战争(战车和武器),跟着是建筑(宫室、城池),然后是城镇社会生活的发展,创造了巨大的木材加工需求,而木材加工业也发展为一个庞大的产业。

重要的是,戎狄人流入城镇为新兴的自由工商业提供充足而廉价(甚至还是熟练的)劳动力(庶人工商遂),华夏族社会的中下层士、大夫则纷纷从事工商业的经营管理,而"工商食官"则逐渐失去了它的垄断地位。

《国语·晋语八》(晋平公,公元前6世纪中后期)记叔向说:

夫绛之富商,韦藩木楗以过于朝,唯其功庸少也。

而能金玉其车，文错其服，能行诸侯之贿而无寻尺之禄，无大绩于民故也。

这段话，韦昭旧注说不清楚。绛是晋都，现在的侯马市。晋国的富商，在本国首都，没有政治地位，他们的坐驾马车，只能用苇簾木杠做车厢。可是，这些富商们到了外国，却坐着镶金嵌玉的马车，穿着华美的服饰，自己花钱献礼让诸侯国君接见他们。国君也不会赐给富商们什么俸禄，因为他们无功于民。当然，所谓“无大绩于民”只是叔向的看法，实际上，有“大绩”于民的只是传说中的不知多少代以前的宗族祖先，而当世的古老旧族宗支，却是在日益没落之中。

金车华服的富商们四出结交王侯，是一种“人流”。他们既不为“寻尺之禄”，为的什么？为的是“物流”。这种“人流”所推动的“物流”，当然已不是“氓之蚩蚩，抱布贸丝”和“大车哼哼，毳衣如璊”所能比拟的了。人流与物流的汇聚，推动着城市化的发展，最后出现了“都会”。

新兴的最有名的大都会，你道是哪里？山东定陶，当时单称为“陶”，也就是十五国风编在最后的《曹风》的曹邑。司马迁《货殖列传》说范蠡在灭吴之后，离别越国，“乃乘扁舟，浮于江湖”，“適齐、之陶”。最后认为“陶，天下之中，诸侯四通，货物所交易也”。这“陶为天下之中”是范蠡乘扁舟亲自经历而形成的概念。因为，当年吴人北上争霸，首先凿邗沟，接通了长江、淮河；到了北方之后，又开凿荷水（一条运河，即现今之万福河），接通了泗水和南济水（在荥泽和大野泽之间，济水分为南济水和北济水）。陶邑就在荷水的西端入南济水之处，于是自陶邑由济水入黄河而西通河南；由济水和荷水入泗水东通齐、鲁；由泗水南接江、淮。河南、山东、江苏三大区域之间的人流和物流就都以陶邑为枢纽，而且水路交通运输又岂是“大车槛槛，大车啍啍”可以同日而语呢？[①]。

说到这里，不能不谈谈墨子和墨学。清代以前讲墨学的都是儒者，有点像19世纪天主教传教士讲《古兰经》，除了隔靴搔痒之外，很难从中得到什么有效的知识。后来我读到蒙文通先生写的《论墨学源流与儒墨汇合》[②]，文中论证他的故友唐迪风的“墨学‘是殆出夷狄之教也’”的命题，才恍然大悟。

墨子名叫墨翟（墨，不必是姓，古人名墨的如史墨，也称蔡墨、史黯），翟即是狄，可能是宋国狄族移民的后裔，他的本业是个高级工匠。他到鲁国跟随孔子学派学习诗书文化之后，创立了一个组织严密、人数庞大的工商业者的行业组织，后来发展到三个支部，在宋为“南方之墨”，在中山、代地（赵国）为“东方之墨”，在秦为“秦墨”。

《墨子》书中从“尚贤”、“尚同”，讲组织路线和政治纲领开始；“兼爱”讲团结互助；“非攻”目的在创造一个适宜于工、商业发展的和平环境；“节用”、“节葬”、“非乐”反对奢侈浪费以利于资本积累和扩大再生产，“天志”、“明鬼”、“非命”则是为了支撑工、商业扩张的神学伦理。总起来就是一个工商产业革命的宣言书，每篇都有3个（上、中、下）版本，是3个地区支部的文件汇存。墨家组织推动了战国初期的城市工商业的大发展。《墨子》书还遗留了11篇专讲“城守”的军事著作，可见墨家的工商行会组织还包括了

---

① 关于“陶为天下之中”，读者们如对历史地理感兴趣，可以参阅史念海著《河山集（一集）》，第110—130页：“释史记货殖列传所说陶为天下之中兼论战国时代的经济都会”一文。邹逸麟著，《椿庐史地论稿》，第126—137页：“论定陶的兴衰与古代中原水运交通的变迁”。

② 此文收入《20世纪中华学术经典文库·中国古代史卷（上册）》兰州大学出版社2000年版。可惜蒙先生此文没有得到学术界应有的重视。先秦经济发展的动态研究，十分困难，史料也十分缺乏。我一直在考虑把春秋战国的“经济起飞”定在墨翟生活的中后期，因为这同墨子的思潮有极密切的关系。工商资本的兴起和魏文侯时期李悝在农业方面的“尽地力之教”，实行对农民计夫授田而开创了中国的“小农经济”，工商农的全面发展便促成了黄河中下游地区，也是中国第一次全面的“经济起飞”。

武装部门，对新兴工商业城市的军事防卫，起过重要作用，而不只是书生们的“纸上谈兵”。墨子的影响极大，孟子曾说过“天下不归儒则归墨”的话，可见“儒”和“墨”都是显学。“儒”鼓吹家族主义的农业文化，“墨”代表城市的产业革命，“本、末之嫌”与“夷、夏之防”使两种伟大思潮从来没有“会合”过。

这一切似乎超出本书的范围太远了。但为了说明戎狄移民对中华民族形成早期所起的历史作用，还历史的本来面目，没有夷狄的参与、融合，华夏民族成不了“中华龙”，而没有关中移民的大洪流，“中华龙”的出现是无法想象的。

六、诗言志辨

“诗言志”出自《尚书·尧典》。《尧典》写成的确切年代，虽不可知，但作于战国中期以前，则没有什么太大的疑问。汉人讲究“经学”，《尚书》是五经之一，其中的话被奉为圭臬，是很自然的事，“诗言志”也就成为十分重要，被后人广为征引的一句话。《诗大序》说“诗者，志之所之也。在心为志，发言为诗”。毛公把这话归之于卜商(子夏)，是否真确，无法说，也并不重要，重要的是这句话本身，只不过，被引用的频率就少得多了。

实际上，《尧典》“诗言志”讲的是诗的功能，解决“诗是干什么用的?”的问题，这是“语言社会学”。《诗大序》那句话讲诗的本质，回答“诗是什么?”的问题，这是“社会语言学”。本章先谈“语言社会学”的问题。

“诗”是一种人类语言形态，我们暂且满足于这一说法。“诗言志”，这句模糊而不确定的话语，可以有许多解释，它至少牵扯到社会中的三种角色。诗篇的作者，诗中所讲述的人物或其所属的社会阶层，诗的读者或听者(“歌所以咏诗”《国语·鲁语下》，那时的诗是“唱”出来的)。诗篇所言的“志”,是谁的志?诗作者的志,诗中人物的志,抑或是诗的读者(比如说,三千年后的我们)的志?他们都是生活在特定社会制度下同一个时代(共时)的人,还是不同时代(历时)不同社会制度下的人?他们的志是否可以重合?可以的话,这个“志”是什么?人各有志的话,各自的志又是什么?不同的人,处在不同的时间、空间、不同社会定位,有不同的“志”,这容易理解,但这些不同的志,真的互不相干吗?这些都是永远不会了结的问题,也不要希望我能回答,也用不着回答所有这些问题。

其实,我们读一篇诗,要辨别什么是诗中人物的志,什么是作者诗人的志,并不困难。从前面对《国风》诗的解读,可以看出,每一篇诗都讲说一个实有的历史事件(不存在不讲事实的诗),正因为这样,我才称之为“史诗”。而历史事实主要就是当时的社会历史环境和当事人的相应言行。每篇诗讲说事实(叙事)部分的诗句,后人称为“赋”,诗人叙事用赋,讲的是诗中人物的“志”。诗中不叙述事实的诗句,都是诗人对所讲的人和事的感想、感受、议论、评价,等等,诗经学的术语叫做“兴”。即是说,诗人在叙事之外用“兴”的方式表达他自己的“志”。至于“比”(譬喻)的表达方式,既可用于叙事(赋),也可用于议论(兴)。赋中的比,属于诗中人物的志的范畴。兴中的比,则属于诗人之志的范畴。

风诗是移民诗人吟咏移民族群本身的事或本族群在移居的诸侯国的遭遇,诗人之志对本族诗中人之志,一般多采取尊重、理解或欣赏的“(赞)美”的态度,采取怨怼或批评的态度也不少,而对移居国的人物取痛恨、愤怒甚至痛斥的所谓“刺”的态度,《秦风·黄鸟》就是一例。《陈风·株林》的“从夏南!”也绝不是不带情绪的平铺直叙的语句。

诗篇只要被写出而被传诵,重要的就是读者的“志”了。一篇不被传诵，没有读者的诗，似乎没有什么研究的价值，尽管不流传的诗的数量或许远比流传的诗的数量大得不知多少。试问《全唐诗》中，今天还有多少篇被人在传诵的唐诗？而诗篇之得以流传，甚至成为不朽之作，就同诗作当代读者之志关系极大了。柳永的词，倘若不是当年有水井的地方就有人唱，恐怕今天就不会有人去研究他，重新作评注和再版他的集子了。

《国风》在春秋时期流传极广，完全可以肯定，虽然具体情况还是个很大的研究空间。这里，我们只举出最有代表性的读诗者“诗言志”的事例。一是吴季子论诗，另一是春秋各国上层人物引诗言志的风尚（引风诗是主流，引雅、颂是少数）。

吴季子就是吴公子季札，《左传》对他有公子扎、季子、延州来季子（延、州来，地名）、延陵季子等称呼。季札论诗，有关风诗部分，本书各国风“总说”都全文论列。季子不但是“诗经学”的开山之祖，而且他是对诗人、诗中人的“志”理解最深刻的人，他又是第一个整体地理解一国的风诗的读诗者。他读的、评论的是《诗经》而不是零敲碎打地读某一篇。他是整体地去思考和理解他的时代，把握时代精神的人。季子是春秋之世少数的“高人”之一。

《左传·昭公二十七年》吴公子光使鱄设诸（专诸）刺杀吴王僚，举行王僚葬礼的时候，季札说：“苟先君无废祀，民人无废主，社稷有奉，国家无倾，乃吾君也，吾谁敢怨？哀死事生，以待天命。非我生乱，立者从之，先人之道也。”复命哭墓。

对这个没有“天命（统一的指令）”的离散，或者说耗散时代，谁都无能为力，季子看透了。只要祖宗有祭祀，国家能运作、人民能安生，还我一个“人性的自我”（哀死事生），谁来当国君我都不反对。战国的另一位“高人”庄周，则更将这个“人性的自我”提升到宇宙本体的地位，他毕生所追求的，不就是这个至高无上的“人性的自我”吗？一切都可以，也都在泯灭，但“人性”不可以，永不会泯灭的！乱世中能看到、并且执著追求“人性”，就是高人。倘若任由目己人性泯灭，那便禽兽都不如了。

无数学者都注意到春秋上层人物喜好引诗言志，认为大都是断章取义，诵引诗句者之志同诗篇作者以及诗中人物的本来志趣不相干，不足为训，好像不值得研究，因此专著不多。其实，引用诗句说明自己的志向，是读诗者的“兴”和“比”。《论语·阳货》记孔子说：“小子何莫学乎诗？诗可以兴，可以观，可以群，可以怨。迩之事父，远之事君，多识鸟兽草木之名。”孔子不是诗人，更不是诗中的人物，他讲的就是读者的“诗言志”。即是说，对尊长（侍父）、贵人（侍君），有些实话，不能实说，因为说破了，便没有转弯的余地，最好是用诗句来兴、观、群、怨。引诗者的“兴”就是“借题发挥”，“观”是“试探观望”，情投意合便可以“群”，伤感情的埋怨、怨望当然更不好实说，用诗句来映射最好。引诗者的志，不必与诗人或诗中人的志相吻合，只要能表达自己的“兴、观、群、怨”就行。诵引诗句以借题发挥（兴）的方式或譬喻、隐喻（比）的方式表达自己的思想意识，看来属于《诗经》语用学的范畴。

春秋社会上层人物（包括孔子在内）的“诗言志”，还有一个深层的移民社会意识，很值得学者们深入探研。这是一个新兴的统治阶层，打破了宗法规范的约束（不流束薪），也解放了思想，急于创造一个文化、文明更新的局面。这种文明的重建开端于对《诗》、《书》的自由阐释，对残破的西周文明，甚至整个三代文明的再思考就是从这里开始的，先秦诸子（比如孔、墨）的思想争衡也是从这里开始的。这是个很大的课题，我们就点到为止吧。

宏观地说，春秋之世，诗人、诗中人、读诗人的“诗言志”，其深层意义都表达了对一个破碎离散的社会的重构，构建一个新文明的企盼和向往，从国风诗人到吴季子、直到孔子，都离不开这个共时性的命题。但《诗》只能“兴、观、群、怨”地通达情感，而不能提供“如何重构社会，重构一个什么样的社会？”的答案。

能够提供答案的是“理性”，而春秋理性的集中体现是“历史”和“哲学”。《孟子·离娄下》“诗亡然后春秋作”，只说了事情的一半。另一半就是邓析、老聃和孔、墨了。《诗》不足以言“志”，为了寻找重构这个破碎离散的社会的方案，人们只能转向历史和哲学。

构建一个统一的新文明的愿望，有一个非常重要的客观基础，这就是：移民洪流带来了黄河中下游的语言的统一。中华民族是怎样形成的？研究的人很多，提出的理论也不少。然而，我们讲的“汉语文化”是怎样来的？答案只是：困惑。

我对现代语言学所知有限，如果读者朋友们能容忍我的粗疏，我想提出一些概括性的看法。荀卿《荣辱篇》：“譬之越人安越，楚人安楚，君子安雅”；又《儒效篇》：“居楚而楚，居越而越，居夏而夏，是非天性也，积靡使然也。”当时存在着三个大语系，楚语系、吴越语系和虞夏语系。三楚、吴越、虞夏又是地域和民族概念，显然虞夏指的就是关中和黄河中下游的地域、民族（华夏）和语言。这样，中国就存在着三种“方言”，每种方言自成语系。一种方言语系中按地域内地点不同，在语音、词汇和语法都存在或大或小的差异，我们说这是方言中的“土语”（方言包含着众多的土语）的差异，但方言统合着土语使之不致于自我衍化为另一个语言。这是战国晚期的情况。

但春秋晚期的情况怎样呢？《论语·述而》：“子所雅言，《诗》、《书》、执礼，皆雅言也。”虽然说的是孔子，实际上却是当时的普遍情况，华夏族诸侯国都普遍地行用“雅（虞夏二字的反切）言”为官方语言，也就是说，虞夏语已经确立了在黄河中下游地区的语言优势地位，在社会接触中对该地区各种土语进行统合①。

① 陈原所著《语言和人》提到过“语言态势”的概念，但没有展开。

这种统合是通过政治、经济和文化的优势进行的。

春秋时期的“雅言”，就是关中方言。关中方言本来是虞夏语系的分支。虞夏族很早（夏禹）就从河东地区进入河南，并且同东方的商族（成汤）发生接触。商族的盘庚在殷地崛起之后，虞夏族受挤压西迁渭水中下游的关中地区。周人迁岐，接受了关中的虞夏语言、文化和殷商文字，生成了西周的“雅文化”。这个“雅文化”给我们留下了两块最完美、最珍贵的“语言化石”，也可以说是“前汉语文化”的化石：《周易》和《诗经》，对今天讲汉语的我们来说，它们是“活化石”。

我们不难发现，《国风》虽然分为十五，其语言却惊人地统一。这种统一将造就春秋耗散的社会性的统一，也是诗人、诗中人、诵诗人的“志”的统一。这样说来，以春秋为一个时段单位，“诗言志”体现的是春秋时代诗人和诗中人（他们统一在诗篇中），同诗读者（第三者）之间进行“对话”。他们都参加在一场制造“意义”的语言行为中，而这场语言行为蕴涵的深层社会理念，是“离散”和“统合”的对话，“兴、观、群、怨”则是这些理念的表征。这种理念的表征是社会性的，所以我说它属于“语言社会学”的范畴。

七、历史和哲学

上面所说的都是以春秋为一个时段单位为基础的，即是说“诗言志”的诗人、诗中人、读诗人都是同一个时代的人，他们各自就诗篇表述自己的“志”是同一个时代的各种理念进行对话。人和志都是共时的，尽管“人各有志”。

倘若我们把共时性改换为历时性，诗篇字句没有被改动（这只是一个有待证实的“可工作”的假设，因为所有古籍都有“异文”问题），而诗人、诗中人同读诗人分属两个不同时代，“诗言志”的内涵就不会完全一样了。

一个最好的事例就是《毛诗》的序和副序，这是汉代人在读诗言志。诗是春秋前期，即公元前 8—前 7 世纪诗人（诗中人同时代）的作品，而读诗人是公元 1 世纪的汉代人，他们之间相去七八百年，处在两个不同时代的社会中。诗人作诗，通过诗篇表述诗中人和诗人自已的“志”，是春秋时代的“志”。汉人读了诗篇，通过《诗序》表述自己的“志”，这是汉代人的“志”。两个“志”体现的是两个不同时代的社会理念。《诗序》体现的是汉人的社会理念，也就是汉人的“经学”理念，但不是春秋时代的社会理念。

周人以宗族治国，宗族结构是以血缘为基础的国家政权组织，社会的基础结构自远古以来就是以家族为单位的结构，家族内部以血缘秩序为纽带，家族之间的地缘关系则受周王所封的宗族管辖和调节，以维持地方的社会和平和经济秩序。春秋时期，崩坏的是西周的宗族政权结构。宗法对宗族约束效力消除了，宗族成员之间的关系就成了《鄘》诗“鹑之奔奔，鹊之彊彊”的状态。在社会上，家族结构在旧宗族分裂出来新兴的大家族的统领下，在“功利自由主义”的意识主导下得到广泛的发展，正如《左传》桓公二年，师服所说的：

> 天子建国，诸侯立家，卿置侧室，大夫有贰宗，士有隶子弟，庶人、工、商各有分亲，皆有等衰。

这是一个以功名（贵）、利禄（富）家族为基础的社会结构，取得功利的大小次序，确定政治权力和社会地位的秩序（等衰）。秦王朝第一次在全中国范围内确立了这种以功利等级为原则的“家族”结构社会秩序，但在“法家”思想的指导下压制了任何形式的“自由”而建立了一个专制帝国的国家政体。

然而，不论西周的宗族政权结构，还是东周（春秋战国）的功利家族结构，都有一个首要的守则：政权结构的核心，掌握最高权力，功利分配的最终决定权力属于经过遗传世系长期实证的宗族或家族。遗传世系越久远，就越具有“先验”的性格，这种集中在一个特定宗族或家族的最高功利支配权力来源的先验性，上古人称为“天命”，也就是世系所表明的支配功利的最高权力的遗传“基因”。在先秦人看来，不论什么政治体制，一切国君、君主，包括秦始皇在内，都必然具备了这种与生俱来的遗传基因，这是先秦社会的最重要的“天降大命”的守则，全社会都遵守这条守则。战国末期，这条守则开始动摇，屈原作《天问》，说白了就是“天命（或“天道”）质疑”。秦始皇没有违背这条守则，血统世系具在，但他建立的帝制却可悲地失败了。“天命守则”还管用吗？阴阳家曾尝试用“五行生克”之说代替“天命论”，也仍然是个先验论，只是复杂化了的“天命”序列而已。

亭长起家的刘邦是任何天命的遗传基因都没有的，他和他的沛县老乡们，打破了先秦神圣（先验）的“天命守则”，却继承了一个权力极度集中的秦式帝制。须知刘邦取天下，依靠的是关中秦地的人力和物力。称帝之后，建都长安，仍然只能沿用萧何的办法以秦法治秦及三晋（秦及三晋属同一个“法系”）。汉承秦制，而秦帝国却是被汉灭亡的。这不能不是一个悖论。汉皇朝的建立缺乏先验理据，当时的思想家也无法解脱这个悖论。贾谊作《过秦论》，实际上就是《过汉论》，贾谊竭力论证的是：秦式帝制没有“可行性”[①]。事实说明，从汉武帝开始，汉皇朝通过两个办法解决这个悖论，一方面，建立官方的“经学”以统一强大“世家豪族”的思想和吸收他们参加政权；另一方面，发展阴阳家“神学”（代替

① 请参阅侯外庐主编：《中国思想通史（第二卷）》，第160页。

"天命守则")以统率"经学"。即是说,西汉刘氏亟须打造一个新的"形而上学"作为设立帝制的先验理据。没有做皇帝的先验理据,凭什么要普天下的家族向你臣服?君臣关系没有规范,还有什么帝制?

这个悖论的最终解决是东汉章帝建初四年(公元 79 年)的白虎观会议所达成的《白虎通义》。这个经历了两汉长期的斗争(盐铁会议和石渠阁会议就是两个重要回合),最终由汉章帝裁决确立的所谓"经学"结论,实际上是刘汉皇帝家族同当代的"功利世家大族、豪族"的"共同纲领",这个纲领是皇家"神学"和功利世家"经学"互相妥协的产物,这是两汉君臣关系的纲领性的总结。

汉武帝开始建立的经学,只确定了五部古经的今文版本,但对经义只是有选择地承认了少数经学家的解释作为朝政决策的参考,谁的解释都在当朝的世家(包括外戚)、地方豪族等族群中有自己的信徒,形成派系。《经》书是古文献,记录三代的历史。读经,不是"儒家"的专利,谁都可以读,从春秋开始就广为流传,谁都可以提出自己的解释。五经之一的《诗经》的情况也不例外。

西汉官方立了博士的《诗》派有"鲁""齐""韩"三家,鲁诗学守旧,他们要的是"王制",同帝制的现实保持着一定的距离,齐诗学迎合当道而趋向神学化,韩诗学则自由阐释,是"功利自由主义"的一定的延伸。实际上,《毛诗》是鲁学的分支,同以孔安国为代表的孔氏家族关系可能密切一些(有待证明)。《诗大序》不称孔子而称卜商(子夏),而且始终保持民间学派的地位,正好说明所谓汉武帝"独尊儒术",只是班固的臆说。汉武感兴趣的是阴阳家神学,董仲舒以阴阴家说解经,是个地道的阴阳家,不是儒家,他是进不了孔庙的。其实,先秦以后,真正尊孔崇儒,要建立一个"儒学"代替"经学"的是王肃(《孔子家语》就是他为了建立儒家统绪而推出来的,此书作者是谁并不重要)。郑玄则是神学化了的

（他笃信谶纬）经学家，王郑之争是儒学与经学之争。

今天我们看到的《诗序》（本书的《序》和《副序》），本源已不可考，但集成于汉人之手，则可以肯定。陆德明《经典释文·序录》："诗者，所以言志，吟咏性情，以讽其上者也。"（着重号是我加的）"（下）言志以讽其上"是"经学"的主旨，参与朝政的"功利世家豪族"奉《经》为政治决策的理据，而专制帝皇则以"君权神授"为政治决策的理据。这种神学和经学，也就是形而上学和史学的纠葛，发端于汉代，春秋时代只有天学和星占，不知天命，没有神学。史学也在形成的过程中，《诗》发展为"史《春秋》"，历史意识发展为历史理念。

汉代是历史理念创建的时代，司马迁提出的"究天人之际，通古今之变"，我称之为"历史主义的实在论"，同时也是"经学"的总纲。史迁认为，"天人之际"所反映的君（天）臣（人）"对话（际遇）"关系，主导（通）着社会的历史发展（古今之变）。相反的是帝皇"专制"的神学命题，即社会发展以神化了的人君的意志为转移，因为人君是天命的化身。终两汉之世，"君臣对话"与"君主专制"两种意识形态的斗争、渗透、妥协，十分繁复，《史记》和《汉书》的两部"儒林传"提供了一幅重要的但并不全面的草图，这里就不说了。

整体来说，诗序的历史主义实在论十分突出。就以风诗而论，每一篇诗的内容都是诗人所身处的诸侯国的历史事实。但重要的是，诗序的"美（好）"和"刺（恶）"代表的是汉代世家士族的价值观，是他们用以同皇帝对话的理据。这种理据是以历史理念的形式提出来的，尽管《诗序》所言的"志"，不是春秋移民诗人所言的"志"。

然而，《诗序》的缺点也十分突出。首先在于汉人对历史的知识十分有限（《史记》流传还不广，刘向还在校书），对历史事变的认知有严重的缺失。但这不是他们的过错，历史主义的特质就是，人类对历史事变的认知本身也是历史的，这是无可奈何的事。例证就多了。如《风》诗的断代问题，把文王、周公都扯上了，自然是不对的。又如“邶、鄘、卫”的问题，等等，不要说汉人说不清，今天或许还不确定（我不认为我提出的说法就是定论）。其次是语言的变异。这包括两个方面。第一个方面是，春秋初期，在以关中方言为主的虞夏（雅）语系在黄河中下游广泛传播而形成的汉语，同汉代的汉语，无论词汇、语音和词义都发生了很大的变异，汉人费了很大的力气去研究，也作出了重大的成绩（《尔雅》、《方言》、《释名》等书的编纂），但终究不可能十全十美，《毛传》训诂不达的地方仍不在少数。第二个方面是，语法方面的变异，不但时代不同的变异，还要加上诗的语言形态同汉代流行的书面语言形态的语法变异。不说别的，光是诗文的词序（所谓的“倒装”）就令人难以捉摸。因此，由于对历史认知的缺失以及语言历史性的变异，汉人不能完全读懂这些诗句，一点也不奇怪。我们自己也还不能自命完全读懂《诗经》嘛！

但更重要的是，“诗言志”的“志”是有历史性的。汉人诗序所表述的“下言志以讽上”的志，是面对专制帝皇的汉代士族世家的政治要求。而延陵季子的志，则是探究人性在社会剧烈变动中如何体现和保存。诗句仍然是那些诗句，文字仍然是那些文字，但不同历史社会结构，给语言文字盖上了不同的意识形态的烙印。这是一个社会**语言学**的问题。语言，作为一种自然的客体[1]，是不断变化着的，但“中国人讲汉语”没有变，变的是汉语的“语言学”，不同的社会发展阶段，就有不同的语言学。社会结构的变化是历

---

[1] 请参阅诺姆·乔姆斯基（N. CHOMSKY）著：《语言与自然》、《语言与心智》，此二文收入《乔姆斯基语言学文集》中译本，湖南教育出版社 2006 年版。

时的，语言学也一样。人类追求对社会和自然的认知历时性的统一，我们称之为“历史”。汉代经学探究的就是对汉以前，主要是夏、商、周三代中国社会和自然认知的历时性的统一。

随着宗族政体的消亡，汉人以家族治国。要普天下家族都尊崇亭长出身的刘氏家族全面掌握至高无上的世俗权力，为了说明皇帝权力来源的先验性，帝制的确立需要一个被现实社会普遍接受的形而上学，其受体是所有现时活着的人，对死人没有意义，对还未出生的人有没有意义，谁也不知道。因此，它必然是共时的。社会接受的普遍性和共时性构成哲学作为社会意识形态的必要的（但不是充分的）条件。哲学，就是在一个时段单位之内，人类对社会和自然的认知的统一。这种共时性的“认知的统一”，无论从什么角度看，其有效性（真实性）都是相对的，追求认知的统一，正说明认知的相对性。这种辩证发展过程的最好的也是最重要的例证之一，就是我在前面提到的《白虎通义》。当汉章帝确立了《白虎通义》的时候，正是经学走向衰亡的开端。换句话说，当一个哲学体系构建完成之时，正是它开始失效之日。

哲学和历史都属于人类心智活动范畴，需要通过语言去表述。或许可以说，语言是人类心智活动的外化。这么说，“诗”就是人类心智活动外化为语言的一种特殊的形态，诗人打破了通用语言规则，用音律统率词语结构和语义的展开，用音韵之间的亲缘关系显示语义的亲缘关系而产生的语言形态[①]。这无疑是一个十分令人着迷的的命题，我们无法在这里展开讨论。我只想指出《诗大序》所说的“在心为志，发言为诗”，“心志”也就是“心智”，而

---

① 关于诗歌创作的语言学意义，我采取法国语言学家海然热(C. Hagège)的说法，但作了一些改动，倘若有错误，责任当然在我。请参阅海然热著《语言人》，张祖建中译本，第345—346页，三联书店1999年。

"诗"则是诗人、诗中人、读诗人心智活动所凭依的语言形态。

但"语言"究竟是什么？在今天仍然是令人困惑、令人着迷，同时也仍然令语言学家们热烈争论不休的问题。我们就不必越扯越远了。

附录　季札观乐于鲁

《左传》襄公二十九年，吴公子扎来聘。请观于周乐。

使工为之歌《周南》、《召南》，曰："美哉！始基之矣，犹未也。然勤而不怨矣。"

为之歌《邶》、《鄘》、《卫》，曰："美哉，渊乎！忧而不困者也。吾闻卫康叔、武公之德如是，是其卫风乎？"

为之歌《王》，曰："美哉！思而不惧，其周之东乎？"

为之歌《郑》，曰："美哉！其细已甚，民弗堪也，是其先亡乎？"

为之歌《齐》，曰："美哉，泱泱乎！大风也哉！表东海者，其太公乎？国未可量也。"

为之歌《豳》，曰："美哉，荡乎！乐而不淫，其周公之东乎？"

为之歌《秦》，曰："此之谓夏声。夫能夏则大，大之至也，其周之旧乎？"

为之歌《魏》，曰："美哉，沨沨乎！大而婉，险而易行，以德辅此，则明主也。"

为之歌《唐》，曰："思深哉！其有陶唐氏之遗民乎？不然，何忧之远也？非令德之后，谁能若是？"

为之歌《陈》，曰："国无主，其能久乎？"自《郐》以下无讥焉。

为之歌《小雅》，曰："美哉！思而不贰，怨而不言，其周德之衰乎？犹有先王之遗民焉。”

为之歌《大雅》，曰：“广哉！熙熙乎，曲而有直体，其文王之德乎？”

为之歌《颂》，曰：“至矣哉！直而不倨，曲而不屈，迩而不偪，远而不携，迁而不淫，复而不厌，哀而不愁，乐而不荒，用而不匮，广而不宣，施而不费，取而不贪，处而不底，行而不流。五声和，八风平，节有度，守有序，盛德之所同也。”

（下略）

责任编辑:李　惠　pphLh@126.com
封面设计:王玉浩
版式设计:雅思雅特
责任校对:史　伟

图书在版编目(CIP)数据

诗心雕龙——十五国风论笺/蘭　丁　著.
-北京:人民出版社,2011.1
ISBN 978-7-01-009310-9

Ⅰ.①诗…　Ⅱ.①赵…　Ⅲ.①诗经-文学研究　Ⅳ.①I207.22

中国版本图书馆 CIP 数据核字(2010)第 189669 号

诗心雕龙
SHIXIN DIAOLONG
——十五国风论笺

蘭　丁　著

人民出版社 出版发行
(100706　北京朝阳门内大街 166 号)

北京瑞古冠中印刷厂印刷　新华书店经销

2011 年 1 月第 1 版　2011 年 1 月北京第 1 次印刷
开本:880 毫米×1230 毫米 1/32　印张:8.375
字数:190 千字　印数:0,001-3,000 册

ISBN 978-7-01-009310-9　定价:30.00 元

邮购地址 100706　北京朝阳门内大街 166 号
人民东方图书销售中心　电话 (010)65250042　65289539